Ihr siebter Fall lässt Bastian Kreuzer, Sven Winterberg und Silja Blanck tief in die Abgründe der menschlichen Seele blicken, wo Geltungsdrang und Begehren auch vor dem Tod nicht haltmachen.

In einem Kampener Juwelierladen wird der junge und extrem attraktive Verkäufer Adnan Jashari tot aufgefunden. Seine Kehle ist durchgeschnitten, seine Augen ausgestochen. In seinen Augenhöhlen stecken zwei teure Ohrringe, im Mund des Toten befindet sich ein Ring.

Erste Ermittlungen ergeben, dass der Tote aus einem kriminell aktiven arabischen Clan stammt, der in Berlin lebt. Weil auf seinem Konto größere Geldsummen bewegt wurden, vermutet man einen Fall von Geldwäsche. Als Winterberg, Kreuzer und Blanck jedoch von Jasharis Verhältnis mit seiner erheblich älteren Chefin erfahren, kommt auch Eifersucht als Motiv in Frage. Doch dann bringt die Entdeckung einer weiteren, ebenfalls mit Schmuck dekorierten Leiche alle Theorien zum Einsturz …

Eva Ehley lebt in Berlin. Sie studierte Literaturwissenschaft und Mathematik und arbeitete als Lehrerin. In ihren Texten erzählt sie allerdings von Dingen, über die man in der Schule nichts lernt. Hier werden Neurotiker leicht zu Mördern, während Egoisten unter Umständen ein Helfersyndrom entwickeln. Eva Ehleys Sylt-Krimis, die klassische Whodunnits mit Tendenz zum Psychothriller bieten, sind Kult. Für ihren Thriller ›Verdacht‹ hat sie sich gemeinsam mit ihrem Sohn und Co-Autor Philipp Ehley im Berliner Partymilieu umgeschaut. Ehleys Texte wurden vielfach preisgekrönt u. a. mit dem Agatha-Christie-Krimipreis. Als »Sylt-Botschafterin« war Eva Ehley zu Gast im Severin*s Keitum und im Morsumer Landhaus Severin*s, um an ihrem neuen Roman zu arbeiten und Lesungen abzuhalten.

Weitere Informationen finden Sie auf www.fischerverlage.de

eva
Ehley

Falscher Glanz

Ein Sylt-Krimi

FISCHER
Taschenbuch

Originalausgabe

Erschienen bei FISCHER Taschenbuch
Frankfurt am Main, April 2019

© 2019 S. Fischer Verlag GmbH,
Hedderichstr. 114, D-60596 Frankfurt am Main

Satz: Pinkuin Satz und Datentechnik, Berlin
Druck und Bindung: GGP Media GmbH, Pößneck
Printed in Germany
ISBN 978-3-596-70266-4

Falscher
Glanz

Prolog

Noch ist der Körper warm, und das Gesicht hat diesen grandiosen Olivton, der angeboren sein muss und durch Sonnenbräune nie zu erreichen ist. Die Wangenknochen werfen elegante Schatten, und das Kinn erinnert mit seiner nervösen Kantigkeit an antike Götter, die mit eitlem Stolz auf äußerst fragwürdige Heldentaten zurückblicken. Die Brust wölbt sich unterm Muskelshirt, und die schmalen Hüften stecken in einer hautengen Jeans, die gekonnt löchrig ist. Perfekt pedikürte Füße, sehnig, elegant und männlich zugleich, ragen aus den schmalen Hosenbeinen hervor. Der Tote liegt auf blank gescheuertem Holz direkt vor dem gläsernen Verkaufstresen, in dessen Innerem kostbare Juwelen aus grob gezimmerten Schatztruhen quellen. Die Ringe und Ohrhänger, die Ketten und Armbänder sind reich mit Steinen bestückt, die in allen Regenbogenfarben leuchten. Smaragdgrün. Rubinrot. Saphirblau. Morganitrosa. Gefasst in Gold oder Platin und in tausend Facetten schillernd, wirken die Edelsteine wie vielkantige Götterwürfel, einzig geschaffen, um über Glück oder Unglück zu entscheiden. Über Liebe oder Leid, Reichtum oder Armut, Leben oder Tod.

Dem jungen Mann, der zu Füßen dieser Pracht am Boden liegt und dessen Kehle mit einem brutalen Schnitt durchtrennt worden ist, haben die Steine kein Glück gebracht, auch wenn sie ihn noch im Tode schmücken. Seine Pupillen sind tief in die Augenhöhlen gedrückt und durch zwei völlig identische riesenhafte Smaragde ersetzt, die zu glatten Ovalen geschliffen sind und in einer schmalen Goldfassung ruhen. Auch der sinnlich geschwungene Mund, leicht geöffnet, als entschlüpfe ihm gerade ein Liebesschwur, ist mit einem dieser Steine geschmückt. Er ist größer als die anderen beiden und in einem ebenso schlichten wie prächtigen Ring verarbeitet. Mit einem Lächeln scheinen die Lippen des Toten den Stein zu umfangen, als sei er ein lang erwartetes Präsent. Das intensive Grün der Smaragde in Mund und Augen der Leiche schillert obszön im gleißenden Licht der Deckenstrahler. Ebenso perfekt gefärbt wie geschliffen, sind die Edelsteine die Krönung eines noch im Tode atemberaubend attraktiven Männergesichts.

Mittwoch, 24. Juli, 18.33 Uhr, Braderuper Straße, Kampen

Die Abendsonne vergoldet die Blüten der Heckenrosen, sie liegt flirrend auf den Wiesen am Kampener Dorfrand und überzieht die Feldsteine, aus denen der Friesenwall rund um das niedrige Reetdachhaus gebaut ist, mit einem magischen Glanz. Der kräftige Westwind fährt in die Rhododendren, zaust die Silberpappeln und lässt die blau-weißen Kampener Fahnen flattern, die in fast jedem Vorgarten wehen. Gerade öffnet Kriminaloberkommissar Sven Winterberg seine Haustür von innen und schiebt einen schicken dunkelblauen Kinderwagen ins Licht. Wenig später tritt Anja Winterberg ins Freie. Sie hat die Haare zu einem schlichten Zopf im Nacken gebunden und trägt eine pinkfarbene Daunenweste über ihrer Jeans und dem hellen Pulli. Sie ist mittlerweile fast ebenso schlank wie vor ihrer Schwangerschaft, ein Ergebnis eiserner Disziplin. Als Anja einen prüfenden Blick in den Kinderwagen wirft, überzieht ein stolzes Lächeln ihr Gesicht.

»Weißt du eigentlich, dass unser Mäxchen heute genau fünf Monate alt ist?«

»Wenn ich's nicht wüsste, hättest du es mir eben zum dritten Mal gesagt.« Sven Winterberg drückt seiner Frau einen Kuss auf die Wange und blickt sie unternehmungslustig an. »Wo gehen wir längs?«

»Vielleicht erst hoch in Richtung Uwe-Düne und dann durchs Dorf zurück«, schlägt sie vor. »Oder meinst du, es ist in der Heide zu windig?«

Sven schüttelt energisch den Kopf. »Was ein echter Friese werden will, der muss schon was aushalten.«

Wie zur Bestätigung fängt der kleine Max in seinem Wagen an zu glucksen. Er spuckt den Schnuller aus und schaut neugierig zum Himmel hinauf. Wolkentupfen vor intensivem Blau, das sich in seinen Augen spiegelt. Gerührt blicken die Eltern sich an. Immer wieder macht sie dieser späte Nachwuchs ehrfürchtig und sehr dankbar. Als Anja die Schwangerschaft im letzten Jahr bemerkte, war sie bereits zweiundvierzig und hatte nicht mehr mit einem weiteren Kind gerechnet. Aber alle Familienmitglieder waren bei der Aussicht auf ein Baby begeistert, besonders Mette, die elfjährige Tochter des Paares. Und jetzt ist der kleine Max da, ein gesunder und kräftiger Bursche, der seine Eltern ordentlich auf Trab hält.

Einige Minuten laufen Sven und Anja schweigend nebeneinander her. Es ist Hochsaison auf der Insel, fast alle Ferienhäuser sind belegt. Zwei Bremer Porsche und ein SUV aus der Schweiz stehen in den Einfahrten der gegenüberliegenden Häuser. Ein bulliger Hund verbellt die klei-

9

ne Familie aufgeregt, wobei er sich mit den Vorderpfoten auf das zum Glück geschlossene Friesentor des Anwesens stützt. Drei Kinder, ganz offensichtlich Geschwister, kurven mit ihren Rädern auf der leeren Straße herum und rufen sich Abzählreime zu. Anja und Sven lassen die Kinder hinter sich, überqueren die Hauptstraße und passieren auch auf der Meerseite stattliche Ferienhäuser. Die beiden laufen direkt auf die Küste zu und erreichen schnell die Heidelandschaft, die die Westseite Kampens von den Dünen trennt. Links und rechts des Schotterwegs blüht es in sattem Violett, dazwischen ranken wie hingetupft Geißblattpflanzen, die mit ihren langfingrigen weißen, rosa und roten Blüten wie filigrane Orchideen inmitten der handfesten Heide wirken. Der Wind ist hier stärker, er zaust an Anjas Haaren und bringt den Kinderwagen ins Schwanken. Dem kleinen Max fallen die Augen zu, ein seliges Lächeln breitet sich auf seinem Gesicht aus, und kurz darauf ist er eingenickt.

»Hoffentlich schläft er jetzt nicht zu lange«, murmelt Anja. »Sonst wird das wieder eine unruhige Nacht.«

»Ich kümmere mich dann um ihn und bringe ihn dir nur zum Stillen ins Bett«, beruhigt sie Sven. »Im Moment ist im Kommissariat nicht besonders viel los, da muss ich morgens nicht so superfit sein. Und dass Mette mit meinen Eltern verreist ist, entlastet uns doch auch ein bisschen.«

Anja nickt und merkt gleichzeitig, dass ihr die Tochter jetzt schon fehlt, obwohl von den geplanten zwei Wochen Urlaub mit den Großeltern erst drei Tage vergangen sind.

»Wie man im Hochsommer freiwillig nach Griechenland fliegen kann, wenn es hier so traumhaft ist, verstehe ich zwar nicht …«, beginnt sie, wird aber in ihren Überlegungen von zwei Damen in schicken Outfits und edlen Schuhen unterbrochen, die sie gerade von hinten überholen.

»Verzeihung, können Sie uns vielleicht sagen, wo dieser neue Juwelier ist, von dem alle reden?«

»Äh, nein, nicht direkt. Hier gibt's ja jede Menge Schmuckgeschäfte.« Anja verdreht die Augen.

»Ja, aber wir meinen ein ganz bestimmtes.« Die ältere der beiden Damen wirft der jüngeren einen verschwörerischen Blick zu.

»Ach so«, begreift Anja jetzt. »Sie suchen nach dem neuen Dorf-Adonis, den die Bischoff eingestellt hat.«

»Er soll ja ausschließlich barfuß bedienen«, murmelt die Jüngere.

»Und natürlich ist der Schmuck vom Feinsten«, fügt die Ältere mit maliziösem Lächeln hinzu.

»Wenn Sie weiter geradeaus gehen und dann die Strandstraße rechts rein, können Sie das Geschäft gar nicht verfehlen«, erklärt Anja und blickt den beiden amüsiert hinterher.

»Die können es echt nicht erwarten, ihr Geld loszuwerden, was?«, mokiert sich Sven.

»Also wenn du mich fragst, dann war die Geschäftsidee von dieser Carina Bischoff einfach grandios. Der Kerl, den sie als Verkäufer angeheuert hat, ist ein echter Hingucker. Und die weiblichen Badegäste haben oft genug unter der Woche zu viel Zeit …«

»… und zu wenig männliche Zuwendung …«, wirft Sven ein.

»… und zu viel Geld sowieso«, komplettiert Anja den Satz.

»Apropos Geld …« Sven bleibt stehen und nimmt Anja in den Arm. »Ich habe da noch so eine kleine Rücklage und dachte mir, dass du dir ja vielleicht auch etwas Nettes aussuchen könntest. Als Dankeschön für den ganzen Stress mit der Schwangerschaft.«

»Das muss doch nicht sein.«

»Muss nicht, kann aber schon«, beharrt Sven. Und als die kleine Familie wenig später die Strandstraße erreicht, steuert er entschieden auf den Juwelierladen zu.

Carina Bischoff Juwelen steht in goldenen Lettern unter dem Reetdach. Vor den Schaufensterscheiben drängen sich etliche Damen mit teuren Taschen, klobigem Schmuck und wohlfrisierten Haaren. Man muss kein Detektiv sein, um zu sehen, dass ihre verlangenden Blicke weniger der Auslage gelten als den Dingen, die im Inneren des Juweliergeschäfts vor sich gehen. Neugierig mischen sich Anja und Sven unter die Schaulustigen.

Panthergleich mit ebenso geschmeidigen wie kraftvollen Bewegungen huscht der junge Verkäufer durch den Laden. Er ist tatsächlich barfuß, seine Jeans sitzt gefährlich eng über den Hüften, und das Muskelshirt spannt über der durchtrainierten Brust. Er bedient zwei Damen gleichzeitig und scheint es locker zu schaffen, jeder von ihnen das Gefühl zu geben, dass seine volle Aufmerksamkeit allein ihr gilt. Manchmal hebt er die Stimme, so dass sein wohlmodulierter Bass die Scheiben der Auslage und ganz bestimmt auch die Herzen seiner Kundinnen zum Vibrieren bringt.

»Unglaublich. Wo sie den wohl aufgegabelt hat?«, murmelt Anja. »Meinst du, er hat überhaupt eine Ahnung von dem Zeug, das er da anpreist?«

»Das Preisschild wird er wohl lesen können. Und das nötige Fachwissen bringen die Kundinnen wahrscheinlich schon selbst mit. Du siehst ja, womit sie sonst so behängt sind.«

Anja mustert die Damen, die neben ihr stehen. Deren Schmuck kann durchaus mit dem in der Auslage mithalten. Allerdings ist die Anordnung im Schaufenster entschieden phantasievoller.

Schatztruhen aus sägerauen Brettern, grob mit rostigen Nägeln zusammengezimmert stehen aufgeklappt auf hellem Sand. Wie zufällig verstreut wirken die Ringe und Ketten, die Ohrhänger und Armbänder mit ihren prächtigen Steinen, die in den Truhen liegen oder aus ihnen heraushängen. Die ungeordnete Ausbeute eines Schatzgräbers. Der Laderaum eines frisch geplünderten Schiffes.

Anja lässt ihre Augen über die roten, violetten und gelben Steine schweifen. Dann fällt ihr Blick auf ein äußerst schlicht wirkendes Paar goldener Ohrhänger mit glatten grünen Steinen. Dicht daneben liegt ein passender Ring.

Sven hat sie aufmerksam beobachtet und fragt nun leise: »Gefallen dir die?«

Anja versucht, ein Preisschild zu entdecken. Aber da ist nichts.

»Die sind bestimmt viel zu teurer.« Energisch dreht sie der Auslage den Rücken zu. Gleichzeitig schlägt der kleine Max die Augen auf und stülpt seine Lippen auf der Suche nach dem Schnuller vor. Er schmatzt ein paarmal unruhig, wirft den Kopf hin und her, dann beginnt er zu weinen. Sven greift nach dem Kinderwagen und schaukelt den Kleinen sanft. Doch das Weinen wird nur lauter. »Wo ist bloß wieder dieser verdammte Schnuller?«, murmelt Sven, während er zwischen Kissen und Bettdecke herumtastet. Mäxchen hat sein Weinen inzwischen zu intensivem Brül-

13

len gesteigert, was einige irritierte Blicke der umstehenden Damen provoziert. Zum Glück findet Sven jetzt den Schnuller und schiebt ihn dem kleinen Kerl zwischen die Lippen. Sofort ist Ruhe. Der sattgelbe Plastikknopf in der Mitte des Schnullers bewegt sich heftig. Es sieht aus, als wolle der kleine Max den Schnuller am liebsten einsaugen und verschlucken.

Donnerstag, 25. Juli, 8.20 Uhr, Hotel Severin*s, Keitum

Carina Bischoff streckt sich noch einmal in ihrem bequemen Bett und beobachtet die Streifen von Morgenlicht, die quer über dem Boden und den eleganten, aber schlichten Möbeln liegen. Das Fenster ihres Zimmers ist leicht geöffnet, sie kann die Möwen am Watt hören und den Wind spüren, der wie ein Versprechen durch den Raum streicht. Schwungvoll steht sie auf und geht hinüber ins Bad. Unter dem kräftigen Strahl der Dusche wird sie vollends wach. Sie frottiert ihren Körper ab und steigt auf die Waage. 64 Kilo. Für eine Frau Mitte fünfzig ist dies ein akzeptables Gewicht. Zufrieden zieht Carina Bischoff sich an. Eine weiße enge Hose und ein blaues lässiges Seidenshirt. Dazu weiße Sneakers und ein übergroßer Turmalinring in einer auffälligen Fassung. Und natürlich die goldene Uhr, ohne die sie nie ihre Wohnung verlässt. Und selbstverständlich auch nicht das Hotelzimmer.

Seit drei Wochen wird Carinas Westerländer Wohnung generalüberholt, in weiteren zwei Wochen wollen die Handwerker fertig sein. In der Zwischenzeit hat sie sich eine Auszeit im noblen Keitumer Severin*s gegönnt. Zwar kann sie hier nicht ganz so ungeniert mit ihrem jungen Liebhaber turteln wie zu Hause, aber dafür genießt sie den entspannten Luxus, der sie umgibt, in vollen Zügen.

Unten im Frühstücksrestaurant herrscht fröhlicher Trubel. Kinder balancieren vollbeladene Teller zu den Tischen ihrer Eltern, Paare lesen entspannt in der Zeitung, während sie noch eine Tasse Kaffee trinken, Stammgäste schnacken mit dem Personal. Carina Bischoff holt sich eine Schale Müsli vom Büfett und bittet um einen grünen Tee. Dann sucht sie sich einen ruhigen Ecktisch und checkt ihre Mails am Handy.

Zwei Zulieferer kündigen neue Ware an, eine gute Kundin fragt nach einem ganz besonderen Schmuckstück, und der Steuerberater bittet um einen Termin. Nichts Außergewöhnliches, nichts Besorgniserregendes. Carina schaltet das Handy aus und lehnt sich zurück. Ihr Kampener Geschäft öffnet erst um zehn. Sie hat also noch Zeit.

Nach einem weiteren Pott Tee und einem kurzen Blick in die Zeitung geht Carina wieder auf ihr Zimmer. Zähneputzen, Tasche packen. Handy, Portemonnaie, Ladenschlüssel. Ihr Wagen steht unten auf dem Parkplatz, und der Weg über Munkmarsch und Braderup nach Kampen ist für sie eine der schönsten Autostrecken der Insel. Vorbei an der Kirche St. Severin und dem alten Fährhaus, dann zwischen Golfplatz, Weiden und Watt, den weißen Leuchtturm zur Linken, nach Kampen fahren.

Noch ist das Dorf leer und erholt sich vom Trubel der letzten Nacht. Nur vor dem Bäcker gibt es die übliche Schlange. Herren in kurzen Hosen und Daunenwesten, den schlanken Hund an der Leine. Ältere Damen mit wettergegerbten

Gesichtern und Joggingschuhen, die ihr Morgentraining schon hinter sich haben. Junge Mädchen mit verschlafenem Blick, denen die letzte Nacht noch in den Knochen steckt.

Lächelnd biegt Carina Bischoff in die Hauptstraße ein und parkt wenig später auf dem Stellplatz hinter ihrem Geschäft. Adnans Motorrad steht schon hier, natürlich. Carina steigt aus und geht um das schmale Haus herum zur Vorderfront. Im gleichen Augenblick rast ein ziemlich alter dunkelgrüner Passat um die Ecke und hält mit quietschenden Reifen direkt vor ihr. Ein bulliger Mann springt heraus und geht geradewegs auf sie zu. Carina bleibt stehen. Der Typ sieht zwar nicht so aus, als interessiere er sich für ihren Nobelschmuck, aber man kann ja nie wissen.

»Guten Morgen. Carina Bischoff, mein Name. Kann ich etwas für Sie tun?«

Er nickt, dann holt er eine Plastikkarte aus der Tasche und hält sie ihr unter die Nase. *Hauptkommissar Bastian Kreuzer, Kriminalpolizei* liest sie.

»Ist etwas passiert?« Ihre Stimme bleibt ruhig, doch ihr Blick geht irritiert zum Schaufenster ihres Geschäfts. Alles liegt an seinem Platz, aber die Lampen im Inneren brennen. Merkwürdig. Carina kommt nicht dazu, darüber nachzudenken, denn der Typ von der Polizei irritiert sie. Er steht immer noch direkt vor ihr. Er lässt sie nicht aus den Augen, beobachtet sie genau. Was will er von ihr? Carina räuspert sich und weist auf den Ladeneingang.

»Ich schließe jetzt auf.« Sie nestelt in ihrer Tasche nach dem Schlüsselbund. Ihre Finger zittern. Als sie die Schlüssel findet und herausholt, greift der Polizist sofort danach.

»Also hören Sie mal, was fällt Ihnen ein?«, entrüstet sich Carina. Jetzt zittert auch ihre Stimme.

16

»Sorry, aber da können Sie erst mal nicht rein. In Ihrem Laden liegt ein Toter«, erklärt der Polizist.

Donnerstag, 25. Juli, 9.55 Uhr, Strandstraße, Kampen

Kriminalhauptkommissar Bastian Kreuzer lässt Carina Bischoff einfach stehen. Er dreht sich um und steckt den Schlüssel ins Schloss. Die Tür ist tatsächlich abgeschlossen. Vielleicht gab es noch einen anderen Fluchtweg für den Mörder? Angespannt betritt Kreuzer das Juweliergeschäft. Es meldet sich keine Alarmanlage. Das ist nach der verschlossenen Tür schon die zweite Merkwürdigkeit. Welcher Täter sperrt nach einem Mord zwar den Laden hinter sich zu, lässt aber die Alarmanlage ausgeschaltet?

Kreuzer bleibt nah an der Tür stehen und lässt den Blick schweifen. Er will keine Spuren verfälschen und schon gar nicht die Kollegen von der Spusi gegen sich aufbringen. Er wird auch die Leiche nicht berühren, weil ihm sonst der Rechtsmediziner Dr. Bernstein aufs Dach steigt, und das kann äußerst unangenehm werden. Aber er will den kostbaren Moment nutzen, in dem er allein am Tatort ist. Den Moment, in dem man das Blut noch riechen kann, in dem vielleicht noch die Aura des Toten zu spüren ist. Nicht dass Kreuzer an derlei Schwachsinn glauben würde, aber trotzdem kann ein frischer Tatort einem aufmerksamen Menschen Dinge verraten, die sich verbergen, sobald das hektische Treiben einsetzt, das jeder Mordfall unweigerlich nach sich zieht. Die Spurensicherung stellt ihre Kärtchen auf, es werden unzählige Fotos gemacht, der Mediziner nimmt den

17

Toten in Augenschein, und alle möglichen Leute schwirren durcheinander. Dieser Trubel verstellt unweigerlich den Blick aufs Wesentliche.

Aber was ist in diesem speziellen Fall wesentlich? Bastian Kreuzer konzentriert sich und blickt sich gründlich um.

Drei Dinge fallen ihm sofort auf.

Zum einen ist der Tote fast feenhaft schön. Es fällt dem Hauptkommissar schwer, das für sich als Mann so zu formulieren. Bastian selbst ist eher der zupackende Typ. Mitte vierzig, groß, kräftig gebaut, mit beeindruckenden Tränensäcken unter den Augen und einem echten Klammergriff, wenn's sein muss. Dagegen hat der junge Mann, der mit ausgefranster Kehle da vor ihm am Boden liegt, die Gesichtszüge eines Models, kräftiges Kinn, gerade Nase, sinnlicher Mund. Dazu scheint er mit einer makellosen Haut gesegnet gewesen zu sein. Noch unter der gelben Farbe, die der Tod ihr verpasst hat, lässt sie den goldenen Braunton ahnen, den der Schönling durchs Leben getragen haben dürfte.

Außerdem sieht der Tote glücklich aus. Der Mund, in dem ein Ring mit einem münzgroßen grünen Stein steckt, scheint zu lächeln. Was die Augen dazu sagen oder gesagt haben, ist nicht zu klären, denn die Augäpfel sind komplett nach innen gestochen, vermutlich um Platz für die beiden Ohrringe zu schaffen, die in die Augenhöhlen gedrückt wurden und nun wie klare grüne Pupillen ins Leere starren.

Und das ist eindeutig die zweite Besonderheit, die sich dem Hauptkommissar hier erschließt.

Bastian Kreuzer hat schon viel gesehen, aber eine derart herausgeputzte Leiche noch nie. Da hat sich der Mörder Zeit genommen, er oder sie ist nicht direkt nach der Tat abgehauen, sondern hat sein Opfer gezeichnet. Der Täter hat eine Botschaft hinterlassen, die sie als Ermittler lesen müssen. Aber was bedeutet es, wenn ein unwirklich schöner Mann im Tod mit kostbarem Schmuck verziert wird, der vermutlich eher für Frauen bestimmt ist?

Dass der Typ schwul war oder eine Transgender-Identität hatte und jemand daran Anstoß genommen hat? Dass es eine Beziehung zwischen dem Toten und Juwelen allgemein gegeben hat, die dem Mörder nicht gepasst hat? Oder dass der Schönling wegen genau dieser grünen Steine sein Leben lassen musste? Bastian Kreuzer weiß es nicht, aber er ist entschlossen, das herauszufinden. Und er ist überzeugt davon, dass hier der Schlüssel für das Motiv liegen muss. Denn – und das ist die dritte Besonderheit dieses Falles – hier handelt es sich eindeutig nicht um einen Mord aus Habgier.

Der Laden ist so voll mit Schmuck und Edelsteinen wie ein Promi-Event im Kampener Sommer. Nicht nur die Schaufenster sind üppig dekoriert, auch im Inneren scheinen alle Glasvitrinen unberührt. Die Schlösser sind intakt, auch der Hintereingang ist abgesperrt. Nirgendwo sind Spuren eines gewaltsamen Eindringens zu sehen. Vielleicht war vorher ja noch mehr da, überlegt Kreuzer. Vielleicht gab es Dinge, an die leichter heranzukommen war, die man mitnehmen konnte, ohne eine Vitrine aufzubrechen. Oder nur das Wertvollste aus der Auslage ist verschwunden. Aber eigentlich kann sich der Kommissar beides nicht vorstellen. Er hat keine Ahnung, was das ganze Zeug kostet, aber dass man sich mit einem einzigen Griff ins Schaufenster für ein paar Monate finanziell sanieren könnte, ist auch ihm klar.

Und da kommt die Besitzerin ins Spiel.

19

Bastian Kreuzer dreht sich um und sieht Carina Bischoff immer noch wie angewurzelt in der offenen Eingangstür des Ladens stehen. Mittlerweile hat sich ein kleiner Pulk von Schaulustigen um sie gesammelt. Zum Glück sind es nicht so viele, denn am Morgen ist in Kampen nicht wirklich was los. Carina Bischoff steht zwischen den Gaffern, ohne sie auch nur wahrzunehmen. Sie wirkt auf eine fast anrührende Weise desorientiert. Ihre Augen starren ihn an, aber scheinen etwas ganz anderes zu sehen. Leerer Blick, die Arme hängen hilflos zu beiden Seiten ihres Körpers herab. Sehr merkwürdig.

Eigentlich müsste sie längst tätig geworden sein. Ihre Versicherung angerufen oder einen Anwalt kontaktiert haben. Ebenso normal wäre es, wenn sie sich sofort an irgendjemanden wenden würde, dem sie vertraut und der sie in dieser heiklen Situation unterstützen kann. Stattdessen wirkt sie völlig apathisch. Sie hat sich noch nicht einmal gewehrt, als er ihr den Schlüssel zum Laden abgenommen hat. Ist das der Schock? Oder ist es eine Coolness, die nur eine kaltblütige Mörderin aufbringen kann?

Donnerstag, 25. Juli, 10.10 Uhr, Braderuper Weg, Kampen

Als Sven Winterbergs Handy klingelt, hat er gerade beide Hände am Popo seines kleinen Sohnes. Die volle Windel liegt seitlich auf dem Wickeltisch, und Sven bemüht sich, den nackten und fröhlich strampelnden Winzling zu säubern. Anja ist schnell zum Supermarkt gefahren, um die nötigsten Einkäufe fürs Abendessen zu erledigen, bevor Sven ins Kommissariat aufbrechen wird. Es ist mit Bastian abgesprochen, dass er heute erst gegen zwölf Uhr antreten muss.

Aber wer ruft ihn jetzt an? Sven legt das Feuchttuch aus der Hand und fummelt sein Handy aus der Hosentasche. Das Display zeigt ein Foto seines breit grinsenden Vorgesetzten und Freundes Bastian Kreuzer vor dem Roten Kliff bei Sonnenuntergang.

»Moin, moin«, meldet sich Sven.

»Bist du zu Hause?«

»Allerdings. Mäxchen liegt vor mir auf dem Wickeltisch, und ich stecke mitten in Kinderscheiße, wenn du's genau wissen willst.«

»Kannst du an Anja übergeben und so schnell wie möglich in die Strandstraße kommen?«

»Du bist hier in Kampen? Was gibt's denn so Dringendes?«

»Vor mir am Boden liegt ein junger Mann. Er sieht aus wie eine Kreuzung aus Engel und Unterwäschemodel, und man hat ihm die Kehle durchgeschnitten.«

»Moment mal. Du redest jetzt aber nicht von dem jungen Verkäufer bei Carina Bischoff, oder?«

»Bist du unter die Hellseher gegangen? Oder ist das Gerücht schon in Kampen rum?«, fragt Bastian irritiert.

»Weder noch. Ich war gestern Abend mit Anja bei dem Laden und habe den Burschen live erlebt. Die Frauen fliegen auf ihn, kannst du dir wahrscheinlich vorstellen.«

»Wenn er schon lebend beeindruckend war, solltest du ihn mal jetzt sehen. Ich sage nur *Juwelenaugen*.«

»Hä? Was habe ich mir denn darunter vorzustellen?«

»Komm her, und sieh's dir selbst an.«

»Jetzt bin ich echt neugierig. Ist es in einer halben Stunde okay? Bis dahin müsste Anja zurück sein.«

»Herrgott nochmal, geht's nicht schneller? Keiner weiß, ob unsere geschätzte Staatsanwältin nicht gerade mal wieder bei ihrem Sylter Lover zu Besuch ist. Und wir wollen doch nicht, dass sie vor dir hier eintrudelt«, mosert Bastian.

»Keep cool, ich beeile mich. Apropos – warum hast du Silja nicht mitgenommen?«

»Heute werden die neuen Möbel fürs Kommissariat geliefert, schon vergessen? Irgendjemand muss im Notfall energisch genug sein, um der Lieferfirma alles wieder mitzugeben, falls sie zum dritten Mal die falschen Teile dabeihaben.«

»Stimmt, da war was.« Sven verstummt und betrachtet seinen Sprössling nachdenklich. »Meinst du, du kannst dich ordentlich benehmen?«, flüstert er ihm zu und kitzelt ihn gleichzeitig am Bauch. Fröhliches Glucksen ist die Antwort.

»Mit wem redest du da?«, kommt Bastian Kreuzers irritierte Stimme aus dem Telefon.

»Mit Max. Ich bringe ihn mit. In zehn Minuten bin ich bei dir. Keine Widerrede.«

Bevor Bastian protestieren kann, legt Sven einfach auf. Dann angelt er eine frische Windel aus der Packung, zieht seinem Sohn schnell ein Hemdchen und einen Strampler über und schreibt eine kurze Notiz für Anja.

Den Weg durchs Dorf legt Sven im Laufschritt zurück. Die wenigen Einheimischen, die er trifft, wundern sich. Die vielen Touristen gucken nicht mal hin, sie sind ganz offensichtlich an joggende Väter gewöhnt. Als Sven vor dem Juweliergeschäft ankommt, sieht er bereits den Volvo von Dr. Bernstein um die Ecke biegen. Mit höchstens dreißig Stundenkilometern schleicht er durchs Dorf und lässt sich wie immer durch nichts irritieren. Der Rechtsmediziner parkt direkt vor dem Geschäft, wuchtet seine Tasche aus dem Wagen, bedenkt die Schaulustigen mit einem bösen Blick und nickt Sven kurz zu, ohne den Kinderwagen zu kommentieren. Dann verschwindet seine hagere Gestalt im Inneren des Juwelierladens. Wie immer trägt Dr. Olaf Bernstein eine seiner ausgebeulten Cordhosen und bequeme Schuhe mit Kreppsohlen. Sven widersteht dem Impuls, dem Rechtsmediziner zum Tatort zu folgen, und bleibt einen Moment draußen stehen. Aufmerksam beobachtet er die Szenerie. Noch halten ihn alle Umstehenden für einen weiteren Gaffer und beachten ihn nicht. Problemlos kann Sven die lauthals geäußerten, vor allem aber die verschämt geflüsterten Kommentare belauschen.

»Das musste ja passieren, bei dem Verhalten«, entrüstet sich eine ältere Dame.

»Du hast ihm doch auch hinterhergestarrt«, erinnert sie ihr Gatte grinsend.

»Und dabei war er so charmant«, flüstert eine gutgebaute Blondine mit erstickter Stimme.

»Bei den Provisionen, die er allein durch deinen Großeinkauf eingestrichen haben dürfte, war das auch das mindeste, was man erwarten konnte«, kommentiert ihr erheblich älterer Partner.

»Man munkelt ja, dass er ein Verhältnis mit der Inhaberin gehabt hat«, macht sich eine Dame im hellgelben Joggingdress wichtig.

»So ein Sahneschnittchen hätte ich mir auch nicht entgehen lassen«, antwortet ihre Freundin, die von Kopf bis Fuß Violett trägt.

»Übrigens ist die Inhaberin gerade ums Hauseck verschwunden.«

Sven, der das Gespräch mitangehört hat, umrundet das Gebäude.

Hier lehnt eine sichtlich angeschlagene Mittfünfzigerin an einem funkelnagelneuen Porsche-Cabriolet. Ihre brünetten Haare sind sorgfältig frisiert, aber die Haut ist fahl unter der Bräune. Sie stützt sich auf die Motorhaube und ringt ganz offensichtlich um Fassung.

Als Sven Winterberg sich vorstellt und seinen Dienstausweis zeigt, huscht ihr Blick irritiert über den Kinderwagen. Aber sie sagt nichts.

»Frau Bischoff, nehme ich an«, beginnt Sven vorsichtig. Und als sie matt nickt, fährt er fort: »Gibt es hier irgendwo einen ruhigen Ort, wo wir reden können?«

»In meinem Büro«, erwidert sie. »Aber Ihr Kollege wollte mich nicht in den Laden lassen, und dann stand ich da zwischen den Leuten, alle starrten mich an. Aber hier ist es auch nicht besser.« Ihre Stimme bricht. Sie kämpft mit den Tränen.

»Ist das hier Ihr Hintereingang? Dann müssten wir nicht durch den Tatort«, erkundigt sich Sven.

»Schon, aber es ist abgesperrt, und Ihr Kollege hat meinen Schlüsselbund …«

»Ich regle das. Kann ich den Kinderwagen kurz hierlassen?«

Automatisch greift Carina Bischoff nach dem Griff des Wagens und beginnt ihn zu schaukeln. Sven muss unwillkürlich lächeln, dann läuft er zurück zum Vordereingang. Er nickt dem Uniformierten an der Tür zu und steckt den Kopf in den Laden.

»Endlich«, empfängt ihn Bastian mit ungeduldiger Stimme.

»Reg dich ab. Ich bin schon länger hier und habe gerade mit der Inhaberin gesprochen. Du hast sie ja ziemlich im Regen stehen lassen.«

»Hast du so was schon mal gesehen?« Mit einer einzigen Bewegung umfasst Bastian die Szene. »Das wollte ich erst mal in Ruhe auf mich wirken lassen. Die Frau können wir später immer noch vernehmen.«

»Wäre aber interessant gewesen, ihre spontane Reaktion mitzukriegen«, widerspricht Sven. Dann lässt er den Blick über den Innenraum des Juweliergeschäfts schweifen. Hier hat niemand gewütet. Alles wirkt ordentlich und sorgsam dekoriert. Sogar der Tote sieht aus wie ein Publicity-Gag. Das Blut, das seitlich aus seiner durchtrennten Kehle herausgeflossen ist, bildet zwei fast identische Seen. Der junge Mann liegt vor dem Verkaufstresen des Showrooms am Boden drapiert, so dass sämtliche Downlights direkt auf ihn gerichtet sind. Und auf die Juwelen, die in seinen Augen und im Mund stecken.

Sven stutzt. Er kennt diese Juwelen. Wenn ihn nicht alles täuscht, sind es genau die Stücke, die Anja gestern Abend so gut gefallen haben. Doch bevor er weiter über diesen merkwürdigen Zufall nachdenken kann, redet Bastian weiter.

»Carina Bischoffs spontane Reaktion? Die war ziemlich cool, das kann ich dir verraten.«

»Jetzt nicht mehr. Auf mich wirkt sie eher apathisch. Nicht dass sie uns noch zusammenklappt.«

»Dann übernimmst du sie am besten. Okay?«

»Sehr gern. Gib mir mal ihren Schlüsselbund, damit ich

mit ihr von hinten ins Büro kann und wir hier nicht alle Spuren zertrampeln müssen.«

Bastian nestelt die Schlüssel aus seiner Hosentasche und wirft sie Sven zu. »Nimm sie ordentlich in die Mangel, irgendwas stimmt mit der nicht.«

»Dein berühmtes Bauchgefühl, ja?«

Bastian grinst. »Trügt mich selten, das solltest du inzwischen wissen.«

Sven zieht die Augenbrauen hoch und erkundigt sich dann: »War sie es, die den Toten gefunden hat?«

»Nee. Der Anruf kam von einem Badegast, der seinen Hund ausgeführt hat. Das Vieh hat so lange gebellt, bis sein Herrchen sich auf die Zehenspitzen gestellt und über die Auslage in den Laden gelinst hat. Hier drin brannten alle Lichter, und das Opfer war natürlich nicht zu übersehen. Carina Bischoff habe ich direkt vor dem Laden getroffen. Sie kam gleichzeitig mit mir an.«

»Und sie wusste von nichts?«

»Falls doch, hat sie es mir jedenfalls nicht auf die Nase gebunden«, grummelt Bastian.

»Okay, dann weiß ich Bescheid.« Bevor er den Tatort verlässt, wirft Sven noch einen Blick auf den Rechtsmediziner Dr. Bernstein, der wie immer schweigend seine Arbeit versieht. Gerade misst er die Körpertemperatur der Leiche. »Können Sie schon was zum Todeszeitpunkt sagen?«, erkundigt sich Sven.

»Inzwischen müssten Sie eigentlich wissen, dass ich mich ungern zu vorschnellen Äußerungen hinreißen lasse.« Bernstein straft Sven mit einem missbilligenden Blick. »Aber eines kann ich Ihnen jetzt schon sagen. Die Totenstarre ist voll ausgeprägt.«

»Das heißt?«

»Na was wohl? Er liegt schon länger hier. Mindestens seit sechs Stunden.«

»Also ist er vor vier Uhr morgens gestorben«, murmelt Sven, während er den Geschäftsraum verlässt.

»Kann durchaus auch Mitternacht gewesen sein«, ruft ihm Dr. Bernstein hinterher.

Sven nickt. Draußen ist die Schar der Gaffer noch gewachsen.

»Gehen Sie weiter, Herrschaften, hier gibt's nichts umsonst.«

Niemand lacht.

Hinter dem Haus lehnt Carina Bischoff immer noch an ihrem Auto und schaukelt den Kinderwagen. Der kleine Max verhält sich vorbildlich. Er guckt in der Gegend herum und gibt keinen Ton von sich. Carina Bischoff starrt mit leerem Blick in den Kinderwagen. Kein Lächeln, keine Regung im Gesicht. Sie wirkt wie betäubt.

Sven schwenkt den Schlüsselbund. »Wir können jetzt rein. Sie sollten sich endlich hinsetzen und vielleicht einen Schluck trinken.«

Die Juwelierin nimmt ihm wortlos die Schlüssel aus der Hand und sperrt die Hintertür auf. Sie führt direkt in einen winzigen Raum, von dem zusätzlich eine Toilette abgeteilt ist. Auf einem schmalen Bord stehen eine Kaffeemaschine, ein Laptop und ein wenig Geschirr, vor allem Sektgläser. Unter dem Bord klemmt ein kleiner Kühlschrank, neben dem zwei Klappstühle lehnen, die Carina Bischoff jetzt aufstellt. Nachdem Sven auch den Kinderwagen in den Raum geschoben hat, ist es so voll, dass niemand mehr durch die Verbindungstür in den Verkaufsraum gehen könnte.

Sven setzt sich und schaut die Juwelierin abwartend an.

Carina Bischoff scheint sich in der vertrauten Umgebung ein wenig zu entspannen. Sie nimmt zwei Gläser vom Bord und dreht sich fragend um. »Whisky oder Wasser? Was anderes habe ich nicht. Und für Sekt ist es vermutlich der falsche Anlass.«

»Gern ein Glas Wasser«, antwortet Sven und beobachtet erstaunt, wie sich Carina Bischoff drei Eiswürfel ins Glas wirft und es dann zur guten Hälfte mit Whisky füllt.

»Sorry, aber das brauche ich jetzt«, sagt sie leise. Dann füllt sie das zweite Glas mit Wasser, reicht es Sven, lässt sich auf den Stuhl fallen und trinkt ihren Whisky auf ex.

Sven verkneift sich jeden Kommentar und beginnt stattdessen die Befragung. »Das Opfer war Ihr Angestellter?«

Carina Bischoff nickt. »Adnan Jashari«, seufzt sie. »War nicht unintelligent, und sah aus wie ein junger Gott. Der wollte was aus sich machen, hatte Unternehmergeist, das gefiel mir.«

»Unternehmergeist.« Sven lässt sich das Wort auf der Zunge zergehen. »Und dann heuert er als Verkäufer in einem Juwelierladen an?«

Carina Bischoff wirft ihm einen knappen Blick zu. »Warum nicht? Man kann in unserem Gewerbe ordentlich was verdienen.«

»Aber wohl kaum als Angestellter.«

Sie zuckt mit den Schultern und greift noch einmal nach der Whiskyflasche. Die Eiswürfel in ihrem Glas sind noch längst nicht geschmolzen, aber diesmal gießt sie sich nur ein Fingerbreit ein und lässt den Whisky im Glas kreisen.

»Jetzt fragen Sie schon«, fordert sie Sven Winterberg ungeduldig auf.

»Verzeihung?«

»Na, ob wir ein Verhältnis hatten. Das ist es doch, was alle Welt annimmt.«

»Und? Hatten Sie eins?«

»Klar.« Carina Bischoff grinst ihn offen an. »Ich war hochbeglückt, als er sich darauf einließ.«

»War das eine Bedingung für die Einstellung?« Sven hofft, dass sie ihm sein Erstaunen über den merkwürdigen Verlauf der Unterhaltung nicht allzu deutlich anmerkt. Aber Carina Bischoff wendet sich ab und blickt konzentriert in ihr Glas, als stünde auf dessen Boden die Wahrheit geschrieben.

»Nein, war es nicht«, antwortet sie leise. »Ich habe Adnan wegen seines Aussehens eingestellt. Er war der Magnet, der die Weiber in meinen Laden zog. Sie hätten sehen sollen, wie die allein bei seinem Anblick aufgeblüht sind. Adnan war wie Botox für ihre Seelen.«

»Ich habe es gesehen«, murmelt Sven. »Ich wohne nämlich in Kampen und gehe viel mit dem Kleinen durchs Dorf.« Er wirft einen Blick in den Kinderwagen. Mäxchen zuckelt heftig an seinem Schnuller und ist ganz offensichtlich am Einschlafen. Sven schickt ein kurzes Dankgebet zum Himmel und fragt dann weiter:

»Können Sie mir etwas über den familiären Hintergrund dieses Herrn ... Jashari erzählen?«

»Sie meinen wahrscheinlich, ob er trotz seines arabischen Aussehens Deutscher war? Ja, war er. Ist in Berlin aufgewachsen, wo der Rest seiner Familie immer noch lebt. Oder vielleicht sollte ich besser Sippe sagen – ist alles ein bisschen unübersichtlich.«

»Wie lange arbeitete er schon für Sie?«

»Ich habe Adnan zu Beginn dieser Saison eingestellt. Das war zum ersten April, glaube ich.«

»Und wie haben Sie ihn gefunden?«

»Das wollen Sie nicht wissen.« Carina Bischoff grinst schon wieder.

»Doch, will ich.«

»Bei Tinder. Mit einem falschen Profilbild. Beim ersten Date habe ich ihm dann erklärt, wozu ich ihn brauche.«

»Tinder? Das ist dieses Datingprofil im Internet, bei dem man nur Fotos sieht, die man dann nach rechts oder links wischen kann, je nachdem, ob man jemanden attraktiv findet oder nicht.«

»Sieh an. Sie kennen sich aus.«

»Ich habe letztens meine Tochter beim Tindern erwischt. Sie ist elf.«

»Autsch. Das hat vermutlich Ärger gegeben.«

»Davon können Sie ausgehen.« Sven spürt, wie in ihm allein beim Gedanken an diese Szene die Wut wieder hochsteigt. Er hat binnen weniger Sekunden alle pädagogischen Prinzipien über den Haufen geworfen und Mette im Wiederholungsfall mit den drakonischsten Strafen gedroht. Handyentzug, Absage der Ferienreise mit den Großeltern, komplettes Internetverbot.

Aber immerhin weiß er jetzt Bescheid.

»Hat Herr Jashari auch bei Ihnen gewohnt?«, fragt Sven nun. »Wäre ja eine naheliegende Lösung für das Unterbringungsproblem hier auf der Insel gewesen.«

»Finden Sie?« Carina Bischoff mustert den Kommissar mit einem unergründlichen Blick. Dann erklärt sie mit nüchterner Stimme: »Also so weit, dass ich Adnan Jashari dauerhaft in meine Bude gelassen hätte, waren wir noch lange nicht. Mein Mann hat noch eine kleine Eigentumswohnung in Rantum. Die haben wir Adnan überlassen. Gegen eine angemessene Miete selbstverständlich.«

»Ihr Mann …«, beginnt Sven und weiß für Sekunden nicht, wie er weiterreden soll.

»Mein Mann lebt in Düsseldorf. Wir haben dort unser Stammgeschäft, das er betreut. Er wusste übrigens von meinem Verhältnis, falls Sie das interessiert.«

»Und es hat ihn nicht gestört?«

»Anfangs schon. Er findet ja, dass er immer noch mit jedem Zwanzigjährigen mithalten kann. Ich sehe das ein wenig anders.« Sie lächelt kurz, dann kippt sie den Whisky mit einem Schluck hinunter. »Inzwischen ist mein Mann ebenfalls auswärts tätig.«

»Äh, also, ich verstehe nicht ganz …«, setzt Sven gerade an, dann geht ihm ein Licht auf. »*Auswärts tätig*, ach so«, fügt er lahm hinzu.

Carina Bischoff mustert ihn mit einem spöttischen Blick und gießt sich einen dritten Whisky ein.

Sven räuspert sich verlegen, dann setzt er noch einmal neu an. »Würden Sie mir sagen, was Sie in der letzten Nacht gemacht haben?«

»Wie ausführlich hätten Sie's denn gern?«

»Es geht um Ihr Alibi, Frau Bischoff.«

»Sie glauben jetzt aber nicht im Ernst, dass ich diesen Goldjungen umgebracht habe, oder?« Von Minute zu Minute wird sie lockerer. Vielleicht auch leichtsinniger?

»Frau Bischoff, bitte!«

»Also gut.« Sie seufzt. »Ich war allein. Nicht ganz freiwillig. Adnan hat relativ kurzfristig unsere Verabredung für den Abend abgesagt.« Mit einer müden Geste weist sie hin-

31

über zur Verbindungstür zum Verkaufsraum. »War wohl ein Fehler.«

»Wissen Sie, warum er abgesagt hat?«

Carina Bischoff schüttelt den Kopf. »Es gibt Regeln, gerade auch bei Affären. Und die erste Regel lautet: Frag nie nach, sonst könntest du Dinge erfahren, die du ganz bestimmt nicht wissen willst.«

»Schade, wirklich sehr schade. Aber falls Ihnen doch noch das eine oder andere einfällt, das Sie nie wissen wollten, sollten Sie mich auf jeden Fall anrufen.« Sven Winterberg steht auf, reicht Carina Bischoff eine Karte mit seiner Handynummer und wirft einen weiteren Blick in den Kinderwagen. Mäxchen schläft den Schlaf der Gerechten. Auf seinem Gesicht liegt ein Engelslächeln.

»Sie und Ihr Laden scheinen äußerst beruhigend auf meinen kleinen Sohn zu wirken«, murmelt Sven mit einem Hauch von Verzweiflung in der Stimme. »Vielleicht sollte ich mir wegen seiner Zukunft ernsthafte Sorgen machen.«

Donnerstag, 25. Juli, 11.40 Uhr, Haus am Dorfteich, Wenningstedt

Der Journalist Fred Hübner bremst scharf vor seiner Eingangstür und springt vom Rad. Wie jeden Morgen hat ihm das ausgiebige Schwimmen in der Nordsee gutgetan. Der durchtrainierte Endfünfziger fühlt sich durchgearbeitet und fit, fast wie nach einer Frischzellenkur. Heute war das Wasser perfekt, die Strömung erträglich und keine einzige Qualle weit und breit in Sicht. Hübner streicht über seine vollen, sehr kurz geschnittenen Haare und stellt fest, dass sie während seiner Rückfahrt bereits getrocknet sind. Umso besser. Dann steht einem ausgiebigen Frühstück nichts mehr im Weg.

Nach dem Schwimmen hat er den kleinen Umweg über Manne Pahl in Kampen gemacht, um dort die besten Croissants der Insel zu kaufen, und das Kaffeepulver in seiner Maschine ist vom Feinsten. Fred Hübner schließt die Tür zu seiner noblen Maisonettewohnung am Wenningstedter Dorfteich auf, stellt die Brötchentüte auf dem Küchentresen ab, wirft die Kaffeemaschine an und öffnet die Tür zu seiner Terrasse. Von hier aus hat er die Fontäne, die tagsüber die Mitte des Teiches ziert, genau im Blick. Fred Hübner weiß genau, wie privilegiert er wohnt, und er hat es sich hart erarbeitet. Noch vor wenigen Jahren hauste er in einer angeschimmelten und ziemlich baufälligen Baracke oben in List und musste sich von seiner Vermieterin drangsalieren lassen. Doch dann verschwanden drei kleine Mädchen von der Insel, und es gelang ihm, zur Aufklärung des Falls beizutragen. Damit konnte er an seine frühen journalistischen Höhenflüge in den achtziger Jahren des letzten Jahrhunderts anknüpfen, als er noch der republikweit bejubelte Chronist der Insel der Reichen und Schönen war. Inzwischen ist sein Status weniger imageträchtig, dafür aber finanziell solider. Zwar sind die Raten für die schicke Eigentumswohnung noch längst nicht abbezahlt, aber die Zeiten der schlimmsten Engpässe sind vorbei. Ab und an schreibt Fred für einige Inselblätter, außerdem fließen regelmäßig Tantiemen aus den Veröffentlichungen seiner Reportagen. Denn auch in den Jahren nach dem Verschwinden der drei Mädchen konnte er sich bei der Aufklärung des einen oder anderen Verbrechens nützlich machen. Nicht immer zur reinen Freunde der ermittelnden Kommissare, wie sich Fred grinsend erinnert, während er den kleinen Teakholztisch näher an seinen Strandkorb schiebt und die Zeitung bereitlegt. Jetzt noch schnell den Kaffee holen und die Marmelade zum Croissant nicht vergessen.

Als Fred Hübner es sich gerade bequem machen will, klingelt sein Handy. Kurz erwägt er, das Läuten einfach zu ignorieren, aber dann zieht er das Teil doch aus der Tasche. Schließlich könnte es sein, dass seine gegenwärtige Flamme ein paar Minuten ihrer kostbaren Zeit abknapsen kann, um mit ihm zu plaudern. Und richtig, das Display zeigt eine kurvige Lady mit wilden roten Locken, die sich gerade auf die Zehenspitzen stellt, um hinter einem Gartenzaun einen Apfel zu stehlen. Fred selbst hat das Foto bei Elsbeths letztem Besuch auf der Insel geschossen, als sie beide am Keitumer Watt spazieren waren. Er mag das Subversive des Bildes vor allem deshalb, weil Elsbeth von Bispingen die für die Insel Sylt zuständige Staatsanwältin ist.

»Guten Morgen, du Schöne«, raunt er jetzt ins Telefon, während unwillkürlich ein Lächeln sein Gesicht überzieht.

»Guten Morgen, du Langschläfer«, kommt es amüsiert zurück.

»Also hör mal! Ich war schon schwimmen und frühstücke gerade erst«, widerspricht er. »Das ist sicher mehr, als du von dir behaupten kannst.«

»Ich sitze seit acht Uhr in der Früh an meinem Schreibtisch und drehe Däumchen. Das denkst du doch, oder?«

»So ungefähr.« Fred Hübners Lächeln vertieft sich. Er greift nach seiner Kaffeetasse und führt sie an den Mund.

»Aber seit zehn Uhr ist es mit der Däumchendreherei

definitiv vorbei«, fährt Elsbeth von Bispingen fort. »Bei euch gibt's einen Mordfall.«

Fred verschluckt sich und muss husten. »Auf der Insel?«

»Wo sonst? Du warst schon mal schneller im Kopf, mein Lieber. Schwing dich auf dein Rad, wenn du magst, und fahr rüber nach Kampen in die Strandstraße. Dann kannst du es gar nicht übersehen.«

»Was übersehen?«

»Da liegt einer tot mitten in einer Goldgrube.«

»Goldgrube?« Fred versteht nur Bahnhof.

»Oder Juwelenkiste. Nenn es, wie du willst. Man hat dem Verkäufer eines dieser Nobeljuweliere letzte Nacht die Kehle durchgeschnitten und ihn inmitten seiner Schätze liegen lassen.«

»Hey, das hört sich nach einer echten Filmszene an.«

»Es sieht sogar noch besser aus. Jedenfalls wenn man den Schilderungen eures fleißigen Hauptkommissars Glauben schenken darf.«

»Kreuzer«, seufzt Fred Hübner und denkt unwillkürlich an etliche nicht immer angenehme Begegnungen zurück.

»Ganz recht. Bastian Kreuzer ist wieder unterwegs. Fahr ruhig vorbei und wirf einen Blick auf die Chose. – Aber von mir hast du's nicht.«

»Alles klar, Boss. Und wann kommst du selbst vorbei?« Fred muss jedes Mal grinsen, wenn er sich die attraktive, schlagfertige Staatsanwältin inmitten der Kommissare vorstellt. Den einen findet er ziemlich bieder, den anderen unangemessen grobschlächtig. Insgesamt sind sie beide nicht nach seinem Geschmack. Nur auf die Dritte im Bunde, die junge Kommissarin Silja Blanck, lässt er so schnell nichts kommen.

Elsbeth von Bispingen zögert mit ihrer Antwort. »So gern ich den Fall für eine Stippvisite bei dir nutzen würde, aber ich hab gerade jede Menge Arbeit auf dem Tisch. Erst mal sehen, wie's bei euch so läuft. Nach allem, was Kreuzer mir über den Mord erzählt hat, muss es jemand gewesen sein, der einen Schlüssel zum Geschäft hatte und vielleicht sogar den Code der Sicherheitsanlage kannte. Da kommen bei einem Juwelierladen ja nicht so besonders viele Leute in Frage.«

»Du meinst, sie finden den Täter ruckzuck? Das wäre aber das erste Mal.«

»Mach mir die Beamten nicht schlechter, als sie sind. Den Mord an dem Galeristen haben sie im letzten Sommer innerhalb von vierundzwanzig Stunden aufgeklärt.«

»Dafür haben sie den Biikebrennen-Mörder immer noch nicht gefasst«, wendet Fred ein.

»Aber das hat uns die Gelegenheit gegeben, uns kennenzulernen. Ist heute übrigens ziemlich genau fünf Monate her.«

»Und? Bereust du's schon?«

»Was sollte ich bereuen? Wir sind weder verheiratet, noch wohnen wir zusammen. Meiner Erfahrung nach fangen die Probleme erst mit solchen Sachen an.«

»Sehr charmant, Beth, wirklich. Ist doch immer wieder nett, so ein herzliches Telefonat am Vormittag«, kontert er kühl.

»Entschuldige, ich hab's nicht so gemeint. Du weißt, dass ich die Zeit mit dir jedes Mal unglaublich genieße. Du hast die Farbe in mein Leben zurückgebracht. Ich dachte, das weißt du. – Jetzt wieder gut?«

»Aber nur, weil du's bist«, mosert Fred. »Und nur, wenn

du vorbeikommst. Morgen vielleicht? Ist nämlich netter mit dir hier auf der Insel.«

Elsbeth von Bispingen lacht. Fred liebt ihre tiefe volltönende Stimme, und sie weiß das genau.

»Okay, ich überleg's mir. Zufrieden?«

»Erst wenn du hier bist.«

Sie lacht noch einmal, dann legt sie auf.

Donnerstag, 25. Juli, 12.50 Uhr, Kriminalkommissariat, Westerland

Silja Blanck lehnt an ihrem Schreibtisch und ärgert sich. Seit fast drei Stunden ist Bastian jetzt schon in Kampen, und sie sitzt hier fest. Wenn diese verdammte Möbellieferung nur endlich käme! Oder Bastian wenigstens anrufen würde. Es kann doch nicht sein, dass er nicht wenigstens einen Rechercheauftrag für sie hat.

Die schlanke und stets sehr sorgfältig gekleidete Kommissarin streicht ihre Leinenhose glatt, dann zieht sie nervös das Gummi aus ihren halblangen dunklen Haaren und schnippt es über den Finger. Das Gummi fliegt durchs Büro und landet im Papierkorb.

»Immer wenn ich treffe, sieht kein Schwein hin«, murmelt sie und fischt das Haarband wieder heraus. Anschließend geht sie zurück zu ihrem Schreibtisch, klemmt sich dahinter, greift nach dem Telefon und wählt kurzentschlossen Bastians Handynummer. Er nimmt den Anruf nicht an. *Mist!*

Dafür schallen jetzt von unten Männerstimmen herauf. Gleich darauf kracht es laut. Irgendetwas ist zu Boden gefal-

37

len. Silja springt auf, verlässt das Büro und läuft die Treppe hinunter. Im Erdgeschoss befinden sich der Vorraum mit dem Empfangstresen und die Räume der Schutzpolizei. Und natürlich die drei Zellen.

Jetzt stehen drei muskelbepackte Typen im Vorraum. Sie riechen nach Zigaretten und nach Bier. Ihre Tätowierungen sind so vielfältig wie ein ganzer Musterkatalog. Durchs Fenster kann Silja den Möbelwagen sehen, der quer vor dem Eingang parkt.

»Wir ham Ihre neue Einrichtung, schöne Frau«, verkündet ein Kahlrasierter.

»Wo soll's denn hingehen?«, fügt ein besonders Bulliger mit etwas mehr Höflichkeit in der Stimme hinzu.

Silja weist die Treppe hinauf. Die drei Möbelpacker verdrehen die Augen.

»Unten wär's bequemer gewesen.«

Silja geht gar nicht erst auf das Gemaule ein. Sie läuft wieder hoch und ruft über die Schulter: »Ich erwarte Sie dann hier oben.«

Zurück im großen Gemeinschaftsbüro lässt Silja ihren Blick über alle drei Schreibtische wandern. Sie sollen ebenso ausgetauscht werden wie die Regale und die alten Büroschränke. Auch die benachbarten Vernehmungsräume sollen neu möbliert werden. Nachdenklich streicht Silja über die zerkratzte Platte ihres Schreibtisches. Was sie hier schon alles erlebt hat! Doch bevor sie sich weiter in ihre Erinnerungen vertiefen kann, klingelt das Telefon. Hauptkommissar Bastian Kreuzer ist dran.

Privat sind Silja und Bastian seit Jahren ein Paar, und seit einigen Monaten wohnen sie sogar zusammen. Beide Umstände erwähnen sie möglichst nicht, um ihre Vorgesetzten nicht gegen sich aufzubringen. Allerdings sind sie ziemlich sicher, dass die Staatsanwältin Elsbeth von Bispingen Bescheid weiß.

»Hallo, mein Schatz, ich habe einen Rechercheauftrag für dich, der dich bestimmt erheitern wird«, sprudelt ihr Bastians Stimme entgegen.

»Ich warte schon ewig auf deinen Anruf, aber ausgerechnet jetzt werden die Möbel geliefert«, beschwert sich Silja.

»Die Jungs brauchen sicher eine Weile, bis sie alles montiert haben. In der Zwischenzeit kannst du dich mal mit Edelsteinen beschäftigen.«

»Was ist denn gestohlen worden?«

»Nichts, das ist es ja gerade.« Bastian lacht.

»Und wonach soll ich dann suchen?«

»Der Tote war dekoriert. Mit einem Ring und einem Paar Ohrringen. Die Juwelierin sagte mir, dass allein die Smaragde in den Schmuckstücken einige tausend Euro wert seien. Wenn jemand sie trotzdem liegen lässt, muss es dem Täter eindeutig um eine Botschaft gehen.«

»Eine Botschaft, die er mit den Edelsteinen übermitteln will?« Silja beobachtet, wie die ersten Pakete durch die Tür gekantet werden. »Es geht hier gleich los, aber ich gucke mal, was ich über die Bedeutung der Steine herausfinden kann. Ich schick dir eine SMS, sobald ich mehr weiß, okay?«

»Super, bis später.«

Während die Möbelpacker ihr Büro in eine Lagerhalle verwandeln und dabei ihren Rechner zustellen, zieht Silja das Handy zu Rate. Sie muss nicht lange googeln, dann hat sie die ersten Infos: Schon im alten Ägypten wurden Smaragde abgebaut. Heutzutage ist Kolumbien der Haupt-

39

exporteur. Die Steine sind empfindlich, selten und teuer. Aber noch weiß Silja nicht, was die Steine bedeuten, was über die Jahrhunderte mit ihnen verbunden worden ist. Doch dann stößt sie auf eine mystisch angehauchte Website. *Traditionell gemahnen Smaragde an den Götterboten Hermes, den Schutzpatron der Reisenden, Händler, Diebe und Zauberer.*

Schon besser, denkt Silja und kopiert den Satz in ihre SMS. Dann blickt sie auf. Die Möbelpacker haben das erste Paket geöffnet und sind gerade dabei, einen Schreibtisch zusammenzubauen.

»Ist das da hinten die Arbeitsplatte?«, fragt Silja mit Entsetzen in der Stimme.

»Jepp!« Der Kahlrasierte zwinkert ihr zu.

»Die können Sie gleich wieder mitnehmen.«

»Warum das denn, schöne Frau?«

»Das ist Kirschholz. Wir haben aber Buche bestellt.«

»Kirsche ist doch viel edler.«

»Das mag schon sein. In jedem Fall ist sie auch teurer. Und unsere Abrechnungsstelle ist nicht dafür da, uns das Leben zu veredeln, sondern die Ausgaben zu kontrollieren.«

»Jetzt haben Sie sich mal nicht so. Das kriegen Sie schon irgendwie hin.«

»Nein, das kriegen wir nicht hin. Und Ihnen als Steuerzahler dürfte das auch nicht egal sein. Also alles wieder einpacken und mitnehmen.« Silja seufzt. »Zum dritten Mal jetzt.«

»Der Chef hatte recht. Sie sind echt schwierig …«, mault der Packer.

»Nicht schwierig. Sparsam. Merken Sie sich das!« Silja

greift nach ihrem Handy und drängt sich an den drei Täto-
wierten vorbei. »Ich schicke Ihnen jemanden von der Wache
hoch, der den Abtransport beaufsichtigen wird. Und glauben Sie ja nicht, dass das ohne Folgen für Ihre Firma bleibt.
Stellen Sie sich mal vor, die Kriminalpolizei würde sich solche Schlampereien leisten.«

Ohne eine Antwort der verdutzten Männer abzuwarten,
stürmt Silja die Treppe hinunter. Ihr Herz klopft wie wild,
und ihr Puls ist bestimmt auf hundertachtzig.

Meine Wut müsste eigentlich reichen, um mindestens drei
Mörder dingfest zu machen, denkt sie, als sie noch einmal Bastians Handynummer wählt.

Donnerstag, 25. Juli, 14.13 Uhr, Severins*s, Keitum

Völlig erschöpft steigt Carina Bischoff aus ihrem
Cabrio. Sie lässt sogar das Verdeck offen, was auf Sylt
verdammt riskant ist, denn vor plötzlichen Regenschauern ist
man hier nie sicher. Aber Carina will nur noch eines: zurück
in die Stille ihres Zimmers – und das so schnell wie möglich.
Zu dem Schock und der ganzen Aufregung mit der Kriminalpolizei kam irgendwann auch noch der Rausch und ver-
nebelte ihr zusätzlich die Sinne. Es war natürlich eine dumme Idee, schon am Vormittag Whisky zu trinken. Aber als sie
Adnan dort liegen sah, den schönen Körper bleich unter der
Bräune, das Gesicht für immer im Tode erstarrt, die klaffende Wunde im Hals, da meinte sie, es ohne Alkohol einfach nicht auszuhalten. Und jetzt kann sie nur hoffen, dass
sie bei der Vernehmung nicht allzu viel Unsinn erzählt hat.

41

Carina eilt durch die stille Hotelhalle, die eher einem vergrößerten Wohnzimmer ähnelt mit den Sitzecken, einem Kamin, der kleinen Erfrischungsstation auf dem Tisch in der Mitte. Dann schlüpft sie in den Aufzug und lehnt sich völlig entkräftet an die Wand. Mit schwankenden Schritten geht sie den Gang entlang und steckt mit zitternden Händen die Zimmerkarte ins Schloss. Als die Tür mit einem leisen Plopp hinter ihr zufällt, bricht Carina zusammen. Schluchzend wirft sie sich aufs Bett, hemmungslos gibt sie sich der Vorstellung hin, dass jetzt alles, alles aus ist.

Was natürlich vollkommener Quatsch ist, wie sie sich wenige Minuten später klarmacht. Sie rappelt sich auf, tauscht die verschwitzten Klamotten gegen frische aus und richtet im Bad ihr Make-up. Dann klaubt sie ihr Handy aus der Tasche. Es gibt einiges, was sie am besten sofort erledigen sollte.

Als wenige Sekunden später ein leises Klopfen an der Zimmertür ertönt, ruft sie energisch: »Vielen Dank, ich brauche nichts«, und beginnt, eine App aufzurufen. Doch wer auch immer draußen vor der Tür steht, lässt ihr keine Ruhe. Es klopft noch zweimal, dann ruft eine Männerstimme: »Carina, jetzt stell dich nicht so an und mach endlich auf.«

Seufzend geht Carina zur Tür. Der korpulente Mann in Designerjeans und leichtem Leinenjackett trägt seine silbergrauen Haare nackenlang. Kommentarlos betritt er das Hotelzimmer.

»Was machst du hier? Ich dachte, du bist in Düsseldorf.« In Carinas Stimme schwingt Panik mit.

»Das hast du hoffentlich der Polizei auch gesagt«, entgegnet der Besucher und setzt sich auf eines der beiden Sesselchen, die mit einem kleinen Tisch vor dem Fenster stehen.

»Natürlich.« Sie schweigt einen Moment und sieht ihn ratlos an. »Du weißt es also schon?«

»Im Radio sprechen sie von nichts anderem. Man könnte meinen, der Mord sei einer deiner geschmacklosen Marketing-Gags.«

»Sei nicht zynisch! Man wird dich vernehmen, das ist dir hoffentlich klar.«

Er nickt und klopft seine Jacketttaschen auf der Suche nach einem Zigarettenpäckchen ab.

»Hier drin ist Rauchen verboten. Und du solltest dich besser versteckt halten – oder gleich wieder zurückfahren. Wie lange bist du überhaupt schon auf der Insel?«

»Seit heute Morgen?« Sein Tonfall klingt fragend.

»Nachts losgefahren, sehr glaubhaft. Oder hast du den Flieger genommen?«

Er schüttelt den Kopf. Dann sieht er ihr zum ersten Mal seit seiner Ankunft direkt ins Gesicht. »Wie geht es dir? Du siehst scheiße aus.«

»Danke, sehr freundlich.« Carina lässt sich aufs Bett fallen und verdreht die Augen. »Himmel nochmal, Lorenz, du wusstest doch genau, dass da was läuft. Was glaubst du denn, wie ich mich jetzt fühle?«

»Mein Beileid.« Es schwingt Häme in seiner Stimme mit. »Vielleicht sollte die trauernde Hinterbliebene ein paar Tage lang Schwarz tragen. Steht dir ohnehin besser als diese bunten Fummel.«

»Vielleicht sollte der Ehemann der trauernden Hinterbliebenen sein loses Mundwerk ein wenig zügeln«, gibt sie giftig zurück.

»Sonst?« Er bedenkt sie mit einem spöttischen Blick.

»Ach leck mich doch.«

43

»Sehr gern, mein Schatz. Nur lässt du mich ja leider nicht mehr ran, seit du die Qualitäten dieser arabischen Hengste entdeckt hast.«

»Hör auf damit, das haben wir alles schon zur Genüge durchgekaut. Wenn ein Kerl sich eine Jüngere sucht, kräht kein Hahn danach. Aber bei einer Frau regen sich alle auf. Außerdem … besonders lange hast du ja nicht gebraucht, um dich zu trösten. Ich sage nur: Svetlana.«

Lorenz Bischoff, der endlich seine Zigaretten gefunden hat, wirft einen kurzen Blick zum Rauchmelder hinauf, bevor er sich eine ansteckt. »Sind eh alles Attrappen.«

Wenige Sekunden später geht der Alarm los.

Donnerstag, 25. Juli, 14.55 Uhr, Pizzeria Toni, Westerland

»Mein Magen hängt schon sonstwo«, murmelt Bastian Kreuzer, als die drei Kriminalbeamten ihre Stamm-Pizzeria betreten.

»Dein Bauch hängt jedenfalls über dem Gürtel«, kontert Sven Winterberg schlagfertig und bedenkt die kräftige Gestalt seines Vorgesetzten mit einem Seitenblick.

»Aber nur ein bisschen«, verteidigt sich Bastian. »Ich dachte, das sieht man gar nicht. Das verdammte Training schlägt einfach nicht so an, wie es sollte.«

»Wie oft bist du denn in der Muckibude?«, fragt Sven, der selbst mit einer beneidenswert schlanken Figur gesegnet ist.

»Dreimal wöchentlich«, antwortet Silja an Bastians Stelle. »Und jetzt hör auf, ihm so zuzusetzen, sonst sehe ich Bastian in unserer knappen Freizeit gar nicht mehr.«

»Aye, aye, bellezza.« Sven salutiert kurz, dann klemmt er sich auf die Eckbank, die jeden Mittag für die Kommissare reserviert ist. Als alle drei sitzen, kommt der Kellner zwar mit den Speisekarten unterm Arm, aber er verteilt sie gar nicht erst. Die Stammgäste kennen eh alles auswendig.

»Ein Steak mit Pommes und ein großes Bier«, bestellt Bastian.

»Für mich den Salat mit Putenbrust und eine Apfelsaftschorle«, ordert Silja.

»Ich schließe mich an«, erklärt Sven seufzend.

»Schleimer!« Bastian stößt ihn mit dem Ellenbogen in die Seite.

»Wenn ich schleimen wollte, hätte ich dein Steak bestellt. Schließlich bist du hier der Boss.«

»Genau. Und als Boss verfüge ich, dass wir uns noch vor dem Essen gegenseitig auf den aktuellen Stand der Dinge bringen. Denn, wie heißt es doch so schön?«

»Erst denken, dann essen«, leiern Silja und Sven die ihnen wohlbekannte Maxime Bastian Kreuzers herunter.

»Brav. Wer fängt an?«

»Ich.« Mit knappen Sätzen fasst Sven die Vernehmung von Carina Bischoff zusammen. Anschließend fragt er Bastian: »Du hast aber auch noch mal mit ihr geredet, oder?«

»Jedenfalls mit dem, was du von ihr übrig gelassen hast. Sie war nämlich ganz schön durch den Wind.«

»Hat innerhalb von zwanzig Minuten drei Whisky gekippt, da wärst selbst du ein wenig angeschlagen.«

»Alle Achtung.« Bastian nimmt dem Kellner sein Bier aus der Hand und trinkt erst mal genüsslich. »Man sollte sich eben besser an Gerstensaft halten.«

»Ist aber nicht gerade figurfreundlich«, stichelt Sven.

»Sag mal, was ist denn heute mit dir los? Sonst geht's dir doch am Arsch vorbei, wie ich aussehe.«

Sven seufzt. Er überlegt kurz, was er antworten soll, aber schließlich gesteht er: »Seit Mäxchens Geburt herrscht bei uns strengste Diät. Anja wollte unbedingt möglichst schnell wieder so schlank werden wie vor der Schwangerschaft.«

»Ach, daher deine schlechte Laune. Du gönnst mir meine kleine Plauze einfach nicht.«

Kurz darauf bringt der Kellner die beiden Salate. Sven schiebt seinen mit fast angewidertem Gesicht beiseite. »Ich komme mir langsam vor wie ein Kaninchen.«

»Stimmt was nicht?«, erkundigt sich der Kellner besorgt.

»Doch, doch, alles paletti«, antwortet Sven mit Leichenbittermiene.

»Weißt du was?« Bastian macht ein Gesicht, als stünde die große Weihnachtsbescherung direkt bevor. »Wir tauschen. Du kriegst mein Steak, und ich fresse deinen Salat. Na, was sagst du?«

Sven sieht ihn äußerst skeptisch an. »Der Salat ist schon da, das Steak braucht noch eine Weile. Wahrscheinlich willst du nur beides essen.«

Bastian lacht. »Wart's ab. Zur Not bestellen wir ein zweites Steak. Und Anja verraten wir auch nichts davon.« Er zwinkert Sven verschwörerisch zu. »Es gibt nur ein einziges Problem bei der ganzen Sache …«

»Wusste ich's doch.« Sven verdreht die Augen.

»Nicht, was du denkst, Kumpel. Das Problem ist, dass ich euch noch was Irres erzählen muss, bevor ich anfangen kann zu essen.«

»Salat wird nicht kalt«, schaltet sich Silja ein.

»Die Putenbrust schon«, widerspricht Bastian. »Aber

egal. Manchmal muss man Opfer bringen. Also hört zu: Frau Bischoff ist in meinem Beisein die Bestände ihres Geschäfts durchgegangen. Und jetzt haltet euch fest: Es ist nichts gestohlen worden.«

»Es war eben ein Mord und kein Raubüberfall«, wirft Silja ein, während sie ihren Salat probiert.

»Trotzdem. Es gibt nicht viele Fälle, bei denen es sich ein Mörder entgehen lässt, seine Tat als Raub mit Todesfolge zu tarnen. Überlegt doch mal, die Vorteile liegen auf der Hand.«

»Der Kreis der Tatverdächtigen vergrößert sich erheblich, und ein bisschen Beifang für den Täter fällt auch ab«, sagt Sven.

»Exakt. Warum also lässt sich unser Täter diese verlockende Mischung entgehen?«

»Da gibt's eigentlich nur zwei Erklärungen.« Silja legt das Besteck weg und lehnt sich zurück. »Erstens könnte er oder sie vollkommen sicher sein, nicht gefasst zu werden.«

»Wer ist das schon?« Bastian fischt sich mit spitzen Fingern ein Stück Putenbrust vom Salat und wirft es sich in den Mund.

Silja verdreht die Augen, fährt aber unbeirrt fort. »Zweitens könnte es ihm oder ihr so wichtig sein, nicht von der Botschaft abzulenken, die mit der Tat verbunden ist, dass allein deswegen eine Verschleierung des Motivs nicht in Frage kommt.«

»Botschaft? Welche Botschaft denn jetzt wieder? Ich verstehe nur Bahnhof«, erklärt Sven irritiert.

»Die Juwelen in Augen und Mund«, klärt ihn Bastian auf. »Die hast du doch gesehen. Die sind bestimmt nicht zufällig dahin geraten. Das soll uns doch etwas sagen. – Fragt sich nur, was.« Nachdenklich holt er sein Handy hervor und deklamiert den Text von Siljas SMS: »Traditionell gemahnen Smaragde an den Götterboten Hermes, den Schutzpatron der Reisenden, Händler, Diebe und Zauberer.«

»Reisende, Händler, Diebe und Zauberer«, wiederholt Sven beeindruckt. »Das passt ja perfekt. Ein Mann, der so schön war, dass er alle Frauen bezaubert hat. Eine Juwelierin, die nur nach Sylt reist, um mit ihren Schmuckstücken zu handeln. Und dann ein Toter in ihrem Showroom. Also echt jetzt, Silja, das hast du dir doch ausgedacht.«

»Nee, ist aus dem Internet«, widerspricht Silja. »Alle Edelsteine haben bestimmte Bedeutungen. Schon seit Jahrhunderten. Sie sind zum Beispiel auch Sternzeichen zugeordnet.«

»Aber einen Haken finde ich doch«, mosert Sven. »Es ist nichts gestohlen worden. Das mit den Dieben können wir also vergessen.«

»Nicht ganz«, Bastian stochert lustlos in Svens Salat herum. »Erstens wissen wir nicht, woher die Smaragde stammen. Es könnte sich theoretisch auch um Hehlerware handeln.«

»Die dann ausgerechnet in Kampen weiterverkauft wird? Never!«, schaltet sich Silja ein.

»Okay, dann nicht. Aber da ist noch was anderes. Ich habe vorhin gesagt, dass gar nichts gestohlen wurde. Das stimmt nicht ganz. Kurioserweise ist nämlich noch genau ein einziges anderes Schmuckset weggekommen. Jedenfalls, wenn man der Eigentümerin glauben will.«

»Das ist ja merkwürdig«, wundert sich Silja. »War das vielleicht besonders wertvoll?«

Bastian schüttelt den Kopf. »Die wirklich teuren Stücke kommen über Nacht in den Safe, sagt die Bischoff. Und an dem hat sich niemand zu schaffen gemacht. Das Set, das sie als einziges vermisst, lag ebenso in der Auslage wie der Smaragd-Schmuck. Es war ihm total ähnlich. Nur die Steine waren andere.«

»Lass mich raten«, unterbricht ihn Silja. »Rubine vielleicht?«

»Hey, woher weißt du das?«

»Na, ich hab mir heute Vormittag beim Googeln nach Smaragden auch die Bedeutung der anderen Edelsteine angesehen. Rubine, rot wie Feuer, strahlend wie die Liebe, das würde passen, finde ich.«

»Du glaubst an ein Liebesdrama?« Bastian schiebt den halb geleerten Salatteller von sich, winkt den Kellner herbei und bestellt ein weiteres Steak mit Pommes. Dann guckt er zerknirscht in die Runde und murmelt: »Ich hab's wirklich versucht, aber ich bin eben auch kein Kaninchen.«

»Ihr seid furchtbar, alle beide«, schimpft Silja. »Und ja, ich glaube an ein Liebesdrama. Du hast doch gesagt, dass der Laden abgeschlossen war?«

Bastian nickt. »Und dem Toten fehlte der Ladenschlüssel. Es gibt genau drei Stück, hat die Juwelierin ausgesagt. Einen hat sie selbst, mit dem habe ich den Laden aufgeschlossen. Einen hat ihr Ehemann, der müsste also in Düsseldorf sein. Und den dritten hatte unser Toter. Vor seinem Tod, wohlgemerkt. Denn bei der Leiche haben wir den Schlüssel nicht gefunden.«

»Also könnte das Opfer den Laden aufgeschlossen und der Täter ihn wieder zugeschlossen haben«, überlegt Silja.

»Aber warum? Die Alarmanlage war übrigens nicht scharfgestellt.«

»Ein Indiz dafür, dass Adnan Jashari selbst den Alarm

deaktiviert hat? Vielleicht, weil er sich mit jemandem treffen wollte?«, grübelt Silja.

»Das könnte ein Hehler gewesen sein«, fällt ihr Sven ins Wort. »Ich habe vorhin mal den familiären Hintergrund von unserem traumschönen Mister Jashari überprüft. Er stammt aus einer kurdisch-libanesischen Großfamilie, die in Berlin lebt. Saubere Westen haben die alle nicht. Sein älterer Bruder zum Beispiel ist mehrfach vorbestraft. Drogen, Rotlicht, Schutzgeld. Das ganze Programm. Es war auch Hehlerei dabei.«

»Na und? Glaubst du, er ist eben mal nach Sylt gekommen, um dem eigenen Bruder die Kehle durchzuschneiden? Da hast du entschieden zu viel ferngesehen«, widerspricht Bastian.

»Also, ich weiß nicht, was ihr beide plötzlich mit diesem Clan habt, aber ich denke, wir sollten uns auf Carina Bischoff konzentrieren.«

»Aber die hätte nicht nur abgeschlossen, sondern auch den Alarm wieder aktiviert«, überlegt Bastian.

»Damit wir sie sofort verdächtigen? Glaube ich nicht.«

»Was ist mit dem Düsseldorfer Ehemann? Der wäre doch der ideale Kandidat für eine Eifersuchtstat«, fällt Sven ein.

»Hab schon versucht, ihn anzurufen. Aber entweder hat der ausgerechnet jetzt sein Handy verlegt, haha, oder er hat aus naheliegenden Gründen keine Lust, mit der Polizei zu reden«, erklärt Bastian.

Sven runzelt die Stirn. »Irgendwie passt das alles nicht zusammen. Wenn ich den Liebhaber meiner Frau umlegen will, dann tue ich das doch nicht in deren Laden. Und falls es die Juwelierin selbst war, würde sie sich auch einen anderen Ort aussuchen. Oder? Was meint ihr?«

»Ich meine erst mal gar nichts«, antwortet Bastian. »Aber ich kann euch gern erzählen, was unser hochgeschätzter Rechtsmediziner dazu zu sagen hatte.«

»Er hat sich geäußert? Jetzt schon? Das gibt's doch gar nicht«, wundert sich Silja.

»Ich glaube, er war selbst ein bisschen erschüttert, als er die Halswunde untersucht hat. Er meinte jedenfalls, dass es völlig überflüssig war, so tief zu schneiden.«

»*Überflüssig*, der ist gut!« Sven verdreht sie Augen.

»Seine Worte, ehrlich. Er hat mir erklärt, dass die lebenswichtige Schlagader ebenso wie die Luftröhre ganz vorn im Hals liegt. Ein Schnitt von drei Zentimetern Tiefe reicht aus, und du bist tot.«

»Na ja, das weiß eben nicht jeder«, murmelt Sven.

»Schon klar, aber hier hat jemand ein Messer mit einer wellenförmigen Klinge so tief und wohl auch mit mehreren Ansätzen über den Hals gezogen, dass er oder sie fast an der Wirbelsäule gelandet ist. Dazu gehört nicht nur Mut, sondern vor allem Wut. Eine echte, tiefe, verdammt starke Mordswut.«

Donnerstag, 25. Juli, 16.40 Uhr, Autoshuttle Sylt, Niebüll

Ruckelnd setzt sich der Autozug in Bewegung. Räder knirschen, der Fahrtwind vertreibt die Schwüle des Sommertages, draußen ziehen Parkplätze und Werbetafeln vorbei. Elsbeth von Bispingen lehnt sich in ihrem BMW-Cabrio zurück und beginnt, sich zu entspannen. Hinter ihr liegen überaus hektische Stunden, die nicht gemütlicher wurden, als sie beschloss, am Nachmittag doch noch auf die Insel zu fahren. Natürlich ist das Verbrechen der letzten Nacht der offizielle Grund für das Vorhaben der Staatsanwältin. Aber wie so oft entspricht die offizielle Version nur zu Teilen der Wahrheit.

Die Aussicht auf ein verlängertes Wochenende mit Fred Hübner ist verlockend, auch wenn Elsbeth vielleicht trotzdem widerstanden und erst einmal abgewartet hätte, wie sich die Ermittlungen im Juwelenmord gestalten. Aber dann erreichte sie ein privater Anruf, der mehr einem Notruf ähnelte. Elsbeths Bruder Norbert, der seit seiner Heirat mit einer Sylterin in List lebt, meldete sich unerwartet. Der Kontakt der Geschwister ist seit Jahren äußerst sporadisch, und nach ihrem Aufenthalt im Haus des Bruders anlässlich des diesjährigen Biikebrennens hat sich Elsbeth geschworen, einen ähnlichen Besuch keinesfalls zu wiederholen. Sicher, sie hat während dieses Aufenthalts Fred kennengelernt. Noch kein halbes Jahr ist es her, dass die schöne Larissa Paulmann beim Biikebrennen ermordet wurde und die Ermittlungen heißliefen.

Aber die Konfrontation mit Norberts Familie braucht sie so schnell nicht wieder. Der Bruder, der wie sie Jura studiert, aber das Studium nie beendet hat, ist gleich nach seiner Hochzeit als Buchhalter bei einer Optikerkette untergekommen. Zum Jahreswechsel haben die ihm allerdings gekündigt, da sich die Kette aus Sylt zurückgezogen hat. Zum Glück konnte Norbert nach monatelanger Arbeitslosigkeit einen neuen Job bei einem Schuhfilialisten ergattern. Doch dass die merkwürdige Stimmung, die zu Jahresbeginn innerhalb der Familie geherrscht hat, sich dadurch entscheidend gebessert hat, kann sich Elsbeth nicht so recht vorstellen.

Norberts Frau Gesine trinkt gern und viel. Sie hat schon vor Jahren ihren Job als Physiotherapeutin verloren. Elsbeth will gar nicht wissen, was von beidem Ursache und was Wirkung war. Und die Töchter des Paares, Nele und Nathalie, scheinen auch nicht gerade problemfrei zu sein. Die ewig nörgelnde Nathalie orientiert sich auf ziemlich ungute Weise an den auf der Insel verkehrenden Prominenten und straft die eigenen Eltern wegen ihrer dürftigen materiellen Lage mit unverhohlener Verachtung. Dabei ist sie erst siebzehn, und es sieht nicht so aus, als schaffe sie ihr Abitur problemlos. Nele, die nur ein Jahr jüngere, hat die Schule bereits nach dem mittleren Abschluss verlassen und eine Ausbildung als Krankenpflegerin an der Nordseeklinik begonnen. Sie ist ausnehmend hübsch, aber ziemlich cholerisch, was ihr wahrscheinlich noch echte Probleme bereiten wird. Elsbeth würde jede Wette eingehen, dass sich Nele nicht lange in der Krankenhaushierarchie wird unterordnen können.

Zwar ist Nele Elsbeths Patenkind, aber mehr als ein Päckchen zu Weihnachten oder eine Karte zum Geburtstag waren nie drin. Mag sein, dass Elsbeth sich mehr hätte kümmern müssen, doch ihr Beruf war ihr immer schon wichtiger. Nur nach dem Scheitern ihrer eigenen Ehe hat sie sich kurzzeitig auf die Familie besonnen. Daher der Besuch zum Biikebrennen. Aber das Ganze ist eine ziemlich quälende Veranstaltung für beide Seiten gewesen, nicht zur Wiederholung einladend.

Und jetzt dieser Anruf.

Elsbeth von Bispingen lässt sich tiefer ins Polster sinken und blickt aus dem Seitenfenster. Noch ist der Zug auf dem Festland. Einzelne Gehöfte, knorrige Bäume. Weite Wiesen mit friedlich grasenden Deichlämmern und schwerleibigen Rindern. Dann kommt wie ein quergelegter Riegel der breite, mit fettem Gras bewachsene Deich. Dahinter das Watt. Feuchtsandiger, sonnenbeglänzter Schlick. Und Möwen, Möwen, Möwen. Und ganz hinten, noch im nachmittäglichen Dunst verborgen, wartet die Insel – und mit ihr der Mann, dem seit einigen Monaten ihr Herz gehört.

Elsbeth greift zum Handy und wählt Fred Hübners Nummer. Nach zweimaligem Klingeln nimmt er den Anruf an. Seine Stimme klingt freudig überrascht.

»Alle Achtung! Zweimal an einem Tag. Was verschafft mir die erneute Ehre, meine Schöne?«

»Du hast gewonnen«, erklärt Elsbeth knapp.

»Soll heißen?«

»Ich sitze schon auf dem Autozug. Also putz das Bad und bezieh das Bett frisch. In einer Stunde spätestens bin ich bei dir.«

»Jetzt tu nicht so, als sei ich der Oberschlamper«, beschwert er sich.

Elsbeth lacht. »Das war auch eher metaphorisch gemeint. – Freust du dich?«

»Na sicher! Wie lange bleibst du?«

»Bis Sonntag. Mindestens. Je nachdem, wie der Fall sich entwickelt.«

»Dich treibt also nicht die unendliche Sehnsucht, sondern nur der schnöde Beruf?«

Freds Stimme klingt amüsiert, aber Elsbeth weiß, dass durchaus ein Quäntchen Ernst hinter der Frage steckt.

»Warum sollte ich nicht das Angenehme mit dem Nützlichen verbinden?«, antwortet sie leichthin. Den Bericht von dem Telefonat mit ihrem Bruder hebt sie sich lieber für später auf. Stattdessen schlägt sie vor: »Heute Abend ins Gogärtchen? Was hältst du davon?«

»Dein Wunsch ist mir Befehl. Ich reserviere umgehend«, erklärt Fred knapp. Dann schickt er einen Kuss durchs Telefon und beendet das Gespräch.

Donnerstag, 25. Juli, 17.55 Uhr, Kriminalkommissariat, Westerland

Silja stöhnt. Mit einer Hand knetet sie den verspannten Nacken, während sie mit der anderen weiter in der polizeilichen Datenbank INPOL surft.

»Diese Familie Jashari ist echt skrupellos«, murmelt sie und dreht sich zu Bastian um, der sich wie sie längst auf Überstunden eingestellt hat. »Tarek, der ältere Bruder unseres Opfers, ist noch keine fünfundzwanzig. Seine Vorstrafenliste kennen wir ja schon. Aber eingefahren ist er unter anderem auch wegen schwerer Körperverletzung. Da war er noch nicht mal volljährig.«

»Hast du was über die Eltern?«

»Die sind 1983 aus dem Libanon nach Deutschland gekommen. Haben inzwischen die deutsche Staatsbürgerschaft. Der Vater hat auch einiges auf dem Kerbholz, ist aber alles schon länger her. Über die Mutter finde ich nichts.«

»Und Adnan selbst?«

»Warte …« Silja wechselt die Internetseite. »Hat als Sechzehnjähriger Autos geknackt und Drogen vertickt. Gab 'ne Jugendstrafe. Danach scheint er sauber geblieben zu sein.«

»Oder er hat sich nicht mehr erwischen lassen«, antwortet Bastian unkonzentriert. Er sichtet gerade die ersten Ergebnisse zu Kontoabfragen, Telefonanbieter, Krankenkasse und allem anderen, was Aufschluss über die soziale Existenz des Toten geben kann.

»Hast du eigentlich mit den Berliner Kollegen geredet, die der Familie die Todesnachricht überbracht haben?«, will Silja jetzt wissen.

»Heute Mittag schon. Das muss 'ne irre Szene gewesen sein. Der Vater hat sich die Nachricht mit steinerner Miene angehört, die Mutter hat geschrien, und der ältere Bruder, von dem du gerade geredet hast, hat getobt, mit einem Messer rumgefuchtelt und ewige Rache geschworen.«

»Mit einem Messer, interessant. Und an wem wollte er sich rächen? Hatte er einen Verdacht?«

»Die Kollegen haben ihn natürlich gefragt, aber er hat sie nur verspottet und erklärt, so etwas würde ein Araber persönlich erledigen.«

»Au Backe, das kann ja heiter werden«, seufzt Silja.

»Ich fürchte, wir müssen uns die Familie genauer ansehen. Wenn man den Berliner Kollegen glauben darf, kontrolliert die Jashari-Sippe, zu der noch etliche Onkel und Neffen gehören, in Neukölln einen ganzen Block. Die müssen da schon vor Jahren mafiaähnliche Strukturen aufgezogen haben, gegen die die Berliner Polizei kaum anstinken kann.«

»Und was meinst du mit ›genauer ansehen‹?«

Bastian legt seine Akten beiseite und dreht sich zu Silja um. »Wir fahren hin und reden mit denen. Am Wochenende.«

»Aber wir wollten doch nach Hamburg. Kunsthalle, Elbphilharmonie, Hafenrundfahrt. Du hast es versprochen.«

»Machen wir später. Der Fall ist jetzt wichtiger. Aber wenn du hierbleiben willst, fahre ich auch allein …«

Silja überlegt kurz, dann schüttelt sie den Kopf. »Nee, ist schon in Ordnung. Die haben in Berlin ja auch Kunst und Musik.« Trotzdem ist sie enttäuscht. Der Hamburg-Ausflug sollte etwas Besonderes zu ihrem Beziehungs-Jahrestag sein.

Sogar jetzt erwägt sie noch, Bastian umzustimmen. Doch als sie mit einem knappen Blick feststellen will, ob Bastian ihre Enttäuschung überhaupt registriert hat, sieht sie, wie er plötzlich erstaunt die Augenbrauen hebt.

»Na das ist ja mal 'n Ding!«

»Was denn?«

»Jasharis Girokonto. Über Jahre immer nur kleine Eingänge und Ausgaben, fast schon auffällig unauffällig. Und dann vor drei Wochen eine Monster-Einzahlung. Dreißigtausend auf einen Schlag.«

»Bar eingezahlt?«

»Jepp.«

»Außerdem hat er in Berlin einen nagelneuen Ferrari auf seinen Namen angemeldet. Vor genau zwei Wochen und zwei Tagen. Nach dem Auto sollten wir Carina Bischoff unbedingt mal fragen. Vielleicht weiß sie was über die Herkunft.«

»Was kostet so ein Wagen denn?«

Bastian zuckt mit den Schultern, aber Silja lächelt ihn nur spöttisch an.

»Jetzt tu nicht so unschuldig. Männer wissen so was in der Regel. Und du bist da ganz bestimmt keine Ausnahme.«

Bastian grinst, dann gibt er zu: »Neu um die hundertfünfzigtausend Euro. Mindestens.«

»Krass.« Silja überlegt einen Moment, dann fragt sie: »Kann es sein, dass da jemand schwer neidisch auf Adnans Geldsegen war?«

»Oder die Knete hat gar nicht ihm, sondern jemand anderem gehört«, überlegt Bastian.

»Allerdings wäre Mord in diesem Fall nicht unbedingt eine Lösung. Denn das Geld ist ja weiterhin verloren.«

»Es sei denn, es landet jetzt dort, wo es auch herkam. Bei den legalen Erben, sprich der Großfamilie.«

»Du meinst, er hat sich mit denen überworfen, und die haben daraufhin einen Killer geschickt?«

»Möglich wär's. Wie war das mit den Smaragden? Die sind doch Hermes zugeordnet, dem Gott der Diebe. Hast du selbst gesagt.«

Silja überlegt. Dann sagt sie vorsichtig: »Vielleicht habt ihr heute Mittag doch nicht so falsch gelegen.«

»Womit denn?«

»Mit der Hehlerthese. Der Bruder bietet Adnan Hehlerware an, kostbaren Schmuck, den Adnan unterm Ladentisch verkaufen soll.«

»Sag ich doch. Es gibt hier auf der Insel bestimmt eine Menge Leute, die ein bisschen Schwarzgeld übrig haben. Dafür kannst du eigentlich nur Schmuck, Uhren oder Autos kaufen. Oder du verprasst es auf Reisen und in teuren Restaurants.«

»So weit, so gut. Aber wer soll Adnan dann umgebracht haben? Und warum?«

»Vielleicht ist die Bischoff ihm dahintergekommen?«

»Ich hab sie ja noch nicht kennengelernt, aber nach allem, was ihr erzählt habt, würde sie niemals in ihrem eigenen Laden so eine Schweinerei anrichten.«

»Stimmt. Also doch der Bruder oder jemand anderes aus der Sippe. Vielleicht, weil Adnan den Erlös nicht teilen wollte. Das würde auch den Ferrari und das Bargeld erklären.«

Bastian schweigt kurz und runzelt die Stirn. »Andererseits müsste er bei knapp zweihunderttausend Euro ganz schön was vertickt haben.«

Diesmal zuckt Silja mit den Schultern, dann lächelt sie Bastian spöttisch an. »Kostbare Schmuckstücke können eben ins Geld gehen. Für Uhren gilt das Gleiche. Auch wenn bei Hehlerware natürlich ziemliche Abschläge einkalkuliert werden müssen. Trotzdem könnte am Ende eine erkleckliche Summe übrig geblieben sein, die Adnan Jashari einfach für sich behalten hat. Vielleicht hat er nicht damit gerechnet, dass sich die Sippe bis nach Sylt vorwagt. Es ist jedenfalls eine Rachetat, darin sind wir uns doch einig, oder?«

»Auf jeden Fall.«

»Und es ist ein brutaler, offen ausgestellter Mord. Denk nur mal an die angeschalteten Spotlights im Laden. Da sollte jeder sehen, was passiert war. Es ist sowieso ein Wunder, dass nicht schon irgendwelche Nachtschwärmer den Mord entdeckt haben.« Silja steht auf und geht zu Bastian hinüber. Sie stellt sich hinter ihn, umfasst mit beiden Armen seine Schultern und legt ihr Kinn auf seinen Kopf. Dabei fällt ihr Blick auf die Unterlagen auf Bastians Schreibtisch. »Was sagt eigentlich die Spurensicherung? Ich wusste gar nicht, dass der Bericht schon da ist.«

»Kannst du auch gleich wieder vergessen. Eine Mordwaffe haben wir nicht gefunden, und der Körper des Toten weist kaum fremde DNA auf. Wahrscheinlich war das Opfer frisch geduscht, und der Mörder hat nicht großartig an ihm rumgefummelt ...«

»... was übrigens eindeutig gegen eine Beziehungstat spricht«, unterbricht ihn Silja.

»Ganz genau.« Bastian blättert unkonzentriert in dem

Bericht. »Tja und der Rest ist ebenfalls wenig aussagekräftig. In dem Laden gibt es natürlich jede Menge Spuren, wahrscheinlich haben da ständig irgendwelche Damen alles Mögliche angetatscht. Aber wir können jetzt ja schlecht von der ganzen Hautevolee hier Fingerabdrücke nehmen lassen oder deren Schmuck kontrollieren, nur weil wir hoffen, irgendwann auf Hehlerware zu stoßen.«

»Das stimmt. Vielleicht sollten wir subtiler vorgehen und zumindest ausschließen, dass die Bischoff daran beteiligt war.«

»Und wie stellst du dir das vor?«

»Wir schicken jemanden hin, der das ausspioniert. Undercover, natürlich.«

»Ob die Bischoff Hehlerware vertickt?«

»Genau.« Silja richtet sich auf und stemmt die Arme in die Seiten.

»Und wer soll das für uns herausfinden? Doch nicht etwa du?«

»Natürlich nicht. Aber wie wär's mit Anja. Ein bisschen Abwechslung neben dem Windelwechseln ist für eine frischgebackene Mutter doch bestimmt ganz vergnüglich.«

»Du spinnst.«

»Keineswegs. Lass mich nur machen. Du wirst sehen, Anja wird ihren Spaß dabei haben.«

»Wie du meinst. Schaden kann's ja nicht.«

»War's das jetzt?«

»Du denkst an einen netten Sundowner am Strand, Liebste, hab' ich recht?« Bastian sieht Silja mit komischer Verzweiflung an. »Kannst du leider knicken. Die Spusi ist nämlich noch auf der Insel. Gleich nach dem Juwelierladen haben sie sich die Wohnung von diesem Jashari vorgenommen.«

»Die eigentlich Carina Bischoffs Ehemann gehört.«

»Exakt. Und da müssen wir auf alle Fälle noch hin.«

»Zeige mir, wie du wohnst, und ich sage dir, wer du bist«, murmelt Silja und bemüht sich, ihre Enttäuschung zu verbergen. »Na dann los, bevor die Helden in den weißen Anzügen alles auf den Kopf gestellt haben.«

Donnerstag, 25. Juni, 18.12 Uhr, Braderuper Straße, Kampen

Während Anja noch mit Silja telefoniert und kichernd die Details des geplanten Undercover-Einsatzes bespricht, klingelt auch Svens Handy. Eine tiefe Männerstimme meldet sich.

»Guten Abend. Lorenz Bischoff hier. Spreche ich mit Oberkommissar Sven Winterberg?«

»Ganz recht«, antwortet Sven verblüfft.

»Sie hatten meiner Frau Ihre Karte gegeben. Und ich dachte mir, dass ich mich vielleicht besser bei Ihnen melden sollte.«

»Wir haben den ganzen Tag schon versucht, Sie zu erreichen. Aber Ihr Handy war abgeschaltet. Oder hatten wir die falsche Nummer?« Irritiert blickt Sven auf die Anzeige seines eigenen Apparats. Da steht eindeutig eine andere Nummer, als die von Carina Bischoff übermittelte.

»Ja, war kompliziert. Mir ist gestern das Handy geklaut worden, und ich musste erst mal ein neues besorgen«, antwortet Lorenz Bischoff leichthin. »Aber jetzt ist alles wieder okay.« Er hält kurz inne, räuspert sich dann und fügt verlegen hinzu: »Bis auf den schrecklichen Mord natürlich.«

61

»Natürlich. – Herr Bischoff, wo sind Sie gerade?«

»In Keitum. Bei meiner Frau. Sie hat ein Zimmer im Severin*s, und jetzt …«

»Wo Ihre Frau wohnt, wissen wir«, unterbricht ihn Sven. »Was mich viel mehr interessiert, ist, seit wann Sie schon auf der Insel sind.«

»Seit heute Mittag. Bin ziemlich genau um eins vom Autozug gefahren.« Die Antwort kommt zu schnell und ist etwas zu laut.

»Können Sie das belegen? Haben Sie vielleicht eine Quittung Ihrer Ticketzahlung?«

»Ich habe bar gezahlt. Die Schlange war kürzer. Und bevor Sie fragen: Die Quittung ist leider auch schon weg. So was hebt doch keiner auf.«

»Ach, das ist ja dumm.« Sven bemüht sich gar nicht erst, den Spott in seiner Stimme zu kaschieren. »Und was haben Sie in der letzten Nacht gemacht?«

»Sie wollen mir aber jetzt nicht im Ernst unterstellen, den Liebhaber meiner Frau umgebracht zu haben, oder?« Lorenz Bischoff klingt kein bisschen eingeschüchtert. Eher amüsiert.

»Es gibt weniger stichhaltige Motive als Eifersucht.«

»*Stichhaltig*, ja? Sie sind echt gut. Der Junge ist doch erstochen worden, oder?«

»So ähnlich«, antwortet Sven reserviert. Wenn Carina Bischoff in ihrer Aufregung tatsächlich nicht mitbekommen haben sollte, wie ihr Angestellter zu Tode gekommen ist, dann wird Sven das jetzt ganz bestimmt nicht ausplaudern. Solange die Todesursache nicht öffentlich bekannt wird, handelt es sich um Täterwissen, das ihnen vielleicht noch bei der Überführung des Mörders helfen kann.

»Ich war allein«, unterbricht Lorenz Bischoff die Überlegungen des Kommissars. Er klingt jetzt doch etwas angefressen.

»Die ganze Nacht? Und heute Vormittag auch?«

»Allerdings. Ich habe im Auto gesessen und bin hierhergefahren. Gleich nachdem meine Frau mich angerufen hatte. Tut mir leid, wenn ich nicht daran gedacht habe, einen Zeugen mitzunehmen.«

»Auf welchem Apparat hat Ihre Frau denn mit Ihnen telefoniert, wenn das Handy weg war? Festnetz? Dann könnten wir das gleich mal überprüfen«, setzt Sven nach.

»Äh, also, nein. Jetzt haben Sie mich völlig durcheinandergebracht.«

»Oh, tut mir leid.« Sven kann sich das Grinsen nicht verkneifen. *Gleich hab ich dich, du Würstchen*, denkt er triumphierend.

Aber so schnell gibt Lorenz Bischoff nicht auf. »Meine Frau hat im Düsseldorfer Geschäft angerufen. Und als ich am Morgen kam, habe ich alles erfahren.«

»Dann hat Sie also doch jemand gesehen.«

»Ach so, ja, natürlich. Daran hatte ich gar nicht gedacht. Wie blöd von mir. Sie können gern die entsprechende Mitarbeiterin fragen.«

»Wenn Sie mir den Namen geben würden ...«, antwortet Sven reserviert. Ihm ist das alles gerade ein wenig zu zufällig, um wirklich glaubwürdig zu sein.

»Klar, kein Problem.« Aus Lorenz Bischoffs Stimme spricht Erleichterung. »Svetlana heißt sie. Svetlana Bolschoi, wie das Ballett. Ist ganz einfach zu merken.«

»Danke, Herr Bischoff. Wir überprüfen das. – Übrigens: Ist Ihre Frau gerade anwesend?«

»Ja … Warum fragen Sie?«

»Ich möchte Sie beide gern morgen früh im Kommissariat sehen. Schließlich müssen wir noch Ihre Aussagen formal aufnehmen. Passt Ihnen zehn Uhr?«

Einige Sekunden lang hört Sven nur gedämpftes Murmeln am anderen Ende, dann meldet sich Lorenz Bischoff wieder. »Selbstverständlich. Sagen Sie mir noch die Adresse, und wir kommen vorbei.«

Donnerstag, 25. Juli, 19.10 Uhr, Am Sandwall, Rantum

»Na, das nenn ich mal eine noble Gegend«, entfährt es Bastian, als Silja und er aus dem Wagen steigen. Die bogenförmige Straße liegt direkt hinter den Dünen. An ihrer westlichen Flanke gibt es nur ein Luxushotel und einige wenige andere Gebäude. Die Apartmenthäuser auf der Ostseite verfügen also über einen einmaligen Blick über die Dünen.

»Wenn du hier aus dem Haus trittst, brauchst du nur einen Bademantel. Einmal über die Straße und dann den Weg da vorn zur Nordsee nehmen. Das können zu Fuß nicht mehr als zwei Minuten sein. So müsste man wohnen«, schwärmt Silja.

»Und diese Luxusbleibe stellt Lorenz Bischoff ausgerechnet dem Liebhaber seiner Frau zur Verfügung. Das stinkt doch zum Himmel.« Bastian runzelt die Stirn. Dann gehen beide auf den Eingang zu. Die Wohnung liegt in der oberen Etage und ist die einzige unter dem Dach. Schon auf dem letzten Treppenabsatz sehen die Kommissare die Koffer und Taschen der Spurensicherung. Von drinnen dringen Stimmen und ab und an ein Lachen heraus. Bastian und Silja nehmen sich jeweils einen der dünnen hellen Anzüge, streifen sie über und setzen die Kapuzen auf. Dann noch die Handschuhe und schon sehen sie aus wie Aliens. Grinsend nicken sie sich zu.

»Scheint ja eine Bombenstimmung da drinnen zu sein«, sagt Bastian und stößt die Tür auf, die nur angelehnt war.

Ein großer Raum empfängt sie. Links liegt die Küche, alles Edelstahl und Hightech. Der Raum ist vom Wohnraum nur durch eine Glaswand abgegrenzt. Dort stehen zwei rote Ledersofas über Eck, zwischen ihnen ein schlichter Glastisch auf einem großen Flokati. Davor prangt ein überdimensionaler Flachbildschirm. Keine Bücherregale, keine überflüssigen Accessoires. Der Raum wirkt, als entstamme er einer Möbelausstellung. Oder einem Filmsetting. Die starken Strahler, die die Spurensicherung in zwei Ecken positioniert hat, verstärken diesen Eindruck noch.

»Hey, habt ihr den ganzen Kleinkram schon abgeräumt?«, beschwert sich Bastian bei den beiden Kollegen, die eifrig mit ihrem Pinsel unterwegs sind.

»Keineswegs. Da war einfach nichts«, ist die knappe Antwort des Kleineren von beiden. Der Größere richtet sich auf und begrüßt Bastian trotz der Schutzhandschuhe mit Handschlag. Bastian stutzt kurz, dann erkennt er Leo Blum, den zuständigen Chef der Spurensicherung. Die beiden sind alte Freunde aus Flensburger Tagen.

»Irgendwie steht dir die Kapuze einfach nicht«, flachst Bastian. »Halbglatze und Zopf sind schließlich deine Erkennungszeichen.«

»Hast mich doch schon oft genug im Overall gesehen«,

65

kontert Blum, der nicht gern viele Worte macht. Schon will er sich wieder seiner Aufgabe zuwenden, als Bastian mit einer weiten Geste die kleine Wohnung umreißt und nachfragt: »Wie, da war nichts? Hier muss doch irgendwas rumgestanden haben. Der Typ hat schließlich hier gewohnt.«

»Tja, verstehe das, wer will. Kannst ja gern noch ins Schlafzimmer sehen. Da gibt's ein paar Jeans, Sneakers, T-Shirts und 'ne Lederjacke. Ansonsten nichts. Kein Buch, kein Taschentuch, keine Tabletten. Und erst recht kein Kalender oder Tagebuch oder so was Nettes. Alles total unpersönlich. Sieht aus, als sei dieser Jashari gerade gestern in ein frisch geputztes Hotelzimmer gezogen. Bis auf die benutzten Kondome natürlich. Euer Toter scheint ein sinnenfroher Typ gewesen zu sein.«

»Wenn er sonst auch keine Interessen hatte«, wirft Silja ein. »Hat eben lange gearbeitet und abends entweder ferngesehen oder ...«

»... rumgevögelt«, ergänzt der Kollege im weißen Schutzanzug. »Ob mit einer oder mehreren Damen werden wir sicher noch sehen.«

»Wie viel Kondome habt ihr denn gefunden?«

»Vier.«

»Und seit wann ist der Müll schätzungsweise nicht mehr geleert worden?«

»Schwer zu sagen. Gestern, vorgestern, letzte Woche. Keine Ahnung. Hier gab's keine Tageszeitung, und gegessen hat Jashari offenbar auch woanders. Es fehlen also der tägliche Joghurt oder Ähnliches, an dem wir das festmachen könnten.«

»Mist«, entfährt es Bastian. »Was ist mit Fingerabdrücken? Könnt ihr da schon was sagen?«

»Ich würd's nicht beschwören, aber die Lage ist ziemlich übersichtlich. Es scheinen nur drei verschiedene Prints vorhanden zu sein. Und die sind gleichmäßig verteilt. Also Klobrille, Küchenspüle, Badezimmerschrank, Nachttisch, Schlafzimmerschrank, Fernbedienung. Da ist nichts abgewischt und nachgedrückt worden.«

»Ihr müsst das abgleichen«, setzt Bastian an.

»Schon klar.« Leo Blum deutet auf ein iPad, das quer über einer Tasche liegt. »Da sind die Prints vom Opfer ebenso drin wie die von Carina Bischoff. Die haben wir heute Vormittag noch genommen.«

»Lass mich raten. Zwei der drei Abdrücke sind mit denen identisch.«

»Jepp.«

»Dann sind die dritten wahrscheinlich die des Ehemanns«, überlegt Bastian laut.

»Ehemann?«

»Lorenz Bischoff. Dem gehört die Wohnung. Der dürfte also hier auch ab und an mal was angefasst haben.«

»Wie? Der war gleichzeitig mit dem Liebhaber hier in der Wohnung? Das nenne ich nette Verhältnisse.« Leo Blum kann sich ein Grinsen nicht verkneifen.

»Nicht ganz. Die Wohnung gehört zwar dem Ehemann, aber aktuell war sie an das Opfer vermietet.«

»Dann kommt das mit den Fingerabdrücken nicht hin«, murmelt Leo Blum nachdenklich.

»Verstehe ich nicht.«

Blum seufzt. »Die Abdrücke sind gleichwertig, das heißt, mal verdeckt der von Person A den von Person B zur Hälfte, mal ist es umgekehrt. Ebenso verhält es sich mit Person C. So ein Bild entsteht nur, wenn sich die beteiligten Personen gleichzeitig oder in regelmäßigem Wechsel in der Wohnung aufhalten.«

»Entweder die Fingerprints stammen doch vom Ehemann, was eher unwahrscheinlich ist und ziemlich schnell überprüft werden kann, oder es gibt einen ominösen Dritten, der ebenfalls hier ein- und ausgegangen ist.«

»Oder eine Dritte, weiblich«, korrigiert Blum.

Bastian nickt nachdenklich. »Der Bruder des Toten käme in Frage«, überlegt er.

»Was unsere Hehlerthese stützen würde«, fügt Silja hinzu.

»Wir gleichen das ab. Um den Ehemann kümmere ich mich. Und wegen des Bruders bitten wir die Berliner Kollegen um Amtshilfe, dann wissen wir in ein paar Stunden Bescheid«, sagt Bastian entschieden.

Während Silja die restliche Wohnung in Augenschein nimmt, wendet sich Bastian noch einmal an Leo Blum, der sich längst wieder über seinen Pinsel gebeugt hat. »Aber einen Rechner habt ihr doch bestimmt gefunden, oder?«

»Logisch«, murmelt Leo, ohne aufzusehen. »Steht schon vor der Tür, kannst du nachher mitnehmen. Ist natürlich passwortgeschützt. Knacken unsere Jungs aber bestimmt. Dauert halt.«

»Ich kümmere mich drum«, seufzt Bastian. »Das Teil scheint unsere letzte Hoffnung zu sein. Irgendwo muss der Typ ja was Privates hinterlassen haben.«

Dann hört er Siljas Stimme aus dem Schlafzimmer.

»Bastian, kommst du mal?« Sie steht vor einer breiten Gaube, durch die sie direkt auf die Nordsee blicken kann. »Stell dir vor, das ist das Erste, was du morgens nach dem Aufstehen siehst. Das ist doch grandios, oder?«

»Liebste, wir sind hier nicht bei einer Wohnungsbesichtigung, sondern in der Bude eines Mordopfers«, mahnt Bastian. Dann nimmt er Silja kurz in den Arm. »Aber vielleicht wollen die Bischoffs die Wohnung ja jetzt verkaufen. Da könnte ich dann natürlich mitbieten. Den paar Kröten auf meinem Sparkonto können sie ganz bestimmt nicht widerstehen.«

»Du bist gemein«, empört sich Silja. »Nur weil ich mal was schön finde.« Sie wendet sich vom Fenster ab und seufzt: »Okay, machen wir weiter. Vielleicht finden wir ja doch noch die eine hochheilige Spur, die uns den ganzen Fall erschließt.«

»Am besten wäre Hehlerware«, bemerkt Bastian bissig.

»Oder Falschgeld. Oder Drogen«, setzt Silja hinzu. Dann bedenkt sie ihren Liebsten mit einem langen Blick und sagt nachdenklich: »Vielleicht sitzen wir aber auch nur den allerblödesten Klischees auf. Vielleicht vernebeln uns unsere Vorurteile gerade total den Blick.«

»Du behauptest doch eh die ganze Zeit, es sei eine Eifersuchtstat.«

»Auf jeden Fall hat es etwas mit Emotionen zu tun. Denk daran, wie der Tote zugerichtet war. So sieht kein kaltblütiger Mord aus.«

»Einverstanden. Aber wenn mich jemand um einen ordentlichen Batzen Geld bringt, kann ich auch schon mal richtig wütend werden. Nicht nur die Liebe treibt die Menschen an. Habgier tut es auch.«

»Ja klar«, gibt Silja zu. »Also bleibt die Frage: Welches Leben hat Adnan Jashari geführt? Wie hat er seine Freizeit verbracht?«

»Und wie hat er die Knete für den fetten Schlitten in Berlin verdient?«, fügt Bastian an.

»Dass ihr Männer auch immer an Autos denken müsst!«

69

Silja sieht sich ein letztes Mal um und geht dann zu Bastian, der schon in der Tür steht. »Meinst du, wir sind hier fertig?«

»Glaub schon.«

»Was hältst du von einem kleinen Spaziergang? Wir müssen nur über die Straße und den Dünenweg längs, dann sind wir am Meer.«

»Gute Idee. Warmer Wind, bisschen Salz in die Lungen und die Füße in den Sand. Dazu meine Liebste im Arm – ich wüsste nicht, was jetzt besser wäre«, antwortet Bastian und stupst Silja Richtung Wohnungstür.

Freitag, 26. Juli, 9.45 Uhr, Kriminalkommissariat, Westerland

Während draußen längst ein weiterer perfekter Sommertag mit leichtem Wind, Schäfchenwolken und viel Sonnenschein begonnen hat, herrscht im Inneren des Kommissariats eine angespannte Atmosphäre. Silja und Bastian arbeiten sich nervös durch die Akten, nur Sven Winterberg gähnt auch nach der zweiten Tasse Kaffee noch ausgiebig. Silja mustert ihn mit einem mitleidigen Blick.

»Sind die Nächte so schlimm?«

»Schlimmer. Der Kleine hat ständig Hunger. Oder er findet es einfach nur lustig, in stockfinsterer Nacht von mir endlos durchs Haus getragen zu werden. Jedenfalls wacht er alle zwei Stunden auf. Und das seit letzter Woche regelmäßig.« Sven klingt hilflos und verzweifelt gleichzeitig. »Schlafentzug ist eine Folter. Ich glaube, ich werde mich beim internationalen Komitee für Menschenrechte beschweren.«

Bastian beugt sich zu Svens Schreibtisch hinüber und

legt dem Kollegen kurz die Hand auf die Schulter. »Pech für dich, Kumpel. Aber spätestens, wenn euer Max in die Pubertät kommt, hört das auf, habe ich mir sagen lassen. Dann kriegst du deinen Filius wahrscheinlich auch tagsüber kaum aus der Kiste.«

»Weiß ich doch. Aber bis dahin ist mein Hirn nur noch ein Klumpen Brei«, seufzt Sven. »Ich kann mich jetzt schon kaum konzentrieren.«

»Du musst aber. Denn wir werden die beiden Bischoffs gleich separat vernehmen. Wäre doch gelacht, wenn wir sie nicht bei dem einen oder anderen Widerspruch ertappen können.«

Sven nickt. »Schon klar. Deshalb habe ich sie ja auch gemeinsam herbestellt.« Seufzend greift er wieder zur Kaffeetasse.

Silja runzelt die Stirn und fragt leise: »Und wie teilen wir uns auf?«

»Das hängt vor allem davon ab, wer von den beiden eher einknicken wird«, überlegt Bastian. »Du hast sie ja leider noch nicht kennengelernt … Gott möge alle Möbelfirmen dieser Welt vor meinem heiligen Zorn bewahren.« Er bedenkt die alte Einrichtung mit einem komisch-verzweifelten Blick. Dann wendet er sich an Sven. »Was glaubst du denn, wer schwerer zu knacken ist?«

»So wie ich diese Carina erlebt habe, ist sie ziemlich durch den Wind«, antwortet Sven vorsichtig. »Ihr Mann hat auf mich dagegen eher abgebrüht gewirkt. Da brauchen wir wahrscheinlich härtere Bandagen.«

Silja denkt kurz nach, dann schlägt sie vor: »Dann übernimm du ihn doch, Bastian. Und vielleicht wäre es nicht schlecht, wenn ich Sven bei Carina Bischoff unterstützen würde. Wer weiß, möglicherweise ergibt sich ja ein Gespräch unter Frauen.«

»Über die unauffällige Entsorgung von Liebhabern, oder was?«, grummelt Bastian und sieht auf die Uhr. »O Mann, gleich zehn. Wahrscheinlich warten sie schon unten.«

Sven springt auf und streicht sich die dunklen Locken aus dem Gesicht. »Langsam wirkt der Kaffee, immerhin. Gehen wir runter und stürzen uns in die Schlacht?«

»Militärmetaphern, alle Achtung«, spottet Silja, die nun auch aufsteht. »Ich warte im Vernehmungszimmer auf dich und die Bischoff, okay?«

Sven nickt, dann sind die beiden Kommissare auch schon draußen. Silja sucht schnell noch ein paar Unterlagen zusammen, eine ausgedruckte Liste von Telefonverbindungen, das Handy des Opfers, das in einer durchsichtigen Hülle steckt, und den Obduktionsbericht. Dann steht sie auf, zieht ihren engen grauen Rock glatt und geht hinüber ins Vernehmungszimmer.

Freitag, 26. Juli, 10.06 Uhr, Haus am Dorfteich, Wenningstedt

Auf der Terrasse von Fred Hübners Maisonettewohnung sitzt die Staatsanwältin Elsbeth von Bispingen gemütlich im Strandkorb und blättert die Sylter Rundschau durch. Neben ihr lehnt Fred und betrachtet sie amüsiert, während er an seinem Espresso nippt. Der Frühstückstisch ist bereits abgeräumt, die Sonne wirft Glanzlichter auf den Dorfteich, und Fred ist in ausgesprochen aufgeräumter Stimmung.

»Na, sucht die zuständige Staatsanwältin jetzt in der Zeitung nach neuen Infos über den Mordfall?«, frotzelt er.

»Eher suche ich nach Fake News«, antwortet Elsbeth missmutig. »Du weißt doch selbst am besten, wie das ist. Wenn die Presse nichts erfährt, denkt sie sich eben was aus.«

»Das will ich jetzt aber nicht gehört haben.« Grinsend schnippt der Journalist gegen die Sylter Rundschau, so dass das Blatt der Bispingen aus der Hand rutscht.

»Hey, das ist Behinderung von Staatsorganen«, beschwert sie sich und schlägt mit der Zeitung nach ihm.

»Hast du überhaupt schon mit den Kommissaren gesprochen?«

»Bisher nur telefoniert. Sie wissen auch noch gar nicht, dass ich auf der Insel bin.«

»Wird bestimmt ungebremste Begeisterung auslösen.«

»Bin ich echt so unbeliebt?« Elsbeth runzelt die Stirn und blickt Fred in komischer Verzweiflung an.

»Niemand lässt sich gern bei seiner Arbeit beobachten«, antwortet Fred diplomatisch. »Apropos Arbeit. Ich habe ein ziemlich lukratives Angebot bekommen.«

»Na?«

»Kommt von einem überregionalen Blatt. Irgendwie haben die jetzt im Sommer unsere Insel in der Peilung.«

»Wundert mich nicht, bei diesem spektakulären Mord. Der hat alles, was das Boulevard braucht. Glamour vermischt mit einer Spur Verruchtheit und dem Potential zum Ausländerbashing.«

»Eben.« Fred räuspert sich, dann sagt er vorsichtig: »Ich müsste täglich über den Fall berichten, den Lesern ein paar Bröckchen hinwerfen, damit sie was zum Spekulieren haben.«

»Bröckchen, soso«, antwortet Elsbeth von Bispingen gedehnt. »Und wo will der Herr Starjournalist die Bröckchen aufsammeln, bitte schön?«

»Vielleicht fällt ja von deinem reichgedeckten Tisch ab und an mal ein Brosamen für mich ab«, schlägt Fred leichthin vor.

Ruckartig richtet sich die Staatsanwältin im Strandkorb auf. »Das ist jetzt aber nicht dein Ernst! Du glaubst doch nicht wirklich, dass ich dich mit Hintergrundinfos versorge, die du dann an die Medien vertickst.«

»Man muss es nicht so böse ausdrücken«, versucht Fred Hübner, sie zu beschwichtigen.

»Nicht?« Elsbeth starrt ihn fassungslos an. »Wie sollen wir es dann nennen? Machtmissbrauch? Bestechung?«

»Jetzt lass mal die Kirche im Dorf.« Nun wird auch Fred wütend. »Ich kann genauso gut über die Insel pilgern und hören, was die Leute erzählen. Da erfahre ich vermutlich sogar noch mehr als du und deine Ermittler zusammen.«

»Tatsächlich?«, spottet sie. »Dann tu das doch einfach. Aber verschone mich bitte in Zukunft mit derartigen Anfragen.«

Fred nickt. Er schluckt einen bissigen Kommentar herunter und murmelt: »Ist schon okay. Lass uns jetzt nicht streiten. Du fährst nachher ins Kommissariat, nehme ich an?«

»Erst mal bin ich mit Dr. Bernstein verabredet. Ich wollte gern noch ein paar Details zur Autopsie erfahren. Und dann muss ich kurz noch mal nach List zu meinem Bruder.« Sie seufzt.

»Warum? Was ist mit dem?«, fragt Fred irritiert. Er weiß genau, dass das Verhältnis der Geschwister nicht das innigste ist.

»Es gibt Probleme«, antwortet Elsbeth ausweichend.

»Die gibt's bei denen doch immer.«

»Ja, aber im Moment brennt die ganze Hütte. Nathalie spricht quasi nicht mehr mit ihren Eltern, und die Jüngere scheint sich zur Bulimikerin zu entwickeln. Jedenfalls befürchtet das mein Bruder. In den letzten Monaten wurde sie immer dünner, und seit ein paar Tagen übergibt sie sich regelmäßig.«

»Na super. Was sagt denn deine Schwägerin dazu?«

»Die ist ein Totalausfall, das weißt du doch. Wenn sie nichts trinkt, ist sie fahrig. Und wenn sie trinkt, ist sie kaum ansprechbar.«

»Ja, kommt mir entfernt bekannt vor.« Sofort ist Fred seine eigene Alkoholiker-Vergangenheit gegenwärtig. Immer wieder hatte er Rückfälle, und erst seit er Elsbeth kennt, hat er einigermaßen sicher das Gefühl, die Sucht im Griff zu haben. »Ist nicht schön, so was«, murmelt er. »Aber was hast ausgerechnet du mit der Alkoholsucht deiner Schwägerin zu tun?«

»Im Prinzip nichts«, seufzt Elsbeth. »Aber Nele ist mein Patenkind. Und natürlich leidet sie unter der Situation. Sie macht Szenen, schreit ihre Mutter an, dreht völlig durch. Bisher habe ich mich nie besonders um sie gekümmert. Da fühle ich mich jetzt, wo es hart auf hart kommt, eben verpflichtet.«

Es entsteht eine Pause, während beide über den Dorfteich blicken. Ein paar Kinder werfen Steine auf die Enten, am anderen Ende des Teiches füttert ein älterer Herr sie mit Brot.

»Es geht uns im Leben eigentlich genau wie denen«, überlegt Elsbeth laut. »Es hängt alles davon ab, an welchem

Teichende du dich gerade aufhältst. Entweder setzt es Prügel, oder du wirst verwöhnt.«

»Das ist jetzt aber sehr fatalistisch.« Vorsichtig legt Fred seinen Arm um Elsbeths Schulter. Er ist sich nicht ganz sicher, ob sie schon zu einer Versöhnung bereit ist. Und tatsächlich sieht Elsbeth ihn eher skeptisch von der Seite an. Doch dann wendet sie sich ihm ganz zu und sagt leise: »Morgen Abend bin ich zum Essen eingeladen. Mein Bruder ist ein ganz passabler Koch. Magst du mitkommen?«

Fred nickt. Nicht dass er die geringste Lust hätte. Aber wenn Elsbeth erst einmal erfährt, dass er den lukrativen Zeitungsauftrag längst angenommen hat, wird sie toben. Da kann es bestimmt nichts schaden, wenn er vorher ein wenig Goodwill gezeigt hat.

Freitag, 26. Juli, 10.26 Uhr, Kriminalkommissariat, Westerland

Der Vernehmungsraum ist kahl. Es gibt keine Plakate, keine Bilder und kaum Möbel, an denen sich Carina Bischoffs Blick festhalten kann. Sie ist gezwungen, einer von den beiden Personen, die ihr gegenübersitzen, ins Gesicht zu sehen.

Der smarte Kommissar, der gestern Vormittag noch verständnisvoll und zugänglich war, wirkt heute schroff und auf eine fast schon beleidigende Weise unkonzentriert. Was ihn nicht daran hindert, ab und an heimtückisch aus der Hüfte zu schießen.

Die Kommissarin dagegen ist ausgesprochen zugewandt

und aufgeschlossen, was Carina erst recht misstrauisch werden lässt. Sicherheitshalber hält sie sich – wenn möglich – an den männlichen Teil der Doppelspitze, die ihr gegenübersitzt. Oberkommissar Winterberg. Carina hat sich Namen und Dienstgrad gut eingeprägt und bemüht sich, ihn so oft wie möglich damit anzusprechen. Vielleicht schmeichelt das seiner Eitelkeit. Hoffentlich.

Gerade beugt Oberkommissar Winterberg sich weit über den Tisch und fixiert Carina auf eine ungute Art.

Was kommt jetzt?, fragt sie sich, hofft aber, dass man ihr die Verunsicherung nicht ansieht.

»Die wichtigste Frage ist doch«, beginnt Winterberg, »was Adnan Jashari am Abend vor seinem Tod gemacht hat.«

Carina nickt und wartet auf mehr. Unaufgefordert wird sie sicher nichts preisgeben.

»Wann haben Sie ihn denn zuletzt lebend gesehen?«, assistiert nun die Kommissarin. Silja Blanck. Carina hat sich auch diesen Namen eingeprägt. Und sie findet, dass er in fast schon unverschämt guter Weise zu dem Äußeren und dem Auftreten der jungen Frau passt. Cool, clean, klar. Sie wirkt wie ein Jil-Sander-Model, nur hintergründiger.

»Wir haben am Abend gemeinsam den Laden zugesperrt«, antwortet Carina vorsichtig und lässt dabei den Kommissar nicht aus den Augen. Ihm traut sie am ehesten eine unkontrollierte Reaktion zu, die sie vielleicht warnen kann, bevor sie etwas Verräterisches sagt. Doch sein Pokerface hilft ihr nicht weiter.

»Und dann?«, drängt die Kommissarin.

»Sind wir getrennte Wege gegangen.« *Nur nicht zu viel verraten.*

»Sie hatten ein Verhältnis mit Adnan Jashari. Das haben

Sie doch gestern gesagt«, mischt sich jetzt Winterberg ins Gespräch.

Carina nickt.

»Hätte es da nicht nahegelegen, dass Sie wussten, was Herr Jashari noch vorhatte?«

»Wir waren nicht verheiratet, wir haben nur ab und an miteinander geschlafen«, wendet Carina ein. Dabei lächelt sie vielleicht eine Spur zu herablassend, denn sofort fährt die Kommissarin die Krallen aus.

»Jetzt lassen wir den ganzen Firlefanz mal beiseite. Ihr Angestellter, der gleichzeitig Ihr Liebhaber war, ist in der vorletzten Nacht ermordet worden. Und zwar ziemlich bestialisch. Da werden Sie uns doch hier nicht weismachen wollen, dass Ihnen das alles am Arsch vorbeigeht.« Silja Blanck sitzt plötzlich kerzengerade auf ihrem Stuhl und funkelt Carina aus blitzwachen Augen an. Die Botschaft ist sonnenklar. *Ich kann auch anders. Und wenn du nicht nach unseren Regeln spielst, wirst du es bereuen.*

Carina schluckt ihren Ärger hinunter. Sie wird sich auf keinen Fall auf so ein Weiber-Konkurrenzding einlassen. Dabei kann sie nur verlieren.

»Wir waren tatsächlich für den Abend verabredet«, gibt sie zu. »Wir wollten essen gehen. Im Sansibar. Ich hatte sogar schon einen Tisch bestellt. Wenn Sie wollen, können Sie das gern nachprüfen.«

»Aber?«, hakt Silja Blanck nach.

»Adnan hat kurzfristig abgesagt.« Carina zeigt auf Adnans Handy, das schon während der gesamten Vernehmung in so einer blöden Plastikhülle mitten auf dem Tisch liegt und sie irritiert. »Den Anruf müssten Sie eigentlich in seiner Anrufliste finden. So etwas können Sie doch, oder?«

»Ganz recht. So etwas können wir«, antwortet Winterberg. Er zieht den Plastikbeutel langsam zu sich herüber und holt das Handy heraus. Als er es einschaltet und ein bestimmtes Menü aufruft, muss Carina kurz die Augen schließen. Zu deutlich ist die Erinnerung an Adnans Hände, wie sie über genau diese Tasten flogen. Und natürlich die Erinnerung daran, was Adnans Hände sonst noch so getan haben. Wie oft ist sie schon morgens nach Kampen gefahren, obwohl sie sich erst für den Nachmittag angekündigt hatte. Dann hat sie sich versteckt und Adnans Eintreffen am Geschäft beobachtet. Immer war er außerordentlich pünktlich, und selbstverständlich hätte er gerade die Vormittagsstunden im Laden locker allein bewältigen können. Andererseits war so ein kleines Stelldichein am Morgen jedes Mal ein besonders prickelndes Vergnügen. Bei dem Gedanken daran, wie sie ihrem attraktiven Verkäufer in dem kleinen Büro an die Wäsche gegangen ist, während vorn im Laden jederzeit jemand hereinkommen konnte, wird Carina auch jetzt noch ganz warm. Sie muss kurz die Augen schließen und sich zur Ordnung rufen. *Adnan ist tot, brutal ermordet. Und ich sitze hier, weil ich ein Eins-A-Motiv habe. Von dem allerdings niemand etwas weiß. Oder doch?*

»Frau Bischoff?« Die Stimme der Kommissarin. Klar, rein und kalt wie ein Gebirgsbach.

Carina schreckt auf und hebt den Blick. Vor ihr liegt Adnans Handy. Das Display zeigt das Smaragd-Set. Ein kurzes Stöhnen entfährt Carinas Kehle. Dann flüstert sie: »Von den Fotos wusste ich nichts.«

»Wieso Fotos?« Wieder die Kommissarin. »Sind es denn mehrere?«

Carina weiß, wann sie verloren hat. Darum sagt sie jetzt

mit fester Stimme: »Es gab da noch eine andere Frau in Adnans Leben. Seine Verlobte. Irgendeine Cousine oder so. Lebt in Berlin bei seiner Familie. Ich glaube nicht, dass er sie wirklich heiraten wollte. Aber Sie wissen ja, wie diese arabischen Clans sind. Familie ist alles, und wenn du nicht mitspielst, bist du tot. Adnan wollte da raus, das müssen Sie mir glauben. Er hat nur nach einem Weg gesucht, das auch zu überleben. Ich hätte ihm die Juwelen überlassen, wenn er sich irgendwie mit seiner Verlobten geeinigt hätte. Der Schmuck wäre dann eine Art Abschiedsgeschenk gewesen.«

»Beide Sets?« Die Kommissarin blickt skeptisch. »Das andere Foto zeigt nämlich ein fast identisches Paar mitsamt dem Ring. Nur diesmal besetzt mit Rubinen, wenn mich nicht alles täuscht. Und das sind ganz offensichtlich genau die Schmuckstücke, die seit dem Mord verschwunden sind. Ihre Aussage. Oder irre ich mich?«

»Nein, das stimmt schon. Er hätte sich eins der beiden Sets aussuchen können. Vielleicht sollte seine Verlobte sagen, welches ihr besser gefällt, und Adnan hatte sie deshalb fotografiert. Das ist doch nichts Ungewöhnliches.«

»Frau Bischoff!« Die Kommissarin verschränkt die Arme vor der Brust und blickt sie finster an. »Wir haben es hier mit einem äußerst brutalen Mord zu tun. Das ist ungewöhnlich genug, finden Sie nicht?«

Carina schenkt sich die Antwort auf diese Frage. Und die Kommissarin hat ganz offensichtlich auch keine erwartet. Blitzschnell wechselt sie das Thema.

»Haben Sie eigentlich eine Putzfrau für das Geschäft?«

»Äh, nein …«

»So ein bisschen Staub schadet den kostbaren Steinen

80

ja auch nicht weiter. Wollen Sie mir das wirklich weismachen?«

»Der Laden ist nicht groß. Und es gibt genügend Zeit, in der keine Kundschaft da ist. Vor allem am Vormittag. Da feudeln wir dann schon mal durch.«

»Wer ist *wir*?«

»Manchmal Adnan, manchmal ich.«

»Schade.« Kriminalkommissarin Silja Blanck lehnt sich seufzend zurück. »Ich hatte gehofft, dass Ihre Putzfrau vielleicht am Abend oder nachts kommt. Dann, wenn der Laden geschlossen ist, jedenfalls. Vielleicht hätte sie etwas beobachten und uns weiterhelfen können.«

Carina Bischoff zuckt schweigend mit den Schultern. Schließlich muss sie sich nicht noch mehr Ärger einhandeln, als sie ohnehin schon hat. Agnes arbeitet schwarz, wie so viele. Und Carina ist schon gestern Mittag bei ihr vorbeigefahren und hat ihr geraten, sich fürs Erste vom Laden fernzuhalten. Reine Schadensbegrenzung. Trotzdem fühlt sich Carina langsam, als bewege sie sich auf sehr schwankendem Boden. *Was haben die beiden auf der anderen Seite des Tisches noch in petto?* Sie muss nicht lange warten, bis sie es erfährt. Der smarte Kommissar übernimmt jetzt. Und zwar mit Schmusestimme.

»Wir haben die Telefonverbindungen Ihres Geschäftsanschlusses überprüft. Da ist sehr viel nach Berlin telefoniert worden. Vor allem nachts.«

»Adnan hatte einen Schlüssel, das wissen Sie ja bereits. Vielleicht hat er mit seinen Eltern gesprochen.«

»Und warum nicht von seinem Handy aus? Heutzutage hat doch jeder eine Flatrate.«

»Fragen Sie mich was Leichteres.«

»Okay. Ganz wie Sie wollen.« Wieder die Kommissarin. Langsam macht das ewige Hin und Her Carina mürbe. »Auf Adnan Jasharis Konto hat sich in den letzten Wochen einiges getan.«

»Ich habe keine Ahnung …«, setzt Carina an, wird aber sogleich unterbrochen.

»Wir haben sehr hohe Geldeingänge festgestellt. Außerdem hat er sich ein nagelneues Auto gekauft.«

»Adnan? Er hatte keinen Wagen. Nur das Motorrad.«

»Das denken Sie.« Der Kommissar stößt ein kleines hässliches Lachen aus. »Weil das Auto nämlich in Berlin angemeldet und zugelassen worden ist.«

»Davon hat er nichts erzählt.«

»Wahrscheinlich gibt es so manches, das er nicht erzählt hat. Wir glauben zum Beispiel nicht, dass er in der Rantumer Wohnung wirklich gewohnt hat«, bemerkt die Kommissarin lauernd.

»Er hat. Wir waren oft genug dort zusammen.«

»Die Kondome haben wir gefunden. Aber sonst wirkt alles ziemlich steril. Ist Ihnen das nicht aufgefallen?«

Kondome? Welche Kondome? Für einige Sekunden ist Carina Bischoff völlig verwirrt. Doch dann begreift sie. Der Schuft hatte noch eine andere. Und seine keusche Berliner Verlobte war das bestimmt nicht. *Aber wer war es dann? Und was hat er der anderen erzählt?*

»Frau Bischoff? Wir reden mit Ihnen.« Der Blick der Kommissarin ist kühl und gleichzeitig sehr neugierig. »Und wir haben Sie gerade gefragt, ob Ihnen die Rantumer Wohnung nicht auch recht unbelebt vorgekommen ist.«

»Adnan war viel im Internet unterwegs. *Digital natives*, schon mal gehört? Das schmutzt nicht und macht auch keine Unordnung.« Nur mühsam gewinnt Carina ihre Coolness zurück.

»Die Küche wurde auch kaum benutzt«, erklärt Silja Blanck.

»Wer kocht heute schon noch?« Carinas Worte hören sich abfällig an. *Gut so.* Sie mustert die beiden Ermittler spöttisch. »Jeder Lieferservice erledigt das doch viel professioneller.«

Eine kurze Pause entsteht. *Eins zu null für mich*, denkt Carina zufrieden. Doch sie täuscht sich.

»Wissen Sie, was wir glauben?« Oberkommissar Winterberg stützt beide Ellenbogen auf den Tisch, beugt sich weit zu ihr hinüber und sieht Carina Bischoff direkt in die Augen. »Wir glauben, dass Ihr Liebhaber auf dem Absprung war. Er wollte sich absetzen und hatte schon alles vorbereitet. Doch dann sind Sie ihm dahintergekommen, ein Wort ergab das andere, man kennt das ja, und schließlich …«

»Sven, bitte!« Die Stimme der Kommissarin. Sie klingt beschwörend, fast schon warnend. »Lass gut sein.«

Aber Oberkommissar Sven Winterberg ist plötzlich nicht mehr zu bremsen. »Sie haben ihn umgebracht. Alles spricht dafür. Sie hatten das Motiv und die Gelegenheit. Wie sonst erklärt es sich, dass die Alarmanlage ausgeschaltet war und es keinerlei Abwehrverletzungen gab? Adnan Jashari kannte seine Mörderin. Und seine Mörderin kannte sich sehr gut in Ihrem Geschäft aus. Sie fühlte sich verantwortlich für den Laden. Denn nach dem Mord hat sie zwar erst die Leiche dekoriert, dann aber das Geschäft sorgfältig abgeschlossen. Bei aller Phantasie, zu der wir durchaus fähig sind, Frau Bischoff, da fällt uns so schnell niemand anderes als Täter ein.«

»Also bitte, das geht mir jetzt aber endgültig zu weit«, empört sich Carina.

Aber der Kommissar ist noch nicht fertig. »Pardon, ich muss mich wohl korrigieren. Es gibt noch einen zweiten dringend Tatverdächtigen.«

»Und der wäre?«

»Ihr Mann, wer sonst?«

Freitag, 26. Juli, 12.20 Uhr, Nordseeklinik, Westerland

Elsbeth von Bispingen stellt ihr knallrotes Cabrio auf dem Parkplatz der Nordseeklinik ab, wirft die Tür hinter sich ins Schloss und geht mit schnellen Schritten auf den Haupteingang zu. Die Sonne lässt ihr Haar leuchten und wärmt ihre Schultern. Bei dem Gedanken an die runtergekühlte Pathologie, das Reich des Rechtsmediziners Dr. Bernstein, würde sie am liebsten gleich umkehren. Immer noch sitzt ihr der Streit mit Fred Hübner im Nacken. Der Ärger über seine Annahme, sie würde mir nichts, dir nichts Berufsgeheimnisse ausplaudern, lässt sich nicht so leicht verdrängen. Fred und sie sind jetzt seit fünf Monaten ein Paar, und dies ist seitdem der erste Fall, der Elsbeth beruflich nach Sylt führt. Diese Premiere hat sie sich wahrlich anders vorgestellt.

Elsbeth strafft die Schultern und betritt die Krankenhauslobby. Den Weg in die Pathologie kennt sie noch vom letzten Fall. Eine schöne junge Frau und eine Obdachlose, die beide in der Woche des Biikebrennens ihr Leben lassen mussten. Extrem komplizierte Ermittlungen, in denen ein ziemlich undurchsichtiger Millionärssohn eine wichtige Rolle spielte, und dann entwischte ihnen der Täter in letzter Minute. Sehr mysteriös.

Elsbeth schüttelt die Erinnerung ab und stößt die Tür zur Pathologie auf. Gleißendes Licht, klirrende Kälte und ein außerordentlich fröhlicher Rechtsmediziner empfangen sie.

»Frau Staatsanwältin. Welch hoher Besuch in meiner Hütte!« Olaf Bernstein schiebt schwungvoll einen Instrumententisch beiseite und eilt ihr entgegen.

Elsbeth ist verwirrt. Sie kennt den Mann eher mürrisch und wortkarg. Seine hagere Gestalt ist meist leicht gebeugt und sein Gesicht verkniffen. Elsbeth mag ihn nicht besonders, und sie hat den dringenden Verdacht, dass es den ermittelnden Beamten nicht viel anders geht.

»Ihnen ist wohl das gute Wetter zu Kopf gestiegen«, scherzt sie. »Oder gibt es besonders erfreuliche Neuigkeiten zu unserem Toten?«

»Letzteres«, antwortet Bernstein plötzlich wieder gewohnt knapp. »Wollen Sie mal sehen?«

»Deshalb bin ich hier.«

Olaf Bernstein winkt die Staatsanwältin zu einem Metalltisch am hinteren Ende des Raums. Das blaue Tuch bedeckt einen Körper, der so lang ist, dass nicht nur die Füße, sondern auch ein Gutteil der Waden darunter hervorlugen.

»Ein Prachtstück von einem Mann«, schwärmt Bernstein. »Topfit und total gesund. Ein Jammer, dass es ihn so bös erwischt hat.« Er zieht mit einem einzigen Ruck das Tuch von dem Körper, worauf Elsbeth ein leiser Schrei entfährt. Der Tote ist fast schon unwirklich schön. Athletischer Körperbau, straffe Muskeln, perfekte Proportionen. Über dem

85

Körper ein edel geformtes Gesicht, in dem die Entstellungen umso furchtbarer wirken. Der tief klaffende Riss in der Kehle mit seinen ausgefransten Rändern, die eingedrückten Pupillen.

Elsbeth geht näher an den Tisch heran und beugt sich über den Leichnam. »Der Schnitt sieht ja grässlich aus. Da war ein Stümper am Werk, oder?«

»Jedenfalls jemand, der mehr Wut als Wissen hatte. Und vermutlich war die Mordwaffe auch nicht besonders scharf.«

»Was könnte das gewesen sein?«

»Ein Messer mit einer wellenförmigen Klinge, würde ich sagen. Vermutlich ein ganz ordinäres Brotmesser. Die sind lang und sehen sehr viel gefährlicher aus, als sie es letztendlich sind. Und weil sie diesen Wellenschliff haben, kann man sie im Haushalt auch nicht so einfach nachschärfen. Das fetzt dann ein bisschen beim Töten.«

»So genau wollte ich es auch wieder nicht wissen. Aber trotzdem vielen Dank.«

»Nichts für ungut.«

»Der Juwelierladen hatte eine Teeküche, nehme ich an. Gab's da Messer?«

»Da waren eine Spüle und ein Kühlschrank. Ich bezweifle aber, dass die sich da hinten Brote geschmiert haben. Sah mir eher nach einem Champagnerlager aus.«

»Also keine Messer?«

»Keine größeren Messer und auch keiner dieser hölzernen Messerständer, in denen so etwas normalerweise aufbewahrt wird. Nur zwei oder drei ganz normale Frühstücksmesser in einer der Schubladen.«

»Also keine Tatwaffe am Tatort«, fasst Elsbeth zusammen. Dann deutet sie wieder auf den Toten. »Und die Augen?«

»Die Pupillen sind mit den Ohrringen eingedrückt worden. Sie haben die Fotos gesehen, nehme ich an?«

Elsbeth nickt. »Ist das vor oder nach dem Mord geschehen?«

»Hinterher. Ziemlich eindeutig. Der Körper hat am Boden gelegen, als man die Schmuckstücke in die Augenhöhlen gepresst hat.«

»Wieder mit mehr Wucht als nötig?«

»Aber hallo. Wobei sich schon die Frage stellt, wie viel Wucht denn eigentlich nötig wäre. Schließlich sollten die Ohrringe ja nicht hinten wieder rauskommen.«

»Eine geschmückte Leiche also.« Mit langsamen Schritten umrundet Elsbeth den Seziertisch. »Was würden Sie über den Täter sagen, ganz unverbindlich und ganz unter uns: eine Frau oder ein Mann?«

»Für die Frau spricht die Hinwendung zum Schmuck. Für den Mann die Brutalität. Also unentschieden.«

»Ist doch immer wieder schön, so eine uneindeutige Aussage«, seufzt Elsbeth.

»Was wollen Sie? Ich bin hier nur für die Fakten zuständig. Die Schlüsse müssen Sie schon selbst ziehen.«

Elsbeth denkt an den Bericht der Spurensicherung. Natürlich haben die Jungs im Laden jede Menge Fingerabdrücke gefunden. Wahrscheinlich hat halb Kampen sich da verewigt. »Ein Abgleich der Fingerabdrücke mit der Verbrecherkartei hat keine Übereinstimmungen ergeben«, seufzt sie.

»Ein Gentleman-Mörder, wie pikant«, säuselt Bernstein.

»Ach, hören Sie doch auf!« Elsbeth beugt sich tief über den zerfransten Hals des Opfers. »Und hier? Irgendwelche Faserspuren? Fingernägel? Pressabdrücke?«

87

»Nada. Nichts. Er war geputzt wie ein frisch gebadetes Baby.«

»Das ist aber sehr ungewöhnlich. Keinerlei Körperkontakt mit dem Mörder? Auch kein Geschlechtsverkehr?«

»Korrekt. Aber wahrscheinlich eine gründliche Körperreinigung vor dem Date.«

»Okay. Ich fasse zusammen: Da putzt sich jemand und trifft einen anderen oder eine andere, die er gut kennt. Sonst hätte er sie oder ihn ja wohl kaum in den Laden gelassen.«

»Es sei denn, der oder die andere hatte auch einen Schlüssel«, wirft der Rechtsmediziner ein, während er den Leichnam wieder zudeckt.

»Exakt. Es sieht aus wie ein Date, aber dann fassen sich die beiden nicht an. Keine französischen Küsschen, keine Umarmung. Klingt für mich nach Konfrontation von Anfang an. Zumindest von der einen Seite aus. Der des Täters.«

»Oder der Täterin.« Olaf Bernstein schiebt den Metalltisch ganz ans Ende des Raums, öffnet eine Luke und lässt den Körper Adnan Jasharis im Kühlfach verschwinden.

»Das Ganze war also weder ein völlig spontanes noch ein besonders gut geplantes Verbrechen«, überlegt Elsbeth von Bispingen. »Da ist jemand ins Geschäft gekommen und gleich auf Konfrontationskurs gegangen. Wahrscheinlich war die Wut ziemlich frisch, denn sonst hätte er oder sie sicher eine bessere Mordwaffe besorgt als dieses unscharfe Küchenmesser.«

»Oder es war ein Mann, der selten Brot schneidet und deshalb keine Ahnung hat, dass so ein Wellenschliff kein Skalpell ersetzt«, merkt Bernstein süffisant an.

»Jetzt hören Sie schon auf«, beschwert sich die Staatsanwältin. »Sie bringen mir meine ganzen schönen Thesen durcheinander.«

»Für Thesen bin ich nicht zuständig.« Olaf Bernsteins Stimme klingt höchst zufrieden. »Ihre Thesen gehen mich auch nichts an. Aber wenn Sie mich fragen, dann war dieses Verbrechen entweder wirklich fies durchgeplant oder es war die Spontantat eines Irren.«

»O danke«, antwortet Elsbeth zuckersüß. »Damit haben Sie mir jetzt aber wirklich weitergeholfen.«

»Immer wieder gern«, antwortet der Rechtsmediziner vergnügt und verlässt türenschlagend und grußlos den Raum.

Freitag, 26. Juli, 13.32 Uhr, Restaurant Gosch, Wenningstedt

Auf dem Parkplatz herrscht großes Gedränge. Surfbretter werden getragen, Kinderwagen geschoben, Babys beruhigt, Senioren gestützt. Pärchen laufen turtelnd zum Strand, die unvermeidlichen Ich-bin-wichtig-Typen führen ebenso lautstarke wie überflüssige Telefonate. Kinder hüpfen aufgeregt um ihre Eltern herum, Autofahrer kurven entnervt in Dauerschleife über den Platz. Bastian Kreuzer steuert seinen Wagen mit einem gewagten Schlenker in eine gerade frei werdende Lücke und verärgert dabei einen Familienvater nachhaltig, der offensichtlich schon länger mit laufendem Motor am Rand gewartet hat.

»Pech für dich, Kumpel«, murmelt der Kommissar, während er aussteigt. Dann ringt er sich aber doch noch zu einer entschuldigenden Geste durch, die allerdings höchst unfein mit dem Zeigen des Stinkefingers beantwortet wird. *Diese Väter heutzutage sind sich ihrer Vorbildfunktion auch nicht mehr bewusst*, schießt es Bastian durch den Kopf. Dann macht er sich aus dem Staub. Während er die Treppe zu dem Glasbau hinaufläuft, den der Gastronom Gosch hier prominent platziert hat, klingelt sein Handy. Am anderen Ende ist Leo Blum.

»Kurze Rückmeldung zu den Fingerprints«, sagt der Spurensuchprofi. »Drei verschiedene Abdrücke haben wir in der Rantumer Wohnung gefunden. Du erinnerst dich?«

»Ich bin ja nicht senil.«

»Reg dich ab und hör zu: Sowohl Carina Bischoff als auch Adnan Jashari haben ihre Abdrücke hinterlassen. Die dritten stammen aber nicht von seinem Bruder Tarek. Das konnten wir ganz einfach im System überprüfen. Der Typ hat einiges auf dem Kerbholz, aber in der Rantumer Wohnung seines Bruders war er definitiv nicht. Und im Juwelierladen hat er auch keine Prints hinterlassen. Das muss aber nichts heißen, da könnte er auch Handschuhe getragen haben.«

»Das hätte Adnan sicher misstrauisch gemacht – bei der Hitze«, wendet Bastian ein. »Übrigens: Dass die ominösen Abdrücke in Rantum von Carina Bischoffs Ehemann sind, konnten wir inzwischen auch ausschließen.«

»Wäre ja auch zu schön gewesen …«, murmelt Leo Blum und beendet das Telefonat.

Bastian ist enttäuscht. Nichts passt zusammen, keine These lässt sich halten. Aber jetzt ist definitiv keine Zeit, um darüber nachzugrübeln. Er muss sich beeilen, sonst kommt er zu spät zu seiner Verabredung.

Schnell durchquert Bastian den Vorraum, um auf der

breiten Terrasse nach den flammend roten Haaren der
Staatsanwältin zu suchen. Vor einer halben Stunde hat sie
ihn zu seiner nicht geringen Überraschung hierher bestellt.

»Ich wusste gar nicht, dass Sie auf der Insel sind«, erklärt
er anstelle einer Begrüßung, als er Elsbeth von Bispingen
endlich entdeckt hat. Die Staatsanwältin sitzt direkt an der
Terrassenkante, vor ihr steht ein volles Weinglas. Der Rest
des langen Tisches ist bedeckt mit leergegessenen Tellern
und ausgetrunkenen Gläsern. Die Gruppe Jugendlicher, die
gerade ihr ausgiebiges Mahl beendet hat, ist schon dabei zu
zahlen.

»Was kann ich dafür, wenn neuerdings die Mordlust auf
Sylt um sich greift?«, gibt sie schlagfertig zurück und klopft
einladend auf den freien Platz direkt neben ihrer ausladen-
den Hüfte.

Bastian Kreuzer setzt sich. »Hätten wir nicht lieber im
Kommissariat miteinander reden sollen? Wäre vielleicht
diskreter gewesen.«

»Bei dem Spitzenwetter? Ich bitte Sie! Freuen Sie sich lieber, dass Sie auch mal rauskommen«, antwortet die Staatsanwältin gutgelaunt. »Ich war gerade bei Ihrem misanthro-
pischen Rechtsmediziner in der Neonhölle. Jetzt brauche
ich einfach ein bisschen Wind und Wärme. Und ein Glas
Weißwein zum Runterkommen.«

»Verstehe. Der alte Charmebolzen kann einen ganz schön
mürbemachen«, antwortet Bastian grinsend, während er
erleichtert zur Kenntnis nimmt, dass die lautstarke Freun-
desgruppe an der anderen Seite des Tisches sich anschickt
aufzubrechen.

»Wollen Sie nichts trinken?«, erkundigt sich die Staatsanwältin harmlos. Trotzdem scheint Bastian ein lauernder

91

Unterton in ihrer Frage zu liegen. Sie weiß hoffentlich nicht über seine Mittags-Bier-Sitte Bescheid, oder doch?

»Danke, vielleicht nachher zum Essen«, antwortet er vorsichtig.

Elsbeth von Bispingen rollt übertrieben mit den Augen. »Haben Sie die Schlange an der Theke gesehen? Ich glaube, ich lege heute einen spontanen Schlankheitstag ein. Würde Ihnen auch ganz guttun.« Ihr Blick streift seine kleine Plauze, die sich gerade unvorteilhaft über dem Hosenbund wölbt.

Erst gibt's kein Bier, dann kein Essen, und jetzt hackt sie auch noch auf meiner Schwachstelle rum. Bastian spürt deutlich, dass die Vorzeichen für dieses Gespräch alles andere als optimal sind. Aber Elsbeth von Bispingen scheint sich nicht von ihrer guten Laune abbringen zu lassen.

»Erzählen Sie mal«, fordert sie den Kommissar im Plauderton auf. »Was gibt's denn schon für Erkenntnisse?«

»Zwei Hauptverdächtige«, fasst Bastian zusammen. »Die Inhaberin des Geschäfts hatte ein Verhältnis mit dem Toten und ihr Ehemann allen Grund zur Eifersucht. Beide haben kein Alibi. Der Ehemann behauptet zwar, erst gestern Mittag auf die Insel gekommen zu sein, aber er kann's nicht beweisen. Außerdem gibt es verdächtige Transaktionen auf Adnan Jasharis Konto. Da ist in den letzten Wochen einiges an Geld geflossen.«

»Und das kam woher?«

»Bar eingezahlt, so wie wir es lieben«, knurrt Bastian.

»Was ist mit der Familie? Dieser Jashari war doch Araber, oder?«

»Libanese, genauer gesagt. Hat aber längst die deutsche Staatsbürgerschaft. Die Eltern sind in den achtziger Jahren gekommen. Die ganze Familie lebt in Berlin. Einige sind kriminell durchaus aktiv. Angeblich wollte sich Jashari von der Familie distanzieren.«

»Sagt wer?«

»Carina Bischoff. Die Juwelierin.«

»Sie glauben das aber nicht?«

Bastian zuckt mit den Schultern. »Was weiß ich schon. Wir haben ziemlich lange, nächtliche Telefonate aus dem Laden nach Berlin registriert. Nach Distanz sieht das für mich nicht gerade aus.«

»Manchmal dauert so ein Streit eben länger«, wirft Elsbeth von Bispingen ein und blickt dabei unkonzentriert auf die Promenade, die sich direkt unter der Terrasse erstreckt.

»Auf jeden Fall sollte man da mal nachhaken«, erklärt Bastian. »In Berlin leben beide Eltern und mindestens ein Bruder, der einiges am Laufen hat. Außerdem eine Verlobte, von der sich Jashari wohl trennen wollte. Am liebsten würde ich mir die alle mal ansehen.«

»In Berlin?«

»Warum nicht?«

»Weil Sie hier diesen Fall zu bearbeiten haben? Weil Sie sich durchaus auf die Berliner Kollegen verlassen können? Reicht das?«

»Nicht ganz«, beharrt Bastian. »Am Wochenende fahre ich rüber.«

»Sind Sie von Sinnen?«

»Ich habe hier zwei kompetente Kollegen, die die Ermittlungen voll im Griff haben«, antwortet Bastian beleidigt. Dass er Silja gerade eben von der gemeinsam geplanten Reise ausgeschlossen hat, wird er später regeln.

»Trotzdem. Gehen da nicht irgendwelche Rambo-Gene mit Ihnen durch?«

»Liebe Frau von Bispingen«, setzt Bastian an, aber die Staatsanwältin unterbricht ihn sofort. Sie richtet sich mit einem Ruck auf und zeigt unauffällig in Richtung eines Tisches, der etwas entfernt steht.

»Sagen Sie, Kreuzer, die Frau da hinten, die gerade diesem scharfen Teil von Jungmann die Hand gibt, ist das nicht unsere Juwelierin? Ich hab mir doch Fotos von ihr angesehen.«

Bastian kneift die Augen zusammen und blinzelt gegen die Sonne. »Was macht die da?«, japst er dann.

»Ich würde sagen, sie knüpft Kontakte«, erklärt Elsbeth von Bispingen leichthin.

»Der Typ sieht unserem Toten verblüffend ähnlich. Schlank, muskulös, dunkelhaarig.«

»Na, dann wissen wir doch schon, warum sie diesen Adonis datet. Ihr Geschäftsmodell war schließlich der Hammer. Warum sollte sie sich durch einen blöden Todesfall davon abbringen lassen?« Sarkastisch zieht Elsbeth von Bispingen die Augenbrauen hoch.

»Gehen wir hin und fragen sie«, schlägt Bastian vor.

»Nicht so hastig«, hält ihn die Staatsanwältin zurück. »Schauen wir lieber, wie sich das Ganze entwickelt. Ist doch spannend. Und hochexplosiv dazu. Der Ehemann ist auch auf der Insel, sagten Sie? Dann ist es wahrscheinlich nur eine Frage der Zeit, bis das Pulverfass hochgeht. Wir müssen lediglich stillhalten und abwarten.«

Freitag, 26. Juli, 19.15 Uhr,
Restaurant Tipken's, Keitum

»Sag mal, spinnst du jetzt komplett?« Lorenz Bischoff stellt das Weinglas so heftig zurück auf den Tisch, dass es scheppert. Die Gäste an den anderen Tischen schauen irritiert herüber.

»Mach nur weiter so, dann kannst du bald Eintritt nehmen«, ist der sarkastische Kommentar seiner Frau.

Carina und Lorenz Bischoff sitzen sich in dem hellen Restaurant, das zum Hotel Severin*s gehört, gegenüber. Zwischen ihnen stehen eine Flasche Wasser, ein Weinkühler, vier Gläser und klafterweise dicke Luft.

»Also Carina, jetzt mal im Ernst. Du kannst doch nicht einfach so tun, als sei nichts geschehen, und dir gleich den nächsten Toyboy anlachen«, schnaubt Lorenz Bischoff.

»Die Saison auf Sylt ist kurz, das weißt du ebenso gut wie ich«, antwortet seine Frau ungerührt. »Warum sollte ich die Publicity, die mir dieser Mord beschert, nicht ausnutzen?«

»Das Wort *Pietät* hast du wohl noch nie gehört, oder?«

»Davon wird Adnan auch nicht wieder lebendig.« Carina Bischoff schlägt die Speisekarte auf und lässt den Finger über die Seite gleiten und murmelt: »Nehme ich jetzt den Steinbutt oder doch lieber das Salzwiesenlamm?« Als Lorenz sich plötzlich aus dem Sessel stemmt, beide Hände auf dem Tisch abstützt und sich sehr weit zu ihr hinüberbeugt, fährt sie zusammen.

»Ich weiß ja nicht, was sie dich heute früh so alles gefragt haben, aber mich hat dieser bullige Kommissar ganz schön in die Mangel genommen. Und ich hatte nicht den Eindruck, dass er sonderlich viel Spaß versteht«, zischt Lorenz.

»Gibt dein Betthäschen dir etwa kein Alibi?«, erkundigt sich Carina mit zuckersüßer Stimme, weicht aber trotzdem ein wenig zurück.

»Sie geht nicht ans Handy. Ich weiß auch nicht, was da schon wieder los ist.« Seufzend lässt sich Lorenz Bischoff wieder in seinen Sessel fallen. »Ich hätte diesen Stress echt nicht gebraucht. Aber du musstest ja unbedingt auf Zwanzigjährige umsteigen.« Er greift nach seinem Glas und nimmt einen großen Schluck. Als der Kellner kommt und sich nach den Wünschen der beiden erkundigt, ordert Carina ein paar Horsd'œuvre, anschließend einen Wildkräutersalat und als Hauptgang das Lamm. Lorenz gibt sich mit einer Fischsuppe zufrieden. Er wartet, bis der Kellner den Tisch verlassen hat, dann murmelt er kopfschüttelnd: »Ich möchte echt wissen, was passieren muss, damit dir der Appetit vergeht.«

»Der neue Verkäufer heißt allen Ernstes Innocent, stell dir das mal vor«, erklärt Carina maliziös, ohne auf die Vorwürfe einzugehen.

»Du glaubst aber auch alles«, knurrt Lorenz.

»Ich habe seinen Pass gesehen. Er kommt aus Nordafrika, Ägypten, wenn ich mich recht erinnere. Seine Eltern sind Christen. Kopten heißen die da, hat er mir erklärt.«

»Und diesen christlichen Unschuldsengel stellst du jetzt auch wieder halbnackt in den Laden, oder wie? Dass du dich nicht schämst!«

»Deine Flittchen laufen doch auch mit diesen besseren Stoffgürteln rum, die sie allen Ernstes für Minikleider halten«, kontert Carina. »Ich dachte, wir befinden uns im 21. Jahrhundert. Gleichberechtigung? Schon mal gehört?«

»Meine *Flittchen* leben aber alle noch.« Lorenz leert sein Glas und schenkt es gleich wieder voll.

»Du suchst Streit, oder?«

»Falsch. Ich versuche, dich zur Vernunft zu bringen. Dieser Adnan hat dich hintergangen, und das weißt du genauso gut wie ich. Wenn die Polizei das allerdings herausfindet, bist du dran. Ein besseres Motiv gibt's nämlich nicht.«

»Gilt für dich ebenso. Der eifersüchtige Ehemann, das ist der Klassiker.«

»Ich bin nicht eifersüchtig. Ich schäme mich für dich.«

»Wie rührend. Ich glaube dir kein Wort. Jedenfalls nicht, solange du mir nicht verrätst, warum du wirklich hergekommen bist. Zufällig habe ich deinen Wagen am Mittwochabend in Kampen gesehen. Du hattest ihn in der alten Dorfstraße versteckt. Niedlich. Allerdings hast du vergessen, dass ich da auch manchmal parke.«

»Du warst in der Tatnacht beim Geschäft?«

Carina zuckt mit den Schultern. »Ich bin vielleicht mannstoll, oder wie auch immer du das nennen willst. Aber blöd bin ich nicht.«

Samstag, 27. Juli, 10.33 Uhr, Braderuper Weg, Kampen

»Wir finden schon was Geeignetes, mach dir da mal keine Sorgen.«

Während Anja Winterberg mit immer hektischeren Bewegungen ihren Kleiderschrank ausräumt, hockt die Kommissarin Silja Blanck auf dem Fußboden neben dem Ehebett der Winterbergs und spielt mit dem kleinen Max.

Der Säugling liegt auf dem Rücken und verfolgt gebannt die Rassel, die Silja vor seinen Augen schwenkt.

»Meine Hosen sind alle ausgeleiert und total unmodern«, seufzt Anja. »Und die T-Shirts mindestens eine Nummer zu groß. Ich finde das bequem, aber als Oberschichtentussi gehe ich so natürlich nicht durch. Wahrscheinlich lassen die mich gar nicht erst in den Laden.«

»Quatsch. Lass mich mal gucken.«

Silja legt die Rassel zur Seite und springt auf. Der kleine Max protestiert lautstark.

»Ich sollte ihn besser jetzt stillen. Dann schläft er nachher, und du hast ein bisschen Ruhe«, seufzt Anja.

»Tu das. Ich wühle mich inzwischen durch deinen Kleiderschrank, wenn ich darf.«

»Nur zu. Du wirst entsetzt sein, das kann ich dir jetzt schon verraten.«

Silja verzichtet auf eine Antwort. Schweigend schiebt sie Bügel für Bügel zur Seite. Schließlich schlägt sie vor: »Sobald dieser Fall abgeschlossen ist, fahren wir mal zusammen nach Hamburg. Ein komplettes Wochenende lang nur Shopping und Kultur. Was hältst du davon?«

»Ich müsste Max vorher abstillen«, wirft Anja ein und bedenkt den kleinen Kerl, der inzwischen schmatzend an ihrem Busen hängt, mit einem zärtlichen Blick. »Außerdem hattest du das doch mit Bastian geplant. Hey, wolltet ihr nicht dieses Wochenende fahren? Ihr habt doch Jahrestag, oder?«

»Ist abgesagt. Beziehungsweise umgebucht auf Berlin … Bis gestern jedenfalls war es das. Dann gab's Stress mit der Bispingen, so dass Bastian gestern Abend ziemlich entnervt allein nach Berlin aufgebrochen ist. Er will versuchen, Kontakt zu dieser Jashari-Sippe aufzunehmen. Irgendwas ist da oberfaul, meint er. Und die Berliner Kollegen haben ihre Hilfe zugesagt.«

»Das tut mir leid für dich«, murmelt Anja, während sie Mäxchen über den Kopf streicht. Er hat die Augen halb geschlossen und saugt hingebungsvoll.

»Muss es nicht. Du weißt ja selbst, wie es ist, mit einem Polizisten liiert zu sein.« Silja versucht ein schiefes Lächeln, aber dann steigen ihr doch die Tränen in die Augen. Sie atmet einmal tief durch, doch es hilft nicht viel. »Ich hatte mich echt auf Hamburg gefreut«, schnieft sie. »So oft kommen wir nämlich auch nicht raus. Und außerdem ist es unfair von Bastian, unseren Jahrestag zu ignorieren.«

»Ach Mensch, das holt ihr bestimmt nach, wenn der Fall erst mal aufgeklärt ist.«

Silja nickt. Überzeugt sieht sie nicht aus. Energisch wischt sie sich die Tränen aus dem Gesicht, schluckt noch einmal kurz und zieht dann einen Bügel mit einem flattrigen Blumenkleid aus dem Schrank und hält es Anja unter die Nase.

»Vergiss die Hosen! Du ziehst das hier an, dazu Sandalen. Und dann hängen wir dir ein paar lange Ketten um den Hals. Das ist Boho-Style, das hat man jetzt.«

»Aber nicht auf Sylt«, wagt Anja einzuwenden. Vorsichtig löst sie den kleinen Max, der inzwischen mit einem zufriedenen Röcheln eingeschlafen ist, von ihrer Brust und legt ihn zurück in sein Körbchen.

»Das macht gar nichts. Draußen ist es warm, und du bringst eben ein bisschen Ibiza-Flair auf die Insel. Solange du nur selbstbewusst genug auftrittst, kannst du anhaben, was du willst. Glaub mir.«

Samstag, 27. Juli, 10.47 Uhr,
Haus am Dorfteich, Wenningstedt

Vorsichtig späht Fred Hübner von der oberen Etage seiner Maisonettewohnung nach unten. Von Elsbeth ist nichts zu sehen. Wahrscheinlich sitzt sie immer noch auf der Terrasse, genießt die Morgensonne, trinkt ihren Kaffee und liest die Zeitung. Wenn das nicht die Gelegenheit ist, ein längst überfälliges Telefonat zu führen. Fred tippt eine Nummer ins Handy und zieht sich sicherheitshalber ins Bad zurück.

»Moin, moin, Hübner hier«, raunt er, als sein Gesprächspartner sich meldet. »Ich muss Sie noch um etwas Geduld bitten. Meine Recherchen ziehen sich.«

Vom anderen Ende erreicht ihn ein Schwall von Vorwürfen, die Fred augenrollend über sich ergehen lässt.

»Ja, schon klar«, erwidert er schließlich. »Mir wäre es auch lieber, alles würde schneller in die Gänge kommen. Aber ein guter Aufmacher braucht eben seine Zeit. Und glauben Sie mir, ich bin ganz nah dran, ehrlich. Danach wird's dann Schlag auf Schlag gehen.«

Wieder hagelt es Einwände. Erst nach einer ganzen Weile gelingt es Fred, noch einmal zu Wort zu kommen.

»Okay, Sonntag früh ist Deadline. Bis dahin habt ihr alles, was ihr braucht. Heiliges Indianerehrenwort. Ja, Ihnen auch. Danke und tschüss.«

Er stopft das Handy zurück in die Hosentasche und flucht leise vor sich hin. Dann hört er Schritte in der Diele vor dem Bad. Kurz darauf fragt Elsbeth: »Fred? Bist du hier?«

»Komme gleich.«

Schnell betätigt Fred die Spülung und lässt anschließend das Wasser kurz laufen. Dann entriegelt er die Tür. Draußen steht Elsbeth in ihrem cremehellen Seidenkimono und sieht hinreißend aus mit den wilden roten Locken. Sie lächelt ihn an, hält ihr Handy hoch und macht eine entschuldigende Geste.

»Ich habe dich jetzt angekündigt.«

»Wem denn?«

»Meinem Bruder. Für's Abendessen. Heute um sieben. Schon vergessen?«

»Ach so. Nein, natürlich nicht. Das geht in Ordnung.« *Das Leben ist eben doch ein Tauschgeschäft*, denkt Fred ergeben. *Und jetzt muss ich erst mal liefern.* »Das mache ich doch gern, wenn es dir hilft.«

Elsbeth seufzt, dann murmelt sie »Familie«, als sei damit schon alles gesagt, und schmiegt sich an Fred Hübners nackten Oberkörper. Er denkt an die Strapazen der vergangenen Nacht und daran, dass er jetzt lieber schwimmen gehen würde, aber das kann er natürlich nicht sagen. Auch ein Verweis auf sein nicht mehr ganz so jugendliches Alter käme vermutlich nicht besonders gut an. Also versucht er abzulenken.

»Wann hast du deinen Bruder eigentlich zum letzten Mal gesehen?«

»Weiß nicht.« Elsbeth bleibt hartnäckig. Sie schnurrt sanft und streicht mit den Fingerknöcheln über die Wirbelsäule. Als Fred schon kapitulieren will, sagt sie leise: »Was ist denn nun aus deinem Presse-Deal geworden?«

»Abgesagt?« Die fragende Betonung hat Fred ganz bestimmt nicht gewollt. Sie ist ihm einfach so unterlaufen. Aber Elsbeth ist nicht dumm.

»Abgesagt? Oder: Abgesagt!«, will sie wissen.

101

»Verschoben«, muss Fred zugeben.

Immerhin stellt sie ihre zärtlichen Bemühungen jetzt sofort ein. »Eines sollte dir klar sein.« Elsbeth von Bispingen schiebt Fred mit beiden Händen auf Armeslänge von sich weg und sieht ihm geradewegs in die Augen. »Wenn du zulässt, dass in den Medien Insiderwissen erscheint, das du nur von mir haben kannst, sind wir geschiedene Leute. Ich werde ganz bestimmt nicht deinetwegen meine berufliche Integrität aufs Spiel setzen.«

Fred nickt und schlägt die Augen nieder.

»So sehen Heuchler aus«, bemerkt Elsbeth spöttisch.

»Herrje«, platzt es jetzt aus ihm heraus. »Der Journalismus ist nun mal mein Beruf. Soll ich mich vielleicht dafür entschuldigen? Oder umsatteln? Es war mühsam genug, nach dieser langen Pause wieder einen Fuß in die Tür zu kriegen. Du bedeutest mir viel, aber das Schreiben ist wichtiger.« Erschrocken hält er inne. So drastisch hat er das ganz bestimmt nicht ausdrücken wollen. Doch es ist zu spät.

»Gut, das ich das weiß«, schnappt Elsbeth und dreht sich weg. Mit energischen Schritten läuft sie ins Schlafzimmer, zieht den Kimono aus und wirft ihn aufs Bett.

»Was hast du vor?«

»Was glaubst du denn? Ich gehe auf Abstand. Am besten suche ich mir ein nettes Hotelzimmer. Und hoffe, dass die hiesigen Beamten den Fall bald aufklären werden. Vielleicht findet Kreuzer ja in Berlin tatsächlich eine heiße Spur.«

»Kreuzer ist in Berlin? Bei der Familie dieses Jashari?«

»Stell dir vor. Und eines noch: Falls ich davon morgen irgendetwas in der Zeitung lese, greife ich mir höchstpersönlich das nächste Küchenmesser – und dann gnade dir Gott.«

Diesmal ist Fred Hübner klug genug, um zu schweigen. Auch wenn ihm der Umstand, dass Elsbeth in ihrer Wut mehr verrät, als sie es in beherrschtem Zustand je getan hätte, ein leichtes Lächeln entlockt.

»Freust du dich etwa auch noch darüber, dass du mich loswirst?«, tobt die Staatsanwältin prompt. Ihre Locken fliegen, auf ihrem Hals erscheinen rote Flecken.

»Elsbeth, bitte. Lass uns in Ruhe reden. Es kann doch nicht sein, dass …«, versucht Fred einzulenken. Aber zu spät.

»Lass mich in Frieden. Ich hätte es wissen müssen. Das konnte ja nicht gutgehen.« Hastig schlüpft sie in ihre Unterwäsche, steigt in eine rote Leinenhose und zieht ein weites weißes Hemd darüber. Dann beginnt sie, ihre restlichen Klamotten in den Koffer zu werfen.

Fred kapituliert. »Ich gehe nach unten und setze mich auf die Terrasse. Nur falls du dich noch verabschieden möchtest.«

Elsbeth antwortet nicht.

Samstag, 27. Juli, 11.12 Uhr, Kottbusser Damm, Berlin-Kreuzberg

Die Fenster des Kleinwagens sind schmutzig. Auf dem Boden rollen leere Wasserflaschen herum, der Sitz ist durchgesessen. »Für 'nen Dienstwagen ist das aber ziemlich bescheiden«, murmelt Bastian, als er einsteigt.

Der Berliner Kommissar würgt den ersten Gang rein und startet den Wagen. Der Kommissar ist klein, korpulent und kahlköpfig und hat sich als Hannes Michalke vorgestellt.

Nach den ersten drei Sätzen ist er sofort zum Du übergegangen. Bastian musste nur nicken und war quasi in die Berliner Kripo-Familie aufgenommen.

»Und du glaubst wirklich, euer Toter wollte aussteigen?«, fragt Michalke jetzt.

»Keine Ahnung. Hat seine Chefin gesagt.«

»Juwelierin, oder? Und dann noch auf Sylt.« Michalke grinst und startet ein leichtsinniges Überholmanöver. »Da fallen mir aber noch ein paar andere Gründe ein.«

»Schon klar. Deshalb will ich mir ja auch die Familie ansehen. Wie sind die denn so?«

»Meinst du die Frage ernst?« Michalke stößt ein meckerndes Lachen aus. »Aggressiv, gefährlich und extrem selbstbewusst. So sind sie, diese Clans, alle miteinander. Sonst hätte das Landeskriminalamt ja wohl kaum ein eigenes Kommissariat für die Brüder eingerichtet. Außer uns traut sich doch kaum noch jemand in die Szene. Die drohen dir auf offener Straße an, dass sie deine Familie umbringen, wenn du weiter ermittelst. Das ist längst nicht mehr komisch.«

»Und warum hat man die nicht abgeschoben, nachdem sie straffällig geworden sind?«

»Tja, gute Frage. Das ist alles ziemlich verwickelt. Familie Jashari ist schon länger hier und kommt tatsächlich aus dem Libanon. Aber in den letzten Jahren hat sich da was geändert. Vermutlich sind viele von den neuen Flüchtlingen Kurden und stammen aus der südöstlichen Türkei. Keiner weiß das so genau. Wir vermuten, dass sie aus der Türkei in den Libanon geflüchtet und von da aus dann nach Deutschland gekommen sind. Die Masche ist immer die gleiche. Die schmeißen ihre Pässe weg, sobald sie am Flughafen ankom-

men. Die Kollegen haben schon Hunderte aus den Papier-
körben gefischt. Aber was willst du machen? Die Typen
behaupten einfach, staatenlose Palästinenser zu sein. Schon
können sie nicht abgeschoben werden, weil kein Land sie
zurücknimmt. Die Türkei natürlich auch nicht.«

Bastian nickt, während jenseits der Autofenster die Stadt
an ihm vorbeirauscht. Graue Fassaden, vertrocknete Stra-
ßenbäume, schlecht gekleidete Passanten. Hannes Michalke fährt schnell und rücksichtslos. Ab und an gibt er knappe
Kommentare von sich, die ebenso abgehangen wie zynisch
wirken.

»Das richtig heftige Neukölln«, erklärt er gerade, »kannst
du eigentlich gleich aufgeben. Jedenfalls bestimmte Blocks.
Da kommst du einfach nicht mehr durch. Der Jashari-Clan
und noch zwei, drei andere kontrollieren alles. Es ist, als ob
ein Blinder gegen einen Sehenden Schach spielen würde.
Null Chance. Spielst du Schach?«

Michalkes winzige Augen scheinen unter seinen schwer
hängenden Lidern fast zu verschwinden, aber der Blick, mit
dem er seinen Beifahrer jetzt mustert, ist durchdringend.

»Nee, nie probiert. Aber soweit ich weiß, sind die Figuren beim Schach doch unterschiedlich geformt. Der Blinde
könnte sie also durchaus tasten«, wirft Bastian ein.

»Und dabei die ganze Aufstellung umschmeißen? No
way!« Michalke schüttelt heftig den Kopf. »Du wirst gleich
sehen, was ich meine. Hier zum Beispiel, der Kottbusser
Damm. Guck dir doch die Leute an. Ist da irgendjemand
dabei, mit dem du gern dein Feierabend-Bierchen trinken
würdest? Na siehst du. Und das ist erst Kreuzberg, hier
geht's noch vergleichsweise nobel zu.«

»Wo fahren wir eigentlich genau hin?«

105

»Nach Neukölln runter, hab ich doch gesagt. Erst mal die ganze Karl-Marx-Straße längs. Die Familie von eurer Leiche wohnt ziemlich weit im Süden. Die Eltern in der Thomasstraße, der älteste Sohn, also der Bruder von eurem Toten, im Mittelweg.«

»Hast du uns angekündigt?«

»Die Sekretärin hat's versucht. Aber mit Frauen reden die ja nicht. Ist eh besser, wenn man vor Ort ist. Mal sehen, ob wir überhaupt einen von denen erwischen.«

Inzwischen hat sich das Straßenbild geändert. Es gibt kaum noch Läden mit deutschen Namen. Die meisten Schilder sind gleich in arabischer Schrift. Bastian kann nur noch wenige Frauen auf der Straße entdecken. Und die, die er sieht, sind zum Großteil verhüllt. Kopftuch und langer Mantel, hin und wieder auch welche, die einen Tschador tragen. Schwarz verpuppte Gestalten, die Plastiktüten vom Billigdiscounter schleppen oder Kinderwagen schieben. Oft beides gleichzeitig. Die Männer stolzieren rauchend über die Gehwege. Wenn sie etwas tragen, dann ein Handy. Dieses Viertel gehört ihnen, und das wissen sie genau.

Bastian, der vor seiner Sylter Zeit im spießigen Flensburg gewohnt hat, kann sich kaum vorstellen, wie es so viele Menschen unter so schlechten Bedingungen auf so engem Raum überhaupt miteinander aushalten können.

»Klappt ja auch nicht«, kommentiert Michalke lakonisch, als Bastian seine Überlegungen äußert. »Die schlagen sich manchmal aus reinem Frust die Köpfe ein. Letztens hat einer seine Frau erwürgt, weil sie die Suppe versalzen hatte. Als wir ihn festnehmen wollten, war er ehrlich entrüstet. Der hat wirklich geglaubt, er sei im Recht.«

Bevor Bastian etwas antworten kann, hält Michalke mit

quietschenden Reifen vor einer Shisha-Bar. Drei dunkelhaarige Männer sitzen davor. Sie trinken Tee aus kleinen Gläsern und palavern lautstark in einer Sprache, die arabisch klingt. Als Michalke und Bastian aussteigen und auf die drei zugehen, steht der älteste auf. Er ist höchstens mittelgroß und schlank, fast ausgemergelt. Er trägt ein Jackett, das tadellos sitzt, und darunter ein weißes Hemd. Die Uhr an seinem Handgelenk ist vermutlich aus purem Gold. Bedächtig schnippt er seine Zigarette auf die Straße und blickt ihnen mit einem abfälligen Gesichtsausdruck entgegen. »Gibt's Problem?«

»Nicht direkt.« Hannes Michalke zeigt seinen Dienstausweis und sieht dem Araber direkt in die Augen. »Wir suchen jemanden.«

»Wen?« Die Frage klingt wie ein Pistolenschuss.

»Tarek Jashari.«

Jetzt stehen auch die anderen beiden auf. Einer hat das Gesicht eines Kindes. Kein Bartwuchs, Babyspeck auf den Wangen. Bastian schätzt ihn auf höchstens fünfzehn. Der andere trägt einen dicken Ohrring, über seinen Hals schlängelt sich eine Tätowierung. Der sehr muskulöse Oberkörper steckt in einem Kapuzenshirt, auf dem in Leuchtschrift ASHOLE steht. Der Typ kneift die Augen zusammen und mustert die beiden Kommissare von Kopf bis Fuß.

»Tarek, ja?« Seine Stimme klingt abfällig. Er spuckt einen dicken Schleimpfropf aufs Pflaster. »Glaub ich nicht, dass der mit euch reden will.«

»Was Tarek will oder nicht, interessiert im Augenblick niemanden«, erwidert Michalke trocken. »Wo ist er?«

»Zu Hause?« Der Muskelmann bemüht sich gar nicht erst, den Spott aus seiner Stimme zu verbannen.

»Mittelweg also«, murmelt Michalke und dreht sich um. Grußlos steigt er in den Dienstwagen. Bastian bleibt noch einen Augenblick bei den drei Arabern stehen. Sie sehen ihn herausfordernd an.

»Ist noch was?« Der Muskelmann.

»Nettes Sweatshirt«, sagt Bastian grinsend. Dann lässt er die verdutzten Männer stehen.

»Provozier sie nicht noch«, mahnt Michalke, als Bastian wieder neben ihm im Wagen sitzt. »Letztes Jahr hat's hier gleich um die Ecke einen Kollegen erwischt. Er war neu bei uns und hat die falschen Fragen gestellt. Wollte sich profilieren oder was weiß ich. Jedenfalls kann seine Frau jetzt die Blumen auf seinem Grab gießen. Hast du eine Frau?«

Bastian nickt.

»Ein Grund mehr, vorsichtig zu sein.«

Samstag, 27. Juli, 11.42 Uhr, Strandstraße, Kampen

Langsam geht Anja Winterberg auf Carina Bischoffs Juwelierladen zu. Sie bemüht sich, den Kopf gerade zu halten und möglichst desinteressiert zu gucken. Der Sommerwind drückt den Chiffon ihres Kleides gegen ihre Beine und kaschiert ihren kleinen Bauch. Ein gutes Gefühl. Anja beschließt, auch in Zukunft mehr Kleider zu tragen.

Vor dem Schaufenster des Geschäfts stehen bereits zwei Damen. Sie tragen weiße Hosen, Strasssandalen und Trägertops in Rosa und Hellgrün. Dazu dicke goldene Ohrringe und klimpernde Ketten. Wie hat Silja das genannt? Richtig, Boho-Style. Anja fasst an ihre eigenen Ketten. Dass die nicht echt sind, muss ja niemand wissen. In jedem Fall fühlt sich Anja gleich weniger fehl am Platz. Und die Damen rücken tatsächlich bereitwillig zur Seite und räumen ihr auch ein Plätzchen vor der Auslage ein. Bestimmt ein Zeichen dafür, dass sie Anja als eine der ihren ansehen. Ausgestattet mit genügend Geld, um hier einzukaufen. Auch der bullige Typ, der auffällig unauffällig neben der Ladentür steht, beachtet sie nicht weiter. Gut so.

Neugierig mustert Anja die Auslage. Alles ist frisch dekoriert. Die Seeräuber-Schatzkisten sind verschwunden, jetzt liegen Uhren, Ringe und Armbänder ganz schlicht auf königsblauem Samt. Von putzig bis protzig ist alles vorhanden. Anja beschließt, sich einmal durch das Sortiment zu fragen. Sie ist eben eine unterbeschäftigte Gattin, die die Kreditkarte ihres Mannes spazieren führt. Kann ja nicht so schwer sein, diesen Eindruck zu erwecken.

Anja holt tief Luft und will gerade das Geschäft betreten, als sie innen eine Bewegung wahrnimmt. Eine sehr gut gebräunte Männerhand greift in die Auslage und entnimmt ihr vorsichtig einen breiten Goldarmreif. Anja kneift die Augen zusammen, die Scheibe spiegelt ein wenig, aber jetzt sieht sie alles deutlich. Aber was ist das? Es kann doch nicht sein, dass da der Tote steht. Extrem gutaussehend, dunkelhäutig und nur mit einer Jeans und einem Muskelshirt bekleidet.

Gerade hebt der junge Mann den Blick und fixiert sie direkt durch die Schaufensterscheibe hindurch. Seine Augen sind mandelförmig und umkränzt von unwirklich langen Wimpern. Warmes Braun mit winzigen grünen Sprenkeln darin. Er hält den Blick lange. Sehr lange. Anja spürt, wie ihre Knie nachgeben.

109

Es geht mir nicht anders als den ganzen anderen Weibern. Ist das denn zu fassen? Anja stößt die Ladentür auf und betritt mit klopfendem Herzen das Juweliergeschäft. Sofort trifft sie ein weiterer Blick des jungen Mannes. Dann ein versticktes Lächeln und ein kaum merkliches Nicken, das auf Anja wirkt wie ein heimliches Versprechen. Sie bleibt stehen und atmet einmal tief durch. Der Wiedergänger Adnan Jasharis hat sich inzwischen der Kundin zugewandt, für die er das breite Armband aus dem Schaufenster geholt hat. Dafür kommt nun Carina Bischoff höchstpersönlich hinter dem Tresen hervor. Sie schenkt Anja ein strahlendes Lächeln, als seien sie beide schon seit Jahren die besten Freundinnen.

»Hallo, schön, Sie zu sehen. Was darf ich Ihnen zeigen?«

Kennt die mich wirklich? Das kann doch gar nicht sein. Anja lächelt unsicher und umreißt mit einer vagen Geste das Ladeninnere. »Ich wollte mich nur mal umsehen. Also, was heißt *nur* …«, setzt sie noch einmal neu an. »Mein Mann hat … also … ich soll mir was aussuchen!«

Endlich ist es heraus. Vielleicht nicht besonders elegant formuliert, aber immerhin klar und deutlich. Fast hätte Anja erleichtert aufgeatmet, aber natürlich beherrscht sie sich. Dafür kennt Carina Bischoffs Freude jetzt keine Grenzen mehr.

»Sehr weise von Ihrem Gatten«, säuselt sie. »Dann nehmen wir uns jetzt richtig Zeit und erkunden erst einmal, was genau auf Ihrer Wellenlänge liegt.« Die Juwelierin mustert mit einem knappen Blick das Flatterkleid und Anjas Ketten, dann legt sie den Kopf schief und fragt mit zuckriger Stimme: »Soll es denn wieder etwas Boho-Mäßiges sein?«

Anja preist im Stillen Siljas Styling-Gen und ihren untrüglichen Geschmack. Gleichzeitig wiegt sie nachdenklich den Kopf. »Ach wissen Sie, mein Mann hat so viele geschäftliche Termine, bei denen ich ihn begleiten muss, da darf es ruhig etwas Konventionelleres sein. Aber hochwertig natürlich, wenn Sie verstehen.«

»Verstehe, verstehe«, murmelt die Bischoff und lässt ihren Blick über die Vitrinen schweifen. Mit kleinen tänzelnden Schritten nähert sie sich schließlich einer und holt einen schweren Armreif hervor. Massives Gold, in das mehrere daumennageldicke Perlen eingelassen sind. »Wenn Sie hier Platz nehmen möchten?« Sie weist auf ein fliederfarbenes Sesselchen, das vor einem antiken Tisch steht, dessen Platte mit Samt bezogen ist. Fast beiläufig lässt Carina Bischoff den Armreif auf den Samt gleiten. »Ein Gläschen Champagner?«, erkundigt sie sich lächelnd.

Anja nickt und setzt sich hin. Langsam fängt die Geschichte an, ihr wirklich Spaß zu machen. Als Sekunden später ein feines Kristallglas mit seinem perlenden Inhalt vor ihr steht, meldet sich kurz ihr schlechtes Gewissen. Aber Anja greift beherzt nach dem Glas und beschließt, dass so ein bisschen Blutalkohol ihr Mäxchen schon nicht umbringen wird.

Der Champagner ist köstlich. Er schmeckt nach Hefe und Beeren, kitzelt am Gaumen und hinterlässt nach jedem Schluck eine Spur der Versuchung. Längst hat sich Anja den Armreif übers Handgelenk gezogen, schwer und glänzend umschließt er ihren Arm.

»Perfekt«, gurrt Carina Bischoff. Doch ihr herzliches Lächeln kann nicht darüber hinwegtäuschen, dass sie mit einem Ohr dem Gespräch zu lauschen scheint, das ihr Angestellter mit der anderen Kundin führt.

»Barzahlung. Ist das wohl möglich?«, versteht jetzt auch Anja die geflüsterte Frage.

»Einen winzigen Moment bitte«, lächelt da auch schon die Bischoff in Anjas Richtung. Gleichzeitig wirft sie einen besorgten Blick auf den immer noch halbvollen Kristallkelch auf dem antiken Tischchen. »Schmeckt Ihnen der Champagner nicht? Nehmen Sie doch noch!« Die Juwelierin zwinkert Anja verschwörerisch zu. »Die Flasche muss schließlich leer werden.«

Während sich Anja einen weiteren Schluck gönnt – und gleich darauf noch einen –, tauschen Carina Bischoff und ihr neuer Adonis die Plätze. Jetzt nimmt Anja auch den Duft wahr, der den Schönen umgibt. Zitrone, Holz, Leder. Schwer und intensiv. Atemberaubend und sinnesbetörend. *In der Schwangerschaft wäre mir davon wahrscheinlich schlecht geworden*, schießt es ihr durch den Kopf. Und fast ist sie dankbar für den ersten vernünftigen Gedanken seit Minuten. Trotzdem muss sie ihren Blick erst mal ausgiebig über die wohlgeformten Arme und die muskulöse Brust des jungen Verkäufers gleiten lassen. Sein knappes T-Shirt offenbart mehr, als es verhüllt. *Was für ein Körper, was für eine Haut!* Der junge Mann lächelt fein und lässt sie schauen. Dann fragt er leise, fast raunend: »Ist der Armreif recht? Oder möchten Sie sich noch etwas anderes ansehen?«

Anja nickt, vielleicht ein wenig zu schnell, vielleicht ein wenig zu heftig. Aber der Schönling scheint nichts zu bemerken. Er neigt fragend den Kopf zur Seite und sieht sie auffordernd an. *Was will der jetzt von mir? – Ach so, ich muss ihm zumindest sagen, was ich sehen will.*

»Ein Ring wäre nett«, traut sich Anja. »Gern auch etwas Auffälligeres. Ein Solitär vielleicht.«

»Selbstverständlich.« Mit geschmeidigen Bewegungen entfernt sich der Adonis und öffnet eine Lade hinter dem Tresen. Während er eine kleine Kollektion von Ringen auf einem Samttablett arrangiert, spitzt Anja die Ohren.

»Durchaus möglich«, hört sie die Juwelierin sagen. »Und Sie möchten wirklich den ganzen Betrag …?« Carina Bischoff schickt einen vorsichtigen Blick zu Anja hinüber. Die beugt erst den Kopf über den Armreif, dann greift sie noch einmal nach ihrem Glas und lässt den restlichen Champagner die Kehle hinabrinnen. Mit einer knappen Geste weist Carina Bischoff ihren Angestellten an, den Kelch noch einmal zu füllen, dann widmet sie sich wieder ganz der anderen Kundin.

»Sollen wir einen Termin nach Geschäftsschluss vereinbaren?«, schlägt sie leise vor. Und als die andere freudig nickt, schiebt die Bischoff nach: »Selbstverständlich bekommen Sie ein Zertifikat. Eine gesonderte Rechnung brauchen Sie aber nicht, oder?«

»Nein, nein«, ist die fast schon hastig vorgetragene Antwort.

»Schön.« Carina Bischoff steht auf. »Dann sehen wir uns heute Abend. Gegen neun? Passt das?«

Die Kundin nickt und reicht der Juwelierin die Hand. »Wunderbar. Ich freue mich.«

Die Steuerbehörde würde sich weniger freuen, frohlockt Anja. Denn ganz offensichtlich wurde gerade direkt neben ihr sehr nonchalant ein Schwarzgeldgeschäft geplant.

Inzwischen ist der schöne Verkäufer mit der Flasche zurück. Großzügig schenkt er nach. Dann bringt er das Tablett mit den Ringen. Anja muss sich die Bemerkung verkneifen, dass sie eigentlich keinen Schlagring kaufen woll-

113

te, so riesig sind die Steine und die Fassungen. Ein Kichern rutscht ihr trotzdem raus.

»Stimmt etwas nicht?«, erkundigt sich irritiert die Bischoff. Sie redet über die Schulter, weil sie die andere Kundin gerade zur Tür begleitet.

»Nein, nein, alles in bester Ordnung«, beeilt sich Anja zu versichern. *Bis auf die Tatsache vielleicht, dass ich ganz schön einen sitzen habe. Wie komme ich hier bloß wieder raus?*

Gerade fällt die Ladentür ins Schloss, und Sekunden später steht die Bischoff wieder neben ihr. »Ah, unsere feinsten Ringe. Ja, die hätte ich Ihnen auch nicht vorenthalten. Möchten Sie mal probieren?« Sie hebt einen massigen Gelbgoldring vom Tablett, in dessen Mitte ein brillantbesetzter Totenkopf prangt. »Ein echter Schocker«, sagt Carina Bischoff im Brustton tiefster Überzeugung.

»Aber vielleicht doch ein bisschen auffällig.«

»Ach was. Wer nicht auffällt, hat schon verloren. Noch Champagner?«

Jetzt wird es Anja langsam zu bunt. *Die denken wohl, sie hätten mit mir leichtes Spiel. Erst abfüllen und dann absahnen. Da haben die sich aber getäuscht.* Schwankend steht sie auf.

»Ich überleg's mir noch mal.« Sogar ihre Stimme klingt schon leicht verschliffen. Kein Wunder, nach über einem Jahr fast kompletter Alkoholabstinenz.

Mit unsicheren Schritten geht Anja zur Tür.

»Und der Armreif?« Carina Bischoffs Stimme hat plötzlich alle Verbindlichkeit verloren. Scharf klirrt sie durch die Luft.

Erschrocken bleibt Anja stehen. *Verdammt, ich hab den Reif ja noch um!* »Ich muss darüber nachdenken«, murmelt sie und versucht gleichzeitig, das Teil wieder über ihre

Hand zu ziehen. Doch irgendwie sitzt es fest. Anja beißt die Zähne zusammen und zieht noch einmal kräftig. Endlich gelingt es.

Als Anja der Juwelierin den Armreif reicht, zittert ihre Hand. »Ich melde mich«, flüstert sie, stürzt zur Tür und flieht aus dem Geschäft.

Samstag, 27. Juli, 12.13 Uhr, Mittelweg, Berlin-Neukölln

Das Mietshaus ist ein Zweckbau aus den sechziger Jahren. Vier Etagen, schlichte Fenster, Rauputzfassade. Auf dem billigen Klingelbrett finden sich nur arabische Namen. Jashari steht ganz oben rechts. Hannes Michalke drückt den Taster neben dem Namen. Als sich nichts tut, drückt er noch einmal, diesmal länger.

Wieder nichts.

Michalke tritt ein paar Schritte zurück und ruft nach oben, wo zwei Fenster sperrangelweit aufstehen: »Kriminalpolizei. Es geht um Ihren toten Bruder. Ich würde an Ihrer Stelle aufmachen.«

Ein paar Sekunden später werden die Fenster geräuschvoll geschlossen. Dann geht der Summer.

Im Treppenhaus riecht es nach gebratenem Fleisch und nach Minze. *Nicht übel*, denkt Bastian und merkt, wie sich sein Hunger regt. Das Frühstück in dem billigen Hotel, in dem er sich eingemietet hat, war lausig. Doch die Wahrscheinlichkeit, dass sich die Jasharis als besonders gastfreundlich erweisen werden, ist eher gering. Mit knurrendem Magen steigt Bastian die Stufen empor.

Oben steht die Wohnungstür offen. Dahinter warten zwei Männer. Der jüngere von beiden trägt eine weite Hose in Tarnfarben und ein schlabbriges Shirt. Er blickt ihnen finster entgegen. Sein Gesicht wirkt wie eine schlechte Kopie des toten Adnans. Unreine Haut, eine eher fahle Gesichtsfarbe und viel weniger stark ausgeprägte Wangenknochen. Der missmutige Blick und die tiefe Falte zwischen den Augenbrauen machen ihn nicht attraktiver. Trotzdem ist die Ähnlichkeit mit dem Mordopfer auffällig. Ganz offensichtlich handelt es sich um Adnans älteren Bruder Tarek.

Als die beiden Polizisten schnaufend vor ihm stehen, vertieft sich die Falte zwischen seinen Brauen. »Was soll das, die ganze Straße zusammenzubrüllen? Meine Freunde haben uns Ihren Besuch längst angekündigt. Aber trotzdem …« Er weist auf den alten Mann, der neben ihm steht. »Mein Vater ist in tiefer Trauer. Wir alle trauern. Und die Polizei benimmt sich wie ein trampelndes Maultier.«

»Können wir reinkommen? Wir müssen mit Ihnen reden.«

»Worüber?«

»Über Ihren Bruder. Oder gäbe es sonst noch Gründe für unseren Besuch?«

Tarek Jashari ignoriert den frechen Vorstoß und sieht seinen Vater fragend an. Der alte Mann runzelt die Stirn, zupft an seiner fleckigen Polyesterkrawatte und nickt schließlich. Mit schlurfenden Schritten geht er voran ins Wohnzimmer. Bastian und Hannes Michalke folgen ihm, Tarek Jashari bildet das Schlusslicht.

Im Wohnraum ist es heiß und stickig. Das Lüften scheint nicht viel geholfen zu haben. Es riecht nach Zigarettenrauch und den drei Duftöllampen, die zwischen Familienfotos auf einer Anrichte brennen. Die schweren Plüschvorhänge vor den Fenstern sind halb zugezogen. Auf einem rosafarbenen Sofa, dessen Samtbezug mit großen Rosen bedruckt ist, sitzt eine alte Frau, die trotz der Hitze lange Hosen, darüber einen Mantel und über dem Haar ein Kopftuch trägt. Sie hat den Blick gesenkt und schaut auch nicht auf, als die vier Männer den Raum betreten.

Bastian nickt ihr kurz zu, erntet aber keine Reaktion. Nur als der alte Mann sich neben sie setzt, greift die Frau, die Bastian für Adnans Mutter hält, kurz nach dessen Hand. Tarek Jashari bleibt breitbeinig mitten im Raum stehen und fordert auch die Ermittler nicht auf, Platz zu nehmen. Da zunächst niemand etwas sagt, sieht sich Bastian die Fotos auf der Anrichte genauer an. Auf mindestens dreien kann er Adnan erkennen. Immer blickt dieser finster und missmutig in die Kamera. Auf einem Foto steht neben ihm eine attraktive junge Frau mit Kopftuch. Seine Schwester? Eine andere Verwandte? Oder gar die mysteriöse Verlobte? Bastian weiß es nicht, und er wagt auch nicht, danach zu fragen.

»Wann können wir ihn holen?«, fragt jetzt Tarek und wirft Hannes Michalke, den er offenbar für den Boss hält, einen aggressiven Blick zu.

»Da müssen Sie den Kollegen aus Sylt fragen«, antwortet Michalke und weist auf Bastian. »Bevor die Obduktion nicht abgeschlossen ist …«

Ein Aufschrei aus zwei Kehlen unterbricht ihn. Adnans Mutter hat die Hände vors Gesicht geschlagen und schluchzt laut. Der zweite Schrei kommt aus der Ecke hinter der Tür. Dort sitzt in einem glänzend neuen Ledersessel eine weitere Frau, die nun leise zu weinen beginnt. Während sie monotone Klagelaute ausstößt, wiegt sich ihr schmaler Körper rhythmisch hin und her. Ein Tschador bedeckt ihren

117

Körper. Ein zusätzlicher Gesichtsschleier verhüllt Stirn, Nase und Mund, so dass Bastian nur die niedergeschlagenen Augen und die langen gebogenen Wimpern sehen kann, unter denen die Tränen hervorquellen.

Tarek Jashari deutet mit vorwurfsvoller Geste auf die beiden Frauen. »Sie leiden. Und ihr seid schuld. Adnan hätte schon längst begraben sein sollen. Allah lässt uns nur vierundzwanzig Stunden Zeit dafür. Wir müssen die Schahada beten, wir müssen unsere Toten waschen, sie mit Duftöl einreiben, sie bekleiden und sie dann begraben. Aber niemand in diesem Scheißland kümmert sich um unsere Religion.«

Dann verstummt er, als sei damit alles gesagt. Der Alte auf dem Sofa nickt, die beiden Frauen jammern weiter.

»Wir geben uns die größte Mühe, alles Notwendige so schnell wie möglich zu erledigen«, versichert Bastian. »Aber wir haben noch einige Fragen, was Ihr Verhältnis zu Adnan betrifft.«

»Er war mein Bruder. Reicht euch das nicht?«

»Wann haben Sie ihn zum letzten Mal gesehen?«

»Vor einem Monat, vielleicht vor zweien? Was weiß ich.« Tarek klingt mürrisch. Er wechselt einen verstohlenen Blick mit seinem Vater, den sich Bastian nicht erklären kann.

»Gab es Telefonate oder sonstige Kontakte in den Tagen vor Adnans Tod?«

Tarek Jashari schüttelt den Kopf, ohne Bastian anzusehen.

»Und in der Mordnacht? Wo waren Sie da?« Bastian stellt seine Frage mit ruhiger Stimme und beobachtet Tarek genau. Er kann sehen, wie die Wut in dem anderen aufsteigt.

»Wo ich war? Du Hurenbock willst wirklich wissen, wo ich war, als mein Bruder ermordet wurde?«

Jashari springt auf Bastian zu und packt ihn an den Oberarmen. Sofort geht Hannes Michalke dazwischen.

»Hey, beruhig dich. Das ist eine ganz normale Frage. Die haben wir euch auch schon direkt nach dem Mord gestellt.«

»Sie haben kein Recht, uns das zu fragen«, kommt jetzt die erstaunlich kräftige Stimme des alten Mannes vom Sofa. Er spricht fast akzentfrei. »Wir trauern um unseren Sohn. Wir erwarten Respekt.«

Michalke nickt, dann sagt er leise: »Trotzdem.«

»Wir waren bei einer Familienfeier. In einem libanesischen Restaurant. Hat die ganze Nacht gedauert. Ein Cousin meines Vaters ist siebzig geworden. Jetzt zufrieden?« Tarek lässt Bastian los, mustert ihn aber mit einem finsteren Blick.

»Wer ist *wir* genau?«, fragt Bastian.

»Meine Eltern. Ich selbst. Und Amira natürlich. Sie ist mit Adnan verlobt, sie gehört zur Familie.« Er deutet auf die verschleierte Frau in der Ecke. Seine Stimme klingt trotzig.

Hannes Michalke runzelt die Brauen und kratzt sich geräuschvoll am Kopf. »Okay. Vielleicht glaube ich euch sogar, dass ihr nichts mit Adnans Tod zu tun habt. Trotzdem seid ihr angezählt. Auf Sylt ist irgendwas Krummes gelaufen – und wir werden herausfinden, was es war.«

»Ihr könnt uns nichts vorwerfen«, beharrt Tarek.

»Und der zufällige Geldsegen auf Adnans Konto? Der neue Ferrari? Woher kommt das so plötzlich?«

»Das ist allein Adnans Sache. Geht euch einen Scheißdreck an.«

»Ihr Bruder ist ermordet worden«, erinnert ihn Bastian mit sanfter Stimme. »Und alles, was mit seinem Tod zu tun haben könnte, ist wichtig für uns.«

Doch das Friedensangebot wird nicht angenommen.

Tareks Augen verengen sich zu Schlitzen, und seine Fäuste ballen sich. Er macht ein paar Schritte nach vorn, bis er sehr dicht vor Bastian steht. Obwohl er den Kommissar diesmal nicht berührt, geht von ihm eine fast körperlich spürbare Bedrohung aus. Tareks Stimme ist leise und scharf.

»Du blöder Klugscheißer, glaubst du, das weiß ich nicht. Da, siehst du die Frau auf dem Sofa? Sie weint! Sie weint!!! Das ist meine Mutter, sie hat ihren Sohn verloren. Was glaubst du, wie sich das für sie anfühlt? Und dann kommt ihr auch noch her und wollt, dass wir eine Aussage machen. Eine Aussage, dass ich nicht lache. Was sollen wir euch denn sagen? Dass diese Hure auf der Nordseeinsel schuld ist? Das sie Adnan jede Menge Flausen in den Kopf gesetzt hat? Dass sie ihn von seiner Familie entfremdet hat? Von seiner Mutter. Seinem Vater. Und seiner Verlobten.«

Er wirbelt herum und weist jetzt auf die tiefverschleierte Frau, die inzwischen das Weinen eingestellt hat. Sie hält den Kopf gesenkt, ihre Hände kneten sich gegenseitig. Sie wirken äußerst schmal, blass und zartgliedrig. *Das sind die Hände eines Kindes*, fährt es Bastian durch den Kopf. Wahrscheinlich ist das Mädchen keine siebzehn und hat wenig oder gar kein Mitspracherecht bei der Verlobung gehabt. Und jetzt muss sie hier die trauernde Fast-Witwe geben. *Ein Königreich für deine Gedanken*, möchte der Kommissar am liebsten rufen, aber er hält sich zurück und widmet seine ganze Aufmerksamkeit wieder dem Bruder des Toten.

»Es tut mir leid, dass Sie Adnan nicht sofort beerdigen konnten. Ich kümmere mich darum, dass das schnell ermöglicht wird.«

»Wir fahren morgen und holen ihn«, knurrt Tarek.

»Wollen Sie das nicht lieber einem Bestatter überlassen?«, schlägt Bastian vor.

»Wir kümmern uns selbst drum, und wir kommen morgen!« Tarek Jasharis Stimme klingt, als kündige er eine Invasion an.

Samstag, 27. Juli, 12.22 Uhr, Hotel Severin*s, Keitum

»Stimmt so.«

Elsbeth von Bispingen reicht einen Zwanzigeuroschein nach vorn, verstaut ihr Portemonnaie wieder in der Handtasche und steigt vor dem Keitumer Severin*s Hotel aus dem Taxi. Der Fahrer wuchtet ihren Koffer aus der Ladeklappe seines Wagens, ein Hotelboy nimmt das Gepäck entgegen.

»Ich hoffe, Sie sind nicht ausgebucht.« Elsbeth lächelt den Hotelboy an. Der verzieht keine Miene, lässt sich aber zu einem erstaunten »Sie haben nicht reserviert?« hinreißen.

»Es musste schnell gehen«, murmelt Elsbeth und versucht, die Erinnerung an ihre überhastete Flucht aus Fred Hübners Apartment zu verdrängen. War es vielleicht doch ein Fehler, so spontan gehandelt zu haben? Die letzten zwei Stunden hat sie in einem Wenningstedter Café zugebracht und über nichts anderes nachgedacht. Aber Nachgeben war noch nie ihre Stärke. Also ist sie in ein Taxi gestiegen und auf Verdacht hergekommen. Das relativ neue Hotel hat sie sich längst schon aus der Nähe ansehen wollen.

In der weitläufigen Hotellobby empfängt sie das Lächeln eines jungen Mannes. »Herzlich willkommen!«

121

»Moin, moin, ich bin ein Notfall.« Elsbeth lässt ihre Handtasche zu Boden fallen und stützt beide Ellenbogen auf den Rezeptionstresen.

»Es gibt keinen Notfall, für den wir nicht eine Lösung hätten.« Das Lächeln ihres Gegenübers vertieft sich.

»Genau das wollte ich hören. Wenn Sie jetzt auch noch ein Zimmer für die nächsten paar Tage für mich haben, sind Sie mein Held.«

Der Empfangschef befragt seinen Rechner. »Wir hätten noch ein Apartment mit Wattblick für die nächsten zwei Tage oder ein Zimmer im Haupthaus für eine Woche.«

»Wunderbar. Ich nehme das Zimmer.«

»Sehr gern.«

Während Elsbeth sich anmeldet, kümmert sich der Boy bereits um ihr Gepäck.

»Es wäre zauberhaft, wenn mich nachher jemand massieren könnte«, seufzt die Staatsanwältin schließlich.

Wieder bemüht der Empfangschef seinen Rechner. »Sechzehn Uhr? Passt das?«

»Perfekt, vielen Dank.«

Zehn Minuten und einen Drink später ist Elsbeth auf ihrem Zimmer. Sie lässt sich sofort aufs Bett fallen und schleudert die Schuhe von den Füßen. Dann schließt sie die Augen. *Denk nicht immer an Fred, sondern konzentrier dich auf das Nächstliegende. Die Ermittlungen, die Massage, die abendliche Einladung bei deinem Bruder.* Elsbeth gönnt sich noch zehn Minuten Pause, danach rappelt sie sich auf und greift zum Handy.

Es dauert eine ganze Weile, bis sich im Westerländer Kommissariat jemand meldet. Silja Blancks Stimme klingt irgendwie gehetzt.

»Ja? Was ist denn noch?«

»Bispingen hier.« Die Staatsanwältin wartet darauf, dass sich die Kommissarin für ihre unprofessionelle Begrüßung entschuldigt. Stattdessen eine längere Pause. Tiefes Durchatmen auf der anderen Seite. Und schließlich eine ganz und gar ungewöhnliche Frage: »Können Sie Gedanken lesen?«

»Manchmal ja, manchmal nein«, antwortet Elsbeth von Bispingen und muss wieder an ihren Streit mit Fred Hübner denken.

»Jedenfalls hab ich gerade nach Ihrer Handynummer gesucht. Es gibt Neuigkeiten, die Sie sofort erfahren sollten.«

»Hat der Kollege Kreuzer in Berlin den Mörder unseres schönen Toten dingfest gemacht?«

»Falls ja, weiß ich davon noch nichts«, antwortet Silja Blanck vorsichtig. »Aber wir haben uns mal im Juwelierladen umgesehen. Inkognito natürlich. Wenn man es geschickt anstellt, kann man da auch mit Schwarzgeld zahlen. Nach Ladenschluss natürlich.«

»Interessant.«

»Außerdem hat Carina Bischoff bereits Ersatz für ihren ermordeten Liebhaber gefunden. Der Neue ist Adnan Jashari wie aus dem Gesicht geschnitten.«

»Hab ich's mir doch gedacht«, murmelt die Staatsanwältin und erklärt dann: »Hauptkommissar Kreuzer und ich haben die Juwelierin beim Einstellungsgespräch beobachtet.«

»Tatsächlich?« Silja Blanck kann eine gewisse Ratlosigkeit nicht verbergen. Hastig wechselt sie das Thema. »Noch was. Inzwischen ist es unserem IT-Spezialisten gelungen, Adnan Jasharis Rechner zu knacken. Jetzt wissen wir, woher das Geld auf seinem Konto gekommen sein könnte.«

»Ich höre.« Elsbeth greift nach dem kleinen Block und dem Stift auf dem Nachttisch.

»Adnan Jashari muss wettsüchtig gewesen sein. Jedenfalls hat er an allen möglichen Internetwetten teilgenommen. Dabei ist in den letzten Monaten ganz schön viel Geld den Bach runtergegangen – auch wenn sein Girokonto immer ganz harmlos wirkte. Aber vor drei Wochen hat Adnan plötzlich richtig was eingestrichen. Irgendeine Fußballwette, ich habe den Namen ehrlich gesagt schon wieder vergessen. Der Gewinn wurde direkt an ein sogenanntes Skrill-Konto gezahlt.«

»Ein was?«

»Skrill. Das ist ein Internetkonto, das komplett unabhängig von dem uns bekannten Girokonto lief. Von da aus konnte Jashari direkt Geld an Händler überweisen, die ebenfalls ein solches Konto unterhalten. Zum Beispiel, um sich den Ferrari zu kaufen. Außerdem gibt es die Möglichkeit, sich Geld am Automaten auszahlen zu lassen. Man braucht nur eine Skrill-Prepaid-Mastercard. Und die hatte Adnan Jashari in seinem Portemonnaie.«

»Das ist natürlich praktisch, wenn man sich irgendwo Geld geliehen hat und die frisch gewonnene Knete nicht zum Abzahlen der Schulden, sondern zum Autokauf verwenden will.«

»Sie sagen es. Immerhin sind noch dreißigtausend Euro übrig geblieben, die er dann doch auf sein Konto eingezahlt hat.«

»Haben Sie denn die Höhe des Gewinns ermitteln können?«

»Es gibt da eine Mail ...« Silja Blanck zögert.

»Ja?«

»Hundertachtzigtausend. Und der Wagen dürfte etwa hundertfünfzig gekostet haben.«

»Na gut. Lassen wir das mal so stehen.« Elsbeth von Bispingen atmet tief durch. »Ich kenne mich mit diesen Wetten nicht aus, aber wenn jemand hundertachtzigtausend gewinnt, dann muss er doch auch eine ganze Stange Geld eingesetzt haben, oder?«

»Der Kollege Winterberg macht sich gerade schlau. Wenn Sie einen Moment warten können …«

Elsbeth hört, wie das Telefon zur Seite gelegt wird, dann Murmeln, das Klackern einer Tastatur, schließlich einen erstaunten Pfiff.

Sekunden später ist Silja Blanck wieder am Hörer. »Also, das System läuft so: Jeder Buchmacher schätzt anhand der eingehenden Wetten die Wahrscheinlichkeit für Gewinn oder Verlust eines Derbys. Daraus errechnen sich die Quoten. Wenn es fair zugeht, werden alle bei der Wette eingesetzten Beträge wieder ausgezahlt. Natürlich nur an die Leute, die aufs richtige Pferd oder den richtigen Verein oder was weiß ich gesetzt haben.«

»Und was hat der Veranstalter der Wette davon?«, will Elsbeth wissen.

»Der bekommt auch seinen Teil. Das geht von der Auszahlung runter. Was sagst du, Sven? Okay, ja danke. Also die Gewinnmarge eines Buchmachers liegt zwischen zwei und zehn Prozent des Einsatzes.«

»Aha.« Elsbeth überlegt. »Für Adnan Jasharis Gewinn hieße das etwa, dass er bei einer Quote von sagen wir mal zwanzig Prozent Gewinnwahrscheinlichkeit – und das ist ja schon eher wenig – immer noch ein Fünftel der Hundertachtzigtausend eingesetzt haben müsste. Das sind sechsunddreißigtausend Euro. Bei einer Quote von zehn Prozent Gewinnwahrscheinlichkeit wären es immer noch achtzehntausend Euro Einsatz. Eine ganz schöne Stange Geld. Und dabei habe ich die Gewinnbeteiligung des Buchmachers, die vorher vom Erlös abgezogen werden müsste, noch gar nicht berücksichtigt.«

»Und da fragen wir uns natürlich: Woher hatte er das Geld?«, fasst Silja Blanck die Überlegung der Staatsanwältin zusammen.

»Exakt.« Elsbeth wartet kurz, und als von der Kommissarin nichts weiter kommt, sagt sie entschieden: »Finden Sie das raus, aber subito. Vielleicht bringt uns das weiter.«

Samstag, 27. Juli, 13.07 Uhr, Rotes Kliff, Weststrand

Im Schutz der Steilwand ist es heiß. Nicht Sylt-heiß, was bedeuten würde warm mit kräftigem, aber lauem Wind, sondern richtig heiß. *Karibisch heiß*, denkt Fred Hübner.

Heute früh hat der Wind gedreht, er kommt nun von Osten, und das hochaufragende rote Kliff bietet ausnahmsweise kompletten Windschatten. Die Sonne knallt, und kein Lüftchen regt sich.

Fred ist von Süden her am Strand entlang gejoggt und hat sein Handtuch genau dort platziert, wo die überlaufenen Strandkorbabschnitte Wenningstedts und Kampens etwa gleich weit voneinander entfernt sind. Unterhalb der Steilküste ist man hier auch in der Hochsaison fast allein. Ein paar Nudisten tummeln sich im Sand und im Wasser, einige knutschende Pärchen haben ebenfalls die Einsamkeit gesucht. Aber sonst? Niemand.

Nur die Sonne und ich, denkt Fred. Nur die Sonne wird Zeuge sein, wenn er den längst überfälligen Entschluss fassen wird. Falls er ihn fassen wird. Oder eben nicht. Schon seit einer Stunde wägt Fred das Für und Wider ab. Eigentlich hat er gleich nach dem Joggen ins Wasser gewollt, denn allerspätestens am Nachmittag wird der Ostwind dafür sorgen, dass die Nordsee voller Quallen ist. An Schwimmen wird dann kaum noch zu denken sein. Die meisten Wellen sind jetzt schon weg, das Wasser wirkt, als könne man mit einem Gummiboot über das spiegelglatte Meer schippern oder sich behaglich auf einer schaukelnden Luftmatratze räkeln. Natürlich stimmt das nicht. Denn die starke Strömung würde ganz schnell dafür sorgen, dass man weit hinausgezogen würde. Sehr weit, vielleicht zu weit. Fred erinnert sich daran, dass vor Jahren eine Urlauberin bei ähnlichem Wetter tatsächlich auf der Horizontlinie von einem Fischerboot aufgegriffen worden ist. Sie war auf ihrer Luftmatratze eingeschlafen und wäre aus eigenen Kräften niemals zurückgekommen.

Träge blinzelt Fred zwischen halbgeschlossenen Lidern hindurch. Das Meer flirrt im Licht, der Sand blendet. Nur zu gern würde Fred sich der betörend leichten Stimmung überlassen, aber immer wieder geht ihm das Zerwürfnis mit Elsbeth durch den Kopf. Wie konnte er nur so dumm sein, zu erwarten, dass sie seinen Coup nicht durchschauen würde? War eigentlich klar, dass Elsbeth sofort an die Decke gehen würde. Fred hat sie von Anfang an für genau diesen scharfen Verstand geliebt, der jetzt dafür verantwortlich ist, dass zwischen ihnen alles vorbei sein soll.

Merde!

Oder gibt es doch noch einen Ausweg? Fred grübelt weiter. Vielleicht würde Elsbeth ihm verzeihen, wenn er umgehend anriefe und alles aufklären würde. Aber was heißt *aufklären* in diesem Fall genau? Wäre nicht *gestehen* eher das richtige Wort? Er hat versucht, sie zu belügen. Und obwohl das schon schlimm genug ist, hat er es auch noch aus den niedrigsten Beweggründen getan. Wegen der Kohle nämlich. Aus Geldgier. Na ja, Geldnot trifft es eher. Aber trotzdem. Er hat sich benommen wie der allerletzte miese kleine Verräter.

Ist das überhaupt noch gutzumachen? Fred seufzt. Wahrscheinlich wird ihm Elsbeth kein Wort glauben. Wundern würde es ihn jedenfalls nicht.

Ich habe sie längst verloren, es ist alles zu spät. Die Welle von Enttäuschung, Entsetzen und Wut auf sich selbst steigt heftig auf und überflutet sämtliche Gedanken.

Ich Rindvieh! Ich Hornochse! Ich Totalversager! Fred schlägt mit der geballten Faust auf den Sand, bis es weh tut. Dann wischt er sich erschöpft mit dem Handrücken über die Stirn. Auch das tut weh, aber aus anderen Gründen. Sicher ist seine Haut auch am restlichen Körper schon ganz verbrannt, er kann sich jedenfalls nicht daran erinnern, vor dem Joggen an die Sonnencreme gedacht zu haben.

Mist, Mist, Mist!

Fred rappelt sich auf. Von der Hitze und der Erschöpfung nach dem Sport ist ihm ganz schwindlig. Sein Herz rast plötzlich wie blöd. Wenn er jetzt noch umkippt, ist wirklich alles verloren. Fred rafft sein Handtuch und die Laufschuhe zusammen und macht sich auf den Rückweg. Als er stolpernd und keuchend an der Wasserkante angekommen ist, bleibt er stehen und blickt zu Boden. Winzige Wellen schwappen um seine Füße. Es fühlt sich an, als ob die Nordsee seine Füße mit lauter kleinen Küssen überziehen würde. Die Kälte des Wassers beruhigt seine Nerven. Und vielleicht ist sie auch für den Kreislauf gut.

Langsam geht es Fred besser. Selbst das Herzklopfen wird weniger. Er schließt die Augen und atmet mehrmals tief durch. Dann zieht er das Handy aus der Hosentasche und wählt die Nummer der Zeitung, für die er berichten sollte. Obwohl das am Samstagmittag nicht ganz selbstverständlich ist, wird sofort abgehoben.

»Hübner hier. Fred Hübner. Ich habe schlechte Nachrichten für Sie. Vergessen Sie unseren Deal. Ich steige aus.«

Samstag, 27. Juli, 16.10 Uhr, Severin*s Resort, Keitum

»Ah, tut das gut!«

Elsbeth von Bispingen liegt lang ausgestreckt auf der bequemen Massageliege, sie hat den Kopf in die weiche Polsterung gebettet und die Augen geschlossen. Gerade verreibt die Masseurin ein unverschämt gut duftendes Öl auf ihrem Rücken. Die langen, streichenden Bewegungen entspannen jetzt schon jeden Muskel. Während Elsbeth sich noch fragt, warum sie sich nicht öfter eine solche Massage gönnt, werden die Griffe fester. Jetzt rollt und knetet die Masseurin Elsbeths Nacken, als handle es sich um ein besonders widerspenstiges Stück Teig. Elsbeth stöhnt leise. Sie bemüht sich, ihren Gedanken freien Lauf zu lassen. Einatmen, ausatmen, und vor allem loslassen. Aber was ihrem Körper gelingt, fällt ihrem Verstand schwer. Elsbeth weiß genau, dass es besser gewesen wäre, gleich nach dem Streit mit Fred zurück nach Flensburg zu reisen. Natürlich spricht nichts gegen ein Wochenende auf der Insel, aber sie macht sich eindeutig etwas vor, wenn sie sich einredet, dass es nur die laufenden Ermittlungen sind, die sie bleiben lassen.

»Sie müssen sich entspannen«, mahnt prompt die sanfte Stimme der Masseurin. »Nichts ist jetzt wichtig, nur Sie selbst, nur Ihr Körper. Versuchen Sie, in jede Faser hineinzuspüren, jede meiner Bewegungen aufzunehmen. Sie werden sofort merken, was das für einen Unterschied macht und wie gut das tut.«

Elsbeth nickt in die weiche Gesichtspolsterung hinein, atmet ganz langsam ein und wieder aus und stellt sich dabei einen großen roten Luftballon vor, der sich aufbläht, zusammenzieht, wieder aufbläht. Ein paar Sekunden lang geht alles gut, doch dann platzt der Luftballon ganz plötzlich, und ein mächtiger Schwall frischen Blutes ergießt sich über Elsbeths ganzes Gesichtsfeld.

»Schön entspannt bleiben«, kommt die mahnende Stimme von oben.

Elsbeth wischt im Geiste das ganze Blut wieder auf und sucht nach dem nächsten Luftballon. Er ist grün und hoffentlich haltbarer als der vorige. Eine Zeitlang geht alles gut. Der Ballon füllt und leert sich im Takt von Elsbeths Atem. Die Hände der Masseurin kneten ihren Rücken zu einer gefügigen Masse. Der intensive Duft des Massageöls füllt den ganzen Raum. Es ist still, es ist friedlich. Der grüne Luftballon gleitet davon, er schwebt durch den Raum und verblasst in einem hellen Nebel. Auch Elsbeth schwebt jetzt.

Auf und ab, auf und ab. Auf und … ein lauter Glockenton hallt durch den Raum und lässt Elsbeth abstürzen. Bevor sie begreift, was geschehen ist, läutet die Glocke noch einmal. Ihr Handy.

»Das ist jetzt wirklich ungünstig.« Die Stimme der Masseurin klingt beleidigt. »Handys haben hier schon aus Prinzip nichts zu suchen.«

»Entschuldigung«, flüstert Elsbeth. Am liebsten würde sie den Anruf annehmen, aber sie fürchtet die Rache der kräftigen Hände.

»Es gibt nichts, was so wichtig wäre, dass Sie dafür ihre Entspannung unterbrechen müssten«, mahnt die Masseurin mit entschiedener Stimme.

Doch, gibt es, denkt Elsbeth wütend. *Ein Versöhnungsanruf von Fred beispielsweise. Doch wie wahrscheinlich ist das schon? Und bevor ich mich hier zum Affen mache, halte ich lieber still.*

Aber die Entspannung ist endgültig dahin.

Samstag, 27. Juli, 16.32 Uhr, Haus am Dorfteich, Wenningstedt

Fred Hübner lässt enttäuscht das Handy sinken. Er hat Elsbeth innerhalb der letzten halben Stunde dreimal angerufen. Sie hat weder abgenommen noch sich sonst irgendwie gerührt. Keine Nachricht, keine SMS, noch nicht einmal ein »Lass mich in Ruhe!«. Stattdessen totale Funkstille.

War ja klar, dass es so nicht funktionieren würde, denkt Fred frustriert. *Habe ich jetzt ganz umsonst die Chance auf ein lukratives Jobangebot verspielt?* Wütend knallt der Jour-

131

nalist sein Handy auf den Tisch. Leider bleibt es dort nicht liegen, sondern rutscht weg, schlittert über die Platte und rauscht über den Rand. Dann ein Knall, ein Splittern – und aus.

Fred erschrickt. Ist es so schlimm, wie es sich angehört hat? Er beugt sich über den Tisch und blickt zu Boden. Es ist schlimmer. Auf dem Parkett liegt ein Trümmerhaufen. Das Display ist gebrochen, der Rahmen verbeult, der Bildschirm tot.

Fred Hübner schließt die Augen, lässt die Schultern sinken und schüttelt genervt den Kopf. Immer kommt alles auf einmal. Wie soll er jetzt zu Elsbeth Kontakt aufnehmen? Er weiß ja noch nicht mal, wo sie ist. Und da gibt's viele Möglichkeiten. Bei der ungeliebten Familie ihres Bruders? Zurück auf dem Weg nach Flensburg? Oder noch auf der Insel? Vielleicht ist sie sogar ganz in der Nähe. Vielleicht will sie ihn nur ein wenig zappeln lassen und wäre beim vierten oder auch erst beim zehnten Anruf rangegangen. Vielleicht, vielleicht, vielleicht.

Seufzend umkreist Fred den Tisch, hebt das Handy auf und versucht, es zu reaktivieren. Aber da tut sich rein gar nichts. Auch das Adressbuch lässt sich nicht mehr aufrufen. Er hat das Teil komplett geschreddert. Mist!

Was soll er jetzt machen? Die Zeit, in der man Telefonnummern auswendig wusste, ist längst vorbei. Außerdem kann sich sowieso niemand diese extralangen Handynummern merken. Und aufgeschrieben hat er Elsbeths Nummer auch nirgends. Wer besitzt schon noch ein Adressbuch? Steht ja heutzutage alles im Handy. Deswegen hüten es auch alle wie ihren Augapfel. Und knallen es nicht wie blöd auf den Tisch. Oder lassen es über die Kante rutschen, verdammt nochmal! Fred Hübner könnte sich selbst ohrfeigen. Aber das würde sein Handy auch nicht wiederbeleben. Es gibt leider nur eine einzige Lösung. Er muss sich nach Westerland aufmachen und so schnell wie möglich ein neues Handy kaufen.

Leise fluchend klaubt Fred Hübner die SIM-Karte aus dem Wrack. Dann greift er nach seinem Fahrradhelm und dem Rucksack. Draußen knallt immer noch die Sonne vom Himmel. Nur in Freds Psyche sieht es finster aus. Grummelnd schwingt er sich auf sein Rad und steigt in die Pedale.

Samstag, 27. Juli, 17.45 Uhr, Severin*s, Keitum

Seit einer geschlagenen Dreiviertelstunde starrt Elsbeth auf ihr Handy. Obwohl sie um sieben bei ihrem Bruder in List sein sollte, liegt sie immer noch in ihrem Bademantel auf dem Hotelbett. Ihre langen roten Locken sind wirr und ungekämmt, Elsbeth ist weder geschminkt noch sonstwie zurechtgemacht. Und wenn sie zu irgendetwas gerade überhaupt keine Lust hat, dann ist es das Abendessen bei ihrem Bruder. Wie soll sie sich anständig um dessen Probleme kümmern, wenn sie selbst genug hat? Die Ermittlungen im Fall des Juwelenmordes kommen nicht voran, und nun scheint auch noch die Beziehung zu Fred an die Wand gefahren zu sein. Okay, er hat dreimal versucht, sie zu erreichen, als sie unter der Massage lag. Aber ist sie nicht ein bisschen mehr wert? Oder sollte sie selbst einlenken?

Elsbeth seufzt. Nein, das kommt gar nicht in Frage. Es ist eindeutig Fred, der Bockmist gebaut hat. Und wenn er das

nicht von allein erkennt, dann wird sie ihm nicht helfen können. Und es auch nicht wollen.

Elsbeth rollt sich vom Bett, wirft den Bademantel zu
Boden und zieht sich an. Draußen ist es hochsommerlich
warm, es reicht also ein leichtes Kleid. Die Haare steckt sie
hoch, dann macht sie sich an das Make-up. Ein bisschen
Wimperntusche und etwas Rot für die Lippen müssen reichen. Zwischendurch wirft Elsbeth immer wieder einen
Blick aufs Handy. Keine SMS, kein Anruf.

Als sie in ihre Pumps gestiegen ist und das Nötigste in
ihre Tasche geworfen hat, ist es halb sieben. Seit ihrem Streit
am Vormittag sind acht Stunden vergangen. Das wäre Zeit
genug für Fred gewesen, um sich zu besinnen. Elsbeth greift
nach Handy und Handtasche und verlässt das Hotelzimmer. Noch auf dem Gang zur Treppe schaltet sie ihr Handy aus. Sie wird doch nicht den ganzen Abend über wie ein
unglücklich verliebter Teenager auf einen Anruf von Fred
warten. Und überhaupt! Wer sagt denn, dass es nicht noch
andere attraktive Männer auf dieser Welt gibt.

Samstag, 27. Juli, 19.03 Uhr,
Haus am Dorfteich, Wenningstedt

Wütend knallt Fred Hübner sein neues Handy auf
die Tischplatte. Es überlebt, aber nur knapp. Fred
springt auf und beginnt, durch den Raum zu tigern. Der
Typ im Handyladen hat zwar Freds alte SIM-Karte gleich
in das neue Handy geschoben, aber Fred wollte seine Nachrichten erst zu Hause checken. Wahrscheinlich ist er vom
Laden hierher Rekordzeit gefahren.

Und jetzt das!

Nämlich nichts!

Kein Anruf. Keine Mail.

Elsbeth war es mit der Trennung also völliger Ernst. Noch nicht einmal eine Abschieds-SMS ist Fred ihr wert.

Er greift sich das neue Handy und ist drauf und dran, sie anzurufen. Der wird er aber was erzählen!

Doch im letzten Augenblick reißt er sich zusammen. Okay, er bedauert, was geschehen ist. Okay, er hat ganz bestimmt zu lange gezögert, um sich zwischen Elsbeth und dem verführerischen Auftrag zu entscheiden. Aber *das* hat er nicht verdient. Was Elsbeth hier abzieht, ist ganz schlechter Stil, und er wird sich keinesfalls die Blöße geben, sie auch noch zu bestärken, indem er ihr am Telefon hinterherwinselt.

Noch einmal fliegt das neue Handy auf den Tisch. Noch einmal überlebt es. Fred gönnt ihm keinen weiteren Blick mehr, sondern stürmt hinaus. Im Gehen greift er sich gerade noch den Fahrradhelm und die Schlüssel. Draußen ist es schwül, ganz bestimmt nicht das richtige Wetter für eine ausgedehnte Inseltour. Aber Fred ist das gleichgültig. Wenn er sich jetzt nicht abreagieren kann, dann platzt er. Und damit wäre niemandem geholfen. Schon gar nicht ihm selbst und seiner drohenden Pleite.

Fred stülpt sich den Helm auf und steigt in die Pedale. Er fährt nach Norden, am Dorfteich vorbei und dann den alten Bahndamm längs, der seit Jahrzehnten zum Fahrradweg umgebaut ist. Inselzirkus, Leuchtturm, Uwe-Düne, Whiskymeile, alles zieht in Windeseile an ihm vorbei. Er guckt nicht links, nicht rechts, hält den Kopf gesenkt und klingelt nur manchmal säumige Spaziergänger aus dem Weg. Die

135

müssen ihn alle für irre halten, aber das ist ihm egal. Die reine Wut treibt ihn an.

Erst im nördlichen Kampen wird er langsamer. Heide links, Straße rechts, dahinter die großen Villen zur Wattseite. Und die Spaziergänger werden auch weniger. Nachdem Fred den Parkplatz der Buhne 16 hinter sich gelassen hat, trifft er überhaupt keine Fußgänger mehr. Und die paar Radfahrer, denen er begegnet, hängen mehr oder weniger keuchend über ihren Lenkern. Es ist aber auch wirklich schwül. Erst als er die große Lister Wanderdüne schon sehen kann, merkt Fred, dass auch ihm der Schweiß in Bächen übers Gesicht läuft. Und Keuchen ist gar kein Ausdruck für seine Atmung. Es ist eher ein Japsen oder Hecheln. Und warum wackelt denn jetzt sein Vorderrad so merkwürdig? Er wird doch wohl noch den Lenker stillhalten können, verdammt nochmal.

Nein, kann er nicht.

Falls er nicht ganz schnell absteigt und sich hinsetzt, wird er stürzen. Über den Lenker oder einfach seitlich runter vom Rad, erschöpft, überhitzt und emotional total überfordert, wie er ist. Das wird ihm plötzlich klar. Doch bevor er reagieren kann, passiert es schon. Finales Schlackern, misslungener Bremsversuch, Händezittern bis zum Abwinken, Brustschmerzen. Fred strauchelt und stürzt. Er hat Glück im Unglück und landet relativ weich in einer Wolke aus Heidekraut und Blaubeergestrüpp. Der Asphalt wäre härter gewesen. Aber trotzdem. Jetzt liegt er hier und horcht auf sein Herz, das wie wahnsinnig hämmert. Als wolle es direkt aus einer Brust springen, die immer mehr schmerzt. Fred schließt die Augen und denkt, dass das jetzt auch schon egal ist.

136

Samstag, 27. Juli, 22.23 Uhr, Bahnhof, Westerland

Als Silja Blanck den Bahnhofsvorplatz überquert, wirft die sinkende Sonne gerade ihre letzten Strahlen auf die überlebensgroßen knallgrünen Figuren. Vater, Mutter und zwei Kinder mit Gepäck, die wie zufällig auf dem weiten Vorplatz verstreut stehen. So umstritten die Aufstellung der Skulpturen vor Jahren auch war, mittlerweile gehören sie ins Stadtbild. Der Ostwind, gegen den sich die grünen Reisenden stemmen könnten, ist längst zu einer marginalen Brise abgeflaut. Es ist immer noch warm, eine der sehr seltenen tropischen Nächte auf Sylt.

Silja trägt helle Shorts und ein weites Leinenhemd darüber, ihre Füße stecken in Flipflops, und niemand von denen, die die junge attraktive Frau sehen, dürfte ahnen, dass sich ihre Gedanken um ganz andere Dinge drehen als den Sommer, die Planung für den nächsten Urlaubstag oder die Auswahl des Restaurants fürs Abendessen.

Die Kommissarin ist so tief in Gedanken versunken, dass sie prompt in eine ältere Dame mit Gepäck hineinrennt.

»Oh, Verzeihung. Ich hab Sie irgendwie übersehen.«

»Ab sechzig sind wir Frauen unsichtbar. Das wirst du auch noch erleben, Mädchen«, ist der griesgrämige Kommentar.

Silja blickt beschämt zu Boden. Sie weiß nicht, was sie antworten soll. Aber die andere ist bereits weitergegangen.

Auf dem Bahnsteig ist es trotz der späten Stunde voll. Der Zug aus Hamburg wird in wenigen Minuten erwartet, und nicht nur Silja ist auf die Idee gekommen, jeman-

137

den abzuholen. Natürlich hat sie vorhin schon mit Bastian telefoniert und sich dessen Berliner Erlebnisse ausführlich schildern lassen. Nun nutzt Silja die Wartezeit, um ihre Gedanken zu ordnen.

Irgendwoher muss Adnan Jashari das Geld für die Internetwetten bekommen haben. Oder hat er es sich unerlaubterweise einfach genommen? Aus Carina Bischoffs Schwarzgeldkasse vielleicht? Oder hat er sie erpresst? Beides wären erstklassige Mordmotive. Denkbar wäre aber auch, dass Adnan seinen Bruder angepumpt hat. Falls ja, würde der nicht sauer werden, wenn Adnan das gewonnene Geld in ein Auto investierte, anstatt seine Schulden zu begleichen? Möglich ist allerdings auch, dass Adnan seinem Bruder Tarek brisante Informationen geliefert hat, die dieser bar vergütet hat. Oder war alles doch ganz anders?

Warum hat Adnan die beiden Juwelensets fotografiert? Und wollte er sich wirklich von seiner Verlobten trennen, wie Carina Bischoff behauptet hat? Und wo ist das zweite Juwelenset überhaupt? Welchen Grund konnte der Täter oder die Täterin haben, es mitzunehmen?

Das Rauschen des Zuges unterbricht Siljas Überlegungen. Der Luftzug, der die Einfahrt der Waggons begleitet, ist wenig erfrischend. Zu schwül, zu sehr gesättigt von dem Geruch nach Eisen und Gummi. Als der Zug zum Stehen kommt, steigt Bastian direkt vor Silja aus. Beide sind gleichermaßen überrascht von diesem Zufall. Bastian nimmt seine Freundin in den Arm und drückt ihr einen Kuss auf den Mund.

»Schnuckelig siehst du aus. Gar nicht wie eine strenge Kriminalkommissarin«, raunt er ihr ins Ohr.

Silja schmiegt sich an ihn. Dann greift sie nach seiner

Hand und zieht ihn in Richtung Parkplatz. »Lass uns noch wo hingehen, okay? Ich will die Wärme genießen, vielleicht mit einem Glas Wein in der Hand und den Füßen im Sand.«

»Alles klar. Mademoiselle wird poetisch, dann ist es ihr ernst«, frotzelt Bastian. »Was hältst du vom Sansibar?«

»Lieber Buhne 16 am Kampener Strand.«

»Hätte ich mir denken können bei deinem Hippie-Outfit.« Bastian lächelt und zupft spielerisch an Siljas Flatterbluse. »Na dann nichts wie los ...«

Samstag, 27. Juli, 22.45 Uhr, Alte Dorfstraße, List

Während Norberts Frau Gesine die Dessertschälchen abräumt, tauschen Elsbeth und ihr Bruder einen langen Blick. In seinem steht Verzweiflung, in Elsbeths Bedauern. Gesine ist spätestens nach dem Hauptgang so betrunken gewesen, dass kein klares Wort mehr aus ihrem Mund gekommen ist. Bei jedem weiteren schwerfälligen Satzanfang hat Nathalie, die ältere Tochter des Paares, auffällig unauffällig die Stirn gerunzelt und ihr Gesicht zu einer Miene der Abscheu verzogen. Und auch den Abtransport der Dessertschälchen, die zu einem äußerst wackligen Haufen getürmt sind, beobachtet sie mit unverhohlener Verachtung. Auch Elsbeth blickt sorgenvoll durch die geöffnete Küchentür. Ihre Schwägerin hält sich mit einer Hand an der Arbeitsplatte fest, während sie mit der anderen den Geschirrspüler einräumt. Sekunden vergehen, alle starren hinüber.

Nur Nele, Elsbeths jüngere Nichte und Patentochter, scheint ausschließlich mit sich selbst beschäftigt zu sein. Sie hat während des gesamten Essens kaum etwas angerührt, dabei höchstens drei Sätze gesprochen und jeden Blickkontakt gemieden. Mit fahrigen Händen hat sie immer wieder das Besteck neben ihrem Teller neu geordnet und das Wasserglas gehoben, zum Mund geführt und dann doch wieder abgestellt, ohne daraus zu trinken. Jetzt schiebt sie es in fast manischer Weise ständig auf dem Esstisch hin und her. Ihre Arme sind mager, das Gesicht wirkt ausgemergelt. Die Augen liegen tief in ihren Höhlen, und der armselige Versuch, die Schatten darunter zu überschminken, betont sie fast noch mehr.

Elsbeth, die Nele genau gegenübersitzt, zwingt sich, den Blick auf die Nichte zu richten. Sie beugt sich über den Tisch und fragt mit freundlicher Stimme: »Gefällt's dir eigentlich im Krankenhaus?«

»Ist halt ein Job«, antwortet Nele, ohne aufzusehen.

»Na, du wirst dich doch aus bestimmten Gründen für diese Ausbildung entschieden haben.«

Nele zuckt mit den Schultern und weicht Elsbeths Blick aus. »Was sollte ich sonst machen? Beim Arbeitsamt hatten sie noch eine Bäckerlehre und zwei Stellen als Einzelhandelsverkäuferin im Angebot. Sehr verlockend, echt.«

»Du hättest dich selbst umschauen können«, schlägt Elsbeth vor und ärgert sich gleichzeitig darüber, wie matt ihr Vorschlag klingt.

»Ja, hätte ich. Zum Beispiel in diesen Touristen-Abzocker-Buden, in denen meine feine Schwester sich so gern rumtreibt.«

»Nur kein Neid«, faucht Nathalie.

»Mädels, nicht schon wieder«, mahnt Norbert Bredstedt leise. Dabei lässt er seine Frau nicht aus den Augen. Bei dem Versuch, einen Topf ganz hinten im Geschirrspüler zu platzieren, gerät sie gerade ziemlich ins Schwanken. Schon springt Norbert auf, um das Schlimmste zu verhindern. Doch Gesine fängt sich in letzter Sekunde.

»Mehr Glück als Verstand«, ist Nathalies zynischer Kommentar. Dann wendet sie sich wieder der Schwester zu. »Du hast überhaupt keine Ahnung vom echten Leben. Und die kriegst du auch nicht, wenn du dir deine Nächte in der Nordseeklinik um die Ohren schlägst. Zwischen debilen Alten und volltrunkenen Westerland-Prolls.«

»Ach, halt dich da raus«, kontert Nele und funkelt die Schwester an. »Außerdem lernt man bei uns auch manchmal interessante Leute kennen.«

»Du glaubst doch nicht im Ernst, dass dich irgendwann einer dieser Ärzte heiratet«, ätzt Nathalie.

»Darum geht's überhaupt nicht.«

»Dir vielleicht nicht. Mir schon. Wie soll ich denn sonst jemals aus dieser Bude hier rauskommen?« Nathalies abfällige Geste umfasst den Esstisch, die Familie, die ganze Wohnung.

Plötzlich kracht es in der Küche. Gesine ist zu Boden gegangen und hat bei dem Versuch, sich festzuhalten, den mittleren Geschirrkorb aus seiner Verankerung gerissen. Jetzt sitzt sie zwischen schmutzigen Scherben und Glassplittern und streicht sich verwirrt durchs Haar.

Nele schlägt mit der flachen Hand auf die Tischplatte und springt auf. »Es ist echt nicht zum Aushalten hier!« Sie stürmt in die Küche, greift zu Schaufel und Kehrblech und bückt sich, um die Scherben zusammenzukehren.

Nathalie verdreht die Augen, mustert die Szene mit einem kalten Blick und verlässt kommentarlos das Zimmer.

»Habt ihr so was öfter?«, erkundigt sich Elsbeth leise bei ihrem Bruder.

»Was glaubst du denn? Ich weiß bald nicht mehr weiter. Jeden Morgen, wenn ich zur Arbeit gehe, fürchte ich mich vor dem, was mich am Abend erwartet.«

Während Elsbeth noch nach Worten sucht, nach irgendetwas Tröstlichem, das sie ihrem Bruder erwidern kann, wird Nele ganz bleich im ihre Mutter, lässt Feger und Kehrblech fallen, stolpert fast über ihre Mutter, die immer noch am Boden sitzt, und stürzt aus der Küche.

»Was ist denn jetzt schon wieder?«, fragt Elsbeth ratlos ihren Bruder, der immer noch wie apathisch am Tisch sitzt.

»Ich weiß es auch nicht«, seufzt Norbert. »Frag mich was Leichteres. Wenn sie wenigstens was essen würde, würde ich sagen, sie ist auf dem besten Weg, Bulimikerin zu werden. Aber bei den Spatzenportionen, die sie zu sich nimmt, lohnt sich das Kotzen gar nicht.«

»Ihr müsst euch Hilfe holen, dringend«, sagt Elsbeth entschieden. Dann geht sie zu Gesine und hilft ihr aus den Scherben heraus.

Sonntag, 28. Juli, 12.06 Uhr, Juwelier Bischoff, Kampen

Tarek Jashari bremst scharf vor dem Reetdachhaus und würgt dabei seinen Wagen ab. Er kneift die Augen zusammen, lehnt sich weit aus dem Autofenster und bemüht sich, in das Geschäft hineinzusehen. Aber die

Schaufensterscheibe spiegelt zu sehr, so dass er nichts außer einigen Schemen erkennen kann, die sich bewegen.

»Hab ich's mir doch gedacht, die haben auch am Wochenende geöffnet«, murmelt er befriedigt. »Da läuft das Geschäft wahrscheinlich besonders gut.«

Das laute Hupen des hinter ihm stehenden Wagens erinnert Tarek daran, dass er den Verkehr aufhält. Er startet das Auto neu, gibt Gas und prescht davon. Als er Sekunden später eine freie Lücke entdeckt, parkt er ein. Dann wendet er sich zu Amina Ibrahim um. Die Verlobte seines toten Bruders kauert auf dem Rücksitz und hat ihren Tschador wie einen Panzer um sich herum festgezogen. In herrischem Tonfall sagt Tarek Jashari: »Du bleibst im Wagen. Ich seh mir jetzt die Schlampe an, die Adnan auf dem Gewissen hat.«

Tarek wartet nicht auf Amiras Reaktion, sondern steigt sofort aus. Er streckt sich ein paar Mal und denkt an die stundenlange Fahrt, die hinter ihm liegt. Dann drückt er die Schultern durch und geht mit grimmigem Gesicht auf Carina Bischoffs Juweliergeschäft zu. Tarek trägt eine abgewetzte Jeans und ein T-Shirt mit dem Aufdruck *Piss off*, das ihm jede Menge irritierter Blicke einträgt. Seine Füße stecken in schweren Schuhen mit Metallkappen, die weder zum Wetter noch zu den sommerlichen Outfits der anderen Badegäste passen.

Tarek fällt auf, Tarek stört.

Und ganz offensichtlich hat er es genau darauf angelegt. Jeden missbilligenden oder auch nur neugierigen Blick beantwortet er mit einer finsteren Miene. Vor besonders freizügig gekleideten Frauen spuckt er aus.

Als Tarek nur noch wenige Schritte vom Juwelierladen

entfernt ist, strafft sich die Gestalt des Wachmanns seitlich der Eingangstür. Bevor Tarek auch nur nach dem Türgriff fassen kann, tritt ihm der Kerl im dunklen Anzug in den Weg.

»Sie können da nicht rein.«

»Sagt wer?« Tarek schiebt den Kopf nach vorn und spannt die Brustmuskeln an.

Der Wachmann geht nicht auf seine Provokation ein, sondern antwortet mit ruhiger Stimme: »Privatvorführung. Tut mir leid.«

Verblüfft blickt Tarek durch die Glastür. Im Inneren halten sich neben der ehemaligen Chefin seines Bruders, die Tarek natürlich längst gegoogelt hat, und zwei älteren Damen, die ganz offensichtlich Kundinnen sind, noch ein sehr junger, sehr arabisch wirkender und äußerst gutaussehender Mann auf.

»Die Fotze hat ihn einfach ersetzt«, murmelt Tarek, während eine mächtige Wut in ihm aufsteigt. Mit einer blitzschnellen Bewegung stößt er den Wachmann beiseite und greift nach dem Türknauf. Der Wachmann strauchelt, macht dann aber einen Ausfallschritt nach hinten und fängt sich. Ohne zu zögern, zieht er seine Waffe und entsichert sie. Als Tarek die Tür aufstößt, hat er den Lauf bereits am Hinterkopf. Allerdings bezweifelt er, dass der Typ die Eier hat, wirklich zu schießen.

Im Inneren des Ladens fahren alle zusammen. Carina Bischoff eilt hinter ihren Tresen und macht sich an irgendetwas zu schaffen. Wahrscheinlich drückt sie gerade einen dieser peinlichen Panikschalter, die direkt die Bullen alarmieren. Die beiden Kundinnen pressen ihre Handtaschen an sich und stoßen entsetzte Schreie aus. Der junge Araber,

144

der barfuß mitten im Laden steht, reißt die Augen auf und schlägt mädchenhaft die Hand vor den Mund. Tarek vergisst den Wachmann, er vergisst die Waffe an seinem Kopf, er sieht nur noch diesen jämmerlichen Waschlappen von Mann, der ganz offensichtlich in die Rolle seines Bruders geschlüpft ist. Mit einem Grunzen stürzt er sich auf ihn.

»Poppst du jetzt hier die Chefin, oder was?«

Bevor der Araber reagieren kann, dreht der Wachmann Tarek eine Hand auf den Rücken und zieht sie ruckartig hoch. Tarek jault vor Schmerz. Die Mienen der beiden Kundinnen entspannen sich sichtlich, und Carina Bischoff nickt ihrem Wachmann dankbar zu. Nur der junge Verkäufer wirkt immer noch geschockt.

»Bring ihn raus, die Polizei muss gleich hier sein«, sagt die Bischoff.

»Erst sagst du mir, was mit Adnan passiert ist. Warum musste er sterben?«, zischt Tarek und bemüht sich, wenigstens seinen Blick furchteinflößend aussehen zu lassen. Immer noch hält der Wachmann seinen Arm schmerzlich nach oben gepresst. Für diese Schmach wird er die Schlampe büßen lassen!

»Adnan? Was haben Sie mit Adnan zu tun?« Die Überraschung Carina Bischoffs ist echt.

»Ich bin sein Bruder, und ich bin hier, um ihn zu holen. Und um mich an dir zu rächen.«

Es entsteht eine kleine Pause, in der Tareks Drohung verpufft wie ein angestochener Luftballon.

»Adnans Körper ist in der Pathologie, das wissen Sie doch bestimmt«, antwortet die Bischoff schließlich mit ruhiger Stimme. Gleichzeitig bedeutet sie dem Wachmann, Tarek loszulassen. Der reagiert mit erheblicher Verzögerung.

Wahrscheinlich würde er Tarek lieber den Arm brechen. Die Waffe hält er auf Schläfenhöhe.

In die beiden Kundinnen ist mittlerweile Bewegung gekommen. Vorsichtig drücken sie sich an den Männern vorbei und pirschen sich an den Ausgang heran. Ihr »Wir kommen ein anderes Mal wieder« klingt wenig überzeugend.

»Lauf hinterher und erklär ihnen alles«, zischt Carina Bischoff ihrem jungen Angestellten zu. Der nickt und scheint froh zu sein, der Situation ebenfalls zu entkommen.

Sekunden später sind die Bischoff, der Wachmann und Tarek allein im Geschäft.

»Nimm die Waffe weg, das ist ja lächerlich«, murmelt die Inhaberin und weist mit einer unwilligen Bewegung auf die Schaufensterscheibe, hinter der sich bereits eine Menschentraube gebildet hat. Als der Druck an Tareks Schläfe verschwindet, schüttelt er sich wie ein Jagdhund, der gerade von der Leine gelassen worden ist und sich nun seiner Freiheit vergewissert. Obwohl der Wachmann seine Waffe immer noch auf ihn gerichtet hält, fühlt Tarek sich endlich wieder wie ein Mann.

»Was ist?«, blafft er Carina Bischoff an. »Ich habe dich was gefragt.«

»Ich wüsste nicht, dass wir uns duzen«, entgegnet sie kühl. »Aber sei's drum. Ich will Ihren unmöglichen Auftritt gern mit der Ausnahmesituation entschuldigen, in der Sie sich zweifellos befinden.«

»Lenk nicht ab. Was war mit Adnan?«

Carina Bischoff seufzt. Es klingt in Tareks Ohren theatralisch und durch und durch falsch. »Der Arme. Ich glaube, er hat sich verspekuliert.«

»Was soll das heißen?«

»Das wissen Sie vermutlich besser als ich. Er hatte ein Problem mit seiner Verlobung.«

»Willst du mir jetzt erzählen, dass die Familie Schuld an Adnans Tod hat?«, kontert Tarek aggressiv. Er macht zwei große Schritte auf Carina Bischoff zu und beugt sich weit zu ihr über den Tresen. Sie kneift kurz die Augen zusammen und fixiert irgendetwas über Tareks Schulter. *Ohne diesen dämlichen Wachmann hätte sie sich längst vor Angst in die Hose gepisst*, denkt Tarek abschätzig und überlegt gleichzeitig, wie er den Typen loswerden kann. Am liebsten würde er der Alten an die Gurgel gehen, aber bei aller Wut ist er doch nicht lebensmüde. Also beschränkt er sich darauf, der Juwelierin einen weiteren seiner Killerblicke zu schicken.

Mit kühler, aber nicht unfreundlicher Stimme sagt Carina Bischoff: »Ich habe keine Ahnung, wer Ihren Bruder getötet hat. Und Sie müssen mir glauben, dass mir sein Tod aufrichtig leidtut. Ich habe Adnan gemocht. Er war klug, und er war freundlich. Aber das wissen Sie vermutlich selbst.«

»Er hätte nie herkommen dürfen, sondern bei seiner Familie bleiben sollen«, knurrt Tarek und schüttelt sich erneut. Es kann nie schaden, kurz mal die Muskeln zu lockern. Er kneift die Augen zusammen und fixiert Carina Bischoff wütend. Dann dreht er sich abrupt um, rempelt den Wachmann absichtlich an und verlässt den Laden. In der Tür hält er kurz inne und senkt die Stimme zu einem Flüstern, das durchdringender ist als jeder Schrei.

»Wer auch immer meinen Bruder auf dem Gewissen hat, ich erwische ihn.«

Sonntag, 28. Juli, 12.29 Uhr, Nordseeklinik, Westerland

Mit quietschenden Reifen halten zwei Wagen auf dem Parkplatz der Nordseeklinik. Die Mittagssonne lässt den Asphalt glühen, so dass er fast flüssig wirkt. Als beide Fahrertüren gleichzeitig aufgehen, schillert der Autolack im Licht. Bastian Kreuzer und Sven Winterberg begrüßen sich kurz und betreten gemeinsam das Klinikgebäude. Bevor die Tür hinter ihnen zufällt, wirft Sven noch einen sehnsüchtigen Blick nach draußen, wo der Sonnenschein die Insel zum Strahlen bringt.

Bastian sieht es und murmelt grimmig: »Jeder Termin in der Pathologie ist scheiße.«

»Aber bei diesem Prachtwetter ist es eine doppelte Strafe. Wieso musste ich eigentlich mit?« Svens vorwurfsvoller Blick klebt länger als nötig auf Bastians Gesicht.

»Schon klar, dass du lieber gemütlich in deinem Garten chillen und deinem Sprössling beim Nuckeln zusehen willst, Kumpel. Aber wenn du auf deinem heiligen Sonntag bestehen wolltest, dann hättest du nicht zur Kripo gehen dürfen. Es ist mir wichtig, dass wir beide dabei sind, wenn dieser Tarek seinen Bruder identifiziert«, antwortet der Hauptkommissar humorlos.

»Glaubst du etwa, der Tote ist jemand anderes?«

»Quatsch. Natürlich ist das Adnan Jashari. Das könnten dir hier auf der Insel wahrscheinlich hundert verliebte Weiber bestätigen. Außerdem haben wir die Aussage von der Bischoff.«

»Also? Was soll dann der Rummel?«

»Ich will ja nicht persönlich werden, aber manchmal denke ich, dass euer Winzling dir den Kopf vernebelt. Schließlich hat bisher niemand diesem Tarek gesteckt, wie sein toter Bruder tatsächlich aussieht ...«

»Er weiß nichts von den ausgestochenen Augen?«, unterbricht Sven den Kollegen erstaunt.

»Ganz recht. Und da vier Augen mehr sehen als zwei, wollte ich, dass du dabei bist, wenn er es erfährt.«

»Verstehe.« Sven stößt die Tür zum unterirdischen Reich des Rechtsmediziners Dr. Bernstein auf. Sofort lässt die kalte Luft beide frösteln. Ihre Schritte hallen auf dem Gang, ihre Gesichter wirken bleich in dem blauen Licht, das von den Leuchtstoffröhren an der Decke kommt.

Im Seziersaal erwartet Dr. Bernstein die beiden Kommissare schon. Lässig lehnt er an einem der Tische. Der Mediziner stützt sich mit der rechten Hand ab, während die linke ein Fischbrötchen zum Mund führt. Ein Heringsschwanz steckt zwischen den Brötchenhälften und ein paar Zwiebelringe sind kurz vor dem Herausrutschen. Gerade beißt Bernstein mit außerordentlich zufriedenem Gesichtsausdruck in das Brötchen.

»Guten Appetit«, brummt Bastian und lässt seinen Blick angelegentlich durch den Seziersaal schweifen. »Wohl bekomm's.«

»Danke, danke«, nuschelt der Mediziner und kaut genüsslich. Dann weist er mit der Brötchenhand auf einen weiteren Seziertisch am hinteren Ende des Raumes. »Kollege wartet schon. Hab ihn noch ein bisschen aufgehübscht, damit der Bruder nicht umkippt.«

»Sind Sie wahnsinnig, Bernstein?«, faucht Bastian. »Darum geht's doch gerade. Je grässlicher, desto besser.«

149

»Wusste gar nicht, dass Sie seit neuestem auf Gruselbildchen stehen.« Der Mediziner lässt sich nicht aus der Ruhe bringen. Er zupft den Heringsschwanz aus dem Brötchen, wirft ihn in den Eimer mit den Sezierabfällen und stopft anschließend den Rest des Fischbrötchens in seinen Mund.

Seufzend geht Bastian zu dem Tisch mit dem Toten und hebt vorsichtig das Tuch an, das über der Leiche liegt. Sein Blick wandert über das ehemals schöne Gesicht, dem der Tod alle Farbe genommen hat. Ohne die Juwelen wirken die Augenhöhlen wie trübe Krater in einer blassen Landschaft. »Ist immer noch gruselig genug«, befindet der Hauptkommissar und deckt die Leiche wieder zu.

In diesem Moment wird die Tür zum Seziersaal aufgestoßen. Tarek Jashari stürmt herein und bleibt wenige Schritte vor Bastian Kreuzer stehen.

»Wo ist mein Bruder?«

»Hier.« Bastians Stimme ist ruhig, mit einer sanften Geste weist er auf den Seziertisch. Auch Bernstein und Sven Winterberg treten näher.

Tarek Jashari strafft das Kreuz. In seinem Blick flackert plötzlich Unsicherheit. Im Raum stehen Stille und Erwartung.

»Sind Sie bereit?« Es ist die Stimme des Rechtsmediziners, die die Stille durchbricht.

Jashari nickt und Bernstein lüftet das Tuch.

Tarek Jashari kneift die Augen zusammen, als könne er dann besser erkennen, wer vor ihm liegt. Ganz langsam beugt er sich zu dem Toten hinab. Bastian und Sven beobachten ihn genau. Jede Regung ist wichtig. Aber Jashari hat sich gut unter Kontrolle. Nur ein winziges Zucken des linken Auges verrät seine Anspannung.

150

»Wer hat das getan? Wer hat meinem Bruder die Augen ausgestochen?«, stößt er hervor.

»Wir wissen es nicht. Aber vielleicht können Sie uns helfen«, antwortet Bastian. Doch Tarek reagiert nicht. »Haben Sie vielleicht eine Vorstellung davon, was der Mörder uns mit dieser Tat mitteilen wollte?«

Tarek Jashari schüttelt sich, als müsse er einen unliebsamen Gedanken von sich weisen. Dann beugt er sich ganz dicht über das Gesicht des toten Bruders und schließt kurz die Augen. Er atmet einmal tief ein, hält die Luft an und lässt sie anschließend mit einem einzigen Stoß entweichen. Es wirkt, als wolle er dem Toten neues Leben einhauchen. Sehr vorsichtig legt er beide Hände an die Wangen des Bruders und flüstert etwas Arabisches. Dann küsst er den Toten auf die Stirn.

Inzwischen hat Bastian ein Beweismitteltütchen aus seiner Tasche gezogen. Der Kommissar wartet, bis Tarek Jashari sich wieder aufgerichtet hat, um ihm das Tütchen auf der flachen Hand zu präsentieren. Es enthält die beiden Ohrringe, die der Täter in Adnans Augen gebohrt hat.

»Haben sie die schon mal gesehen?«

Tarek fährt herum, blinzelt, legt die Stirn in Falten, blinzelt noch einmal. Alle blicken ihn erwartungsvoll an. Doch er enttäuscht die Ermittler.

»Hab ich nicht. Was soll das sein?«

»Ohrringe?« Bastian formuliert seine Antwort ganz bewusst als Frage.

»Das sehe ich selbst. Für wie blöd halten Sie mich?«, kontert Tarek. »Aber was haben diese Dinger mit Adnan zu tun?«

»Er hat in einem Juwelierladen gearbeitet ...«, setzt Bastian an.

151

»Ist mir nicht neu. Ich komme grad von dort – mehr oder weniger jedenfalls.«

»Ist mir auch nicht neu«, antwortet Bastian cool. »Sie haben sich mächtig aufgeregt, haben mir die Kollegen erzählt.«

»So? Haben sie?«, erwidert Tarek unbeeindruckt. »Vielleicht sollten Sie sich besser darauf konzentrieren, den Mörder meines Bruders zu finden.«

»Wir tun, was wir können. Allerdings wäre es hilfreich, wenn wir dabei Ihre Unterstützung hätten.«

Tarek schnaubt kurz, dann antwortet er abfällig: »Niemand kann mir weismachen, dass die deutsche Polizei sich hier groß anstrengt. War ja nur ein blöder Araber, der dran glauben musste. Das denkt ihr doch alle, oder?«

»Ganz sicher nicht ...«, beginnt Bastian.

Aber Tarek unterbricht ihn sofort. »Und selbst wenn ihr Adnans Mörder finden würdet, was würde ihm schon geschehen?« Seine Stimme ist plötzlich ganz ruhig. »Die deutschen Richter sind nicht mehr als ein schlapper Haufen heulender Köter, die vielleicht mal bellen, aber nie wirklich beißen. Eure Justiz ist ein Lacher, und das, was ihr so großartig Strafvollzug nennt, ist bloß ein Kindergarten.« Bastian will etwas einwerfen, doch Tarek ist noch nicht fertig und schneidet ihm erneut das Wort ab. »Wenn einer von uns gekillt wird, dann sorgen wir selbst dafür, dass sein Tod gesühnt wird. Und wenn ihr uns dafür in den Knast werft, dann lachen wir nur.« Er sieht sich triumphierend um und mustert jeden einzelnen der drei mit einem intensiven Blick. »Und glaubt ja nicht, dass wir Angst vor euch oder eurer billigen Rache haben. Wir pfeifen auf eure Gesetze. Knast macht Männer. So sehen wir das.«

Sonntag, 28. Juli, 17.45 Uhr,
Severinskirche, Keitum

Elsbeth von Bispingen stößt das weiße Törchen auf, das zur Severinskirche und zum Friedhof führt. Außer ihr scheint niemand hier zu sein, kein Wunder bei diesem Prachtwetter. Elsbeth, die vom Hotel kommend den Weg am Watt entlang genommen hat, ist völlig verschwitzt. Dabei trägt sie nur ein weites rotes Leinenkleid und flache Sandalen. Aber sie ist zügig ausgeschritten, wie immer, wenn sie ihre Gedanken ordnen muss. Und dazu hat sie im Moment allen Anlass.

Elsbeth schließt das Törchen hinter sich und sieht sich um. Die weißgetünchte Kirche ist umgeben von sattem Grün, in dem die mehr oder weniger verwitterten Grabsteine hocken und vom Leben derer künden, die sie bewachen.

Vermutlich ist ein Spaziergang über einen Friedhof nicht die schlechteste Voraussetzung, um über den Tod und seine Ursachen nachzudenken, überlegt Elsbeth und rekapituliert noch einmal die Liste der Verdächtigen. An erster Stelle steht natürlich das Ehepaar Bischoff. Das angebliche Alibi des Ehemannes ist immer noch nicht von dessen Düsseldorfer Mitarbeiterin bestätigt worden. Und die Juwelierin selbst hat zugegeben, keines zu haben. Warum also sollte nicht sie es gewesen sein, die Adnan Jashari um ein Treffen im Geschäft gebeten hat. Für eine Verabredung auf neutralem Boden kann es auch für ein Liebespaar gute Gründe geben. Vielleicht haben sich beide gestritten. Vielleicht hat er etwas über ihre Schwarzgeldgeschäfte erfahren und sie erpresst. Vielleicht hatte er noch eine andere Affäre, und

153

sie ist ihm draufgekommen. Für Carina Bischoff als Täterin spricht auf jeden Fall, dass das Juweliergeschäft nach der Tat wieder sorgfältig abgeschlossen worden ist.

Gegen sie spricht allerdings die Platzierung der Schmuckstücke in Jasharis Gesicht und wohl auch die Brutalität des Mordes. Daher muss auch Bastian Kreuzers Hypothese, dass die Jashari-Sippe die Finger im Spiel hat, genau geprüft werden. Nur scheint Kreuzer in Berlin nicht besonders erfolgreich gewesen zu sein, sonst hätte er sicher schon einen ausführlichen Bericht abgesetzt.

Elsbeth nimmt sich vor, morgen ein ernstes Gespräch mit den drei Kommissaren zu führen. Es müssen alle Hinweise noch einmal gesichtet und auch die Protokolle der Spurensicherung ein weiteres Mal durchgegangen werden.

Elsbeth, die bisher wenig auf ihre Umgebung geachtet hat, bleibt jetzt vor einem beeindruckenden Grabstein stehen. Die polierte Granitstele, hochaufragend und weithin sichtbar, trägt eine denkbar schlichte Inschrift. Nur zwei Worte sind in den Stein gemeißelt. FAUST und MALER. Elsbeth kommt nicht gleich darauf, auf wen diese Inschrift verweist. Aber dann fällt ihr der Tod des Malerfürsten Artur Faust wieder ein, der rätselhafte Absturz seines Privatjets über dem Watt. Und natürlich erinnert sie sich jetzt auch an die beiden Morde, die im letzten Sommer im Umfeld von Artur Fausts Sylter Künstlerclique geschehen sind. Damals haben Kreuzer und seine Kollegen ganze Arbeit geleistet und die komplexen Zusammenhänge innerhalb von vierundzwanzig Stunden aufgeklärt.

Vielleicht sollte sie also etwas milder sein und den Ermittlern mehr zutrauen, als sie es im Moment tut. Und möglicherweise wäre auch im Fall Fred Hübner etwas mehr Milde angebracht. Elsbeth erschrickt, als sie sich dabei ertappt, ihre eigene Liebesbeziehung insgeheim als *Fall* zu bezeichnen. Doch gedacht ist gedacht, sie kann es nicht ungeschehen machen.

Nachdenklich schlendert die Staatsanwältin zu den jahrhundertealten Grabplatten hinüber, die auf der nördlichen Seite der Kirche aufgereiht sind. Hier hat so mancher Seemann seine letzte Ruhestätte gefunden und ist im Vertrauen auf ein gnädiges Jenseits bestattet worden. Elsbeth liest die Inschriften und vergleicht die Lebensdaten. Es ist erstaunlich, wie alt die Leute auf der Insel auch im achtzehnten und neunzehnten Jahrhundert schon geworden sind. Die frische Nordseeluft scheint schon immer sehr gesund gewesen zu sein.

Versonnen streicht Elsbeth über einen der verwitterten Steine. Die Platte ist rissig und von graugrünen Flechten überzogen. Käfer krabbeln darauf herum, und eine verirrte Ameise sucht ihre Artgenossen. Die Sonne hat den Stein aufgeheizt, schrundig und warm fühlt er sich an. Elsbeth lässt ihre Hand darauf liegen, sie schließt die Augen und wird ganz ruhig. Adnan Jasharis Leben war viel zu kurz. Er hat es verdient, dass sein Mörder gefasst und verurteilt wird.

Elsbeth von Bispingen atmet mehrmals tief durch, dann dreht sie sich um und macht sich auf den Weg zurück zum Hotel.

Sonntag, 28. Juli, 19.20 Uhr,
Braderuper Weg, Kampen

Ein strahlend blauer Himmel spannt sich über den Winterberg'schen Garten. Die Luft ist lau, es riecht nach den Blüten der Heckenrosen und ein wenig nach dem Benzin der Autos, die auf der Straße vorbeifahren. Sven und Anja Winterberg sitzen in ihrem Strandkorb und genießen den Abend.

Gerade greift Sven nach der Bierflasche, die auf dem ausgeklappten Tischchen steht. Nachdem er einen großen Schluck genommen hat, stellt er die Flasche wieder ab und wendet sich seiner Frau zu, um weiter von der Begegnung mit Adnan Jasharis Bruder zu berichten.

»Und dann ist er gegangen. Draußen wartete tatsächlich ein Leichenwagen, den die Jasharis aus Berlin mitgebracht hatten.«

»Wieso die Jasharis? Du hast doch nur von Tarek gesprochen.«

»Neben dem Fahrer des Leichenwagens stand Adnans Verlobte. Jedenfalls behauptete Tarek, dass sie es war. Eine Frau, tief verschleiert, ganz in Schwarz.«

»Krass.«

»Bastian wollte mit ihr reden, aber Tarek hat es verhindert. Die Situation war grotesk. Herrliches Sommerwetter, überall Sonnenschein, unsereiner schwitzt schon in seinem leichten Hemd, und dann steht die da in ihrem Ganzkörperwasweißichschon.«

»Tschador«, hilft ihm Anja. »So heißen die Dinger.«

»Meinetwegen. Tschador. Aber was die hatte, war noch

mehr. Das komplette Gesicht war verhüllt. Blieb nur so ein schmaler Augenschlitz. Das sah grotesk aus, kannst du dir ja vorstellen. Vor allem, weil sie sich nicht bewegt hat. Die ganzen zwanzig Minuten, die es brauchte, bis der Tote in seinem Sarg verstaut war, stand sie vollkommen starr und steif da und hat die Augen nicht von dem Sarg gelassen.«

»Vielleicht hat sie ihn geliebt, und eure These von der Zwangsheirat war falsch.«

»Ja, vielleicht«, seufzt Sven. »Vermutlich werden wir es nie erfahren. Mittlerweile sind die Jasharis wahrscheinlich schon wieder in Berlin angekommen. Bei denen beginnt jetzt die Trauerarbeit. Und wir sitzen hier mit diesem idiotischen, unaufgeklärten Mordfall.«

»Hältst du Adnans Bruder denn immer noch für verdächtig?«, will Anja wissen.

»Frag mich was Leichteres. Falls er tatsächlich was mit dem Tod seines Bruders zu tun hat, hat er sich jedenfalls gut unter Kontrolle gehabt.«

»Du würdest ihn gern drankriegen, stimmt's? Aber Brudermord?«

»Carina Bischoff hat ausgesagt, Adnan wollte sich von seiner arabischen Familie lossagen. Angeblich plante er sogar, die Verlobung mit Amira zu lösen. Und ganz bestimmt wusste er zu viel, als dass man ihm das hätte durchgehen lassen.«

»Man hört ja so allerlei über diese arabischen Clans. Vielleicht hatte Adnan gegen irgendwelche Standesregeln verstoßen, und die Familie hat seinen Tod beschlossen?«

»Hm. Allerdings hat Tarek Jashari ein Alibi, ebenso wie sein Vater.«

»Und die Juwelierin? Und ihr Mann?«

»Haben kein Alibi, dafür aber beide ein Motiv. So weit, so

157

schlecht. Aber für einen ernsthaften Verdacht reicht das alles nicht. Vor allem die Mordmethode macht uns Kopfschmerzen. Das war brutal, richtig brutal! Dafür musst du entweder ein eiskalter Killer oder emotional völlig aus dem Ruder gelaufen sein. Weder das eine noch das andere trifft auf die Bischoffs zu.«

»Es kann doch nicht sein, dass mitten in Kampen so ein widerwärtiges Verbrechen geschieht und ihr den Mörder nicht findet.«

»Das wäre natürlich der Mega-Gau. Vor allem nach dem mysteriösen Abgang des Biike-Mörders im Februar. Aber noch ist nicht aller Tage Abend. Wir haben schließlich die rätselhaften Fingerabdrücke in der Wohnung des Toten. Die laufen gerade durch die Karteien. Wer weiß, vielleicht hatte Jashari noch anderen Besuch aus Berlin und hat sich mit dem in die Wolle gekriegt.«

Anja nickt. Dann wirft sie einen zweifelnden Blick auf das Babyphone, das direkt neben Svens Bierflasche liegt. »Meinst du wirklich, dass das Ding funktioniert?«

»Klar.« Sven grinst seine Frau an. »Aber falls du lieber noch mal nachsehen willst, ob der Kleine auch wirklich schläft – nur zu. Im Zweifelsfall weckst du ihn eben auf.«

»Mach dich nur lustig über mich. Ich bin eben eine alte Mutter, die sind häufig überbesorgt. Kannst du in jedem Babyratgeber nachlesen.«

»Will ich aber nicht. Ich lasse es mir lieber von dir direkt vorführen«, gibt Sven amüsiert zurück und drückt seiner Frau einen dicken Kuss auf den Mund.

Sonntag, 28. Juli, 19.42 Uhr,
Alte Dorfstraße, List

Draußen herrscht eine trügerische Helligkeit, die jedem vorgaukelt, es sei noch Nachmittag. Auch die Temperatur ist zu hoch für einen Sylter Abend. Die Wärme fühlt sich falsch an, irgendwie schwammig und feucht und unwirklich, denkt Nele Bredstedt, als sie aus der Tür tritt. Vielleicht wird es Regen geben oder ein Gewitter. Nele hat keinen Wetterbericht gehört, sie hat sich in den letzten Wochen überhaupt wenig um ihre Umgebung gekümmert. Auch jetzt macht sie sich, tief in ihre eigenen Gedanken versunken, auf den Weg zur Bushaltestelle.

Beim Überqueren der Straße rempelt sie ein junger Mann an, er entschuldigt sich sofort, aber Nele beschimpft ihn trotzdem. Laut, unflätig und völlig unangemessen.

Seit Tagen ist sie ständig außer sich, sie kann sich kaum noch konzentrieren, ständig wird ihr übel, gleichzeitig hat sie rasenden Hunger. Außerdem schwitzt sie wie ein Tier. Das T-Shirt klebt am Körper, und die Kopfhaut juckt. Ihr ist völlig unklar, wie sie ihre Schicht überstehen soll, aber bisher hat sie es immer irgendwie geschafft.

Im Bus riecht es nach Schweiß und Bier. Ein paar Badegäste haben schon ordentlich getankt. Nele sucht sich einen Platz ganz hinten und fällt fast sofort in einen leichten Schlaf. Vergessen ist gut.

In Kampen schreckt sie hoch, weil sich jemand auf den Sitz neben ihr wirft. Eine dicke Frau in einer zu engen Shorts. Ihre Füße sind geschwollen, die Riemen ihrer Gummisandalen schneiden ins Fleisch. Die Frau keucht leise, während sie an ihrem Handy herumfummelt. Nele rückt ein Stück zur Seite und nickt wieder ein. Kurz vor der Klinik wacht sie auf. Zum Glück.

Es ist eine Erleichterung, im Schwesternzimmer die verschwitzten Sachen gegen den Kittel zu tauschen. Er riecht sauber und ist frisch gebügelt. Nele kann darin verschwinden und in ihrer Rolle aufgehen. Sie ist selbst überrascht, wie angenehm das ist. Die Oberschwester schaut herein und instruiert Nele. Zimmer 19, Zimmer 7 und dann noch Zimmer 3. Auf dem Flur ist es ruhig. So spät am Abend kommen keine Besucher mehr, und die Ärzte sind auch fast alle weg. Nele lässt sich auf einen Stuhl im Gang fallen und verschnauft eine Weile. Ihr Puls rast ganz ohne Grund. Sie schließt die Augen und versucht, sich zu beruhigen. Die Schritte hört sie erst sehr spät. Nele weiß, sie sollte besser aufspringen und geschäftig tun, aber sie ist zu müde dazu. Oder zu träge, was aufs Gleiche rauskommt. Kurz vor ihr stoppen die Schritte, und sie blickt auf. Schwester Amelie steht vor ihr und mustert Nele kritisch.

»Ist was mit dir?«

»Mit mir ist nichts. Was soll schon mit mir sein?«

»Wir sind alle eins tiefer. Bertie wird fünfzig und gibt einen aus.«

»Mir ist nicht nach Alkohol. Feiert mal ohne mich, ich bleibe lieber nüchtern.«

Bevor Amelie nachfragen kann, ist Nele aufgesprungen und weg. In der Abstellkammer sind noch ein paar Sachen aufzuräumen. Sie konzentriert sich auf die verschmutzten Schalen und die drei Vasen, die irgendein Idiot hier abgestellt hat, ohne sie auszuwaschen. Das Rauschen aus dem Hahn beruhigt sie, das warme Wasser tut ihr gut. In der Ecke steht ein Schemel, auf den sie sich erneut völlig erschöpft fallen lässt. Dann holt sie das winzige Päckchen aus der Tasche. Vorsichtig wickelt sie den Inhalt aus und betrachtet ihn lange. Als sich irgendwann sehr leise die Tür hinter Nele öffnet, ist es zu spät, um die Schätze zu verbergen. Denn da ist plötzlich diese große Kälte an ihrer Kehle, ganz kurz nur, Nele finde den Kontrast zu ihrer viel zu heißen Haut eigentlich ganz angenehm. Doch fast sofort kommt der Schmerz. Ein reißender, rasender, grässlicher Schmerz. Etwas, das Nele noch nie gefühlt hat. Sie will sich umdrehen, sie will sich wegducken. Doch zu spät. Nele fällt, Nele kippt, sie schlägt auf dem Boden auf, sie blickt in die Leuchtstoffröhre an der Decke, und dann sieht sie ein Gesicht. Es ist DAS Gesicht. Erst jetzt begreift sie. Doch zu spät, denn nun wird alles dunkel …

Sonntag, 28. Juli, 22.50 Uhr, Hotel Severin*s, Keitum

Carina Bischoff sitzt allein an der Hotelbar. Und der Gin Tonic, den sie trinkt, ist nicht ihr erster. Sie hat die Stirn gerunzelt und schaut immer wieder auf ihr Handy. Ab und an versucht sie, jemanden anzurufen, aber nie kommt eine Verbindung zustande.

»Gibt es ein Problem«, erkundigt sich der Barkeeper mit sanfter Stimme. Dabei hört er nicht auf, die Gläser zu putzen, die längst alle sauber sind.

Carina schüttelt den Kopf und genehmigt sich einen großen Schluck. Sie ist sicher, dass er nicht weiterfragen wird. In solchen Dingen ist das Personal hier geschult. Ein

Gespräch anbieten, ja. Aber niemals aufdringlich werden. Fast tut der junge Mann ihr leid, denn er weiß sichtlich nicht mehr, wohin mit sich. In den letzten anderthalb Stunden hat er schon mehr Zitronen und Orangen aufgeschnitten, als er den Abend über benötigen wird – und außer ihr ist hier niemand, der seinen Beistand bräuchte.

Nachdenklich mustert Carina die Zimmerkarte, die vor ihr auf dem Tresen liegt. Natürlich könnte sie hoch gehen. Nachsehen, ob Lorenz immer noch da ist, oder vielleicht sogar schon wieder zurück. Aber sie lässt es. Er wollte allein sein, er wollte nachdenken, also soll er. Sie wird hier auf ihn warten, bis er eine Entscheidung gefällt hat. Und wenn sie bis dahin komplett betrunken sein sollte, wäre das vielleicht sogar hilfreich.

Carina seufzt. Dann setzt sie das Glas an und leert es in einem Zug. Wortlos schiebt sie es über den Tresen und nickt dem Barmann zu. So hat der Arme wenigstens etwas zu tun. Während er den nächsten Gin Tonic mixt, schaut ihm Carina auf die Hände. Sie sind feingliedrig und kräftig zugleich. Carina kann nicht anders, als sich diese Hände in Zusammenhang mit ihrem Schmuck vorzustellen. Sie legen eine Kette auf grünem Samt zurecht. Sie rücken ein Paar Ohrringe im Schaufenster ins rechte Licht. Vielleicht war es ein Fehler, wieder einen Araber für den Laden einzustellen. Vielleicht ist ihr ganzes Geschäftskonzept ein einziger Fehler. Ihre Ehe hat es jedenfalls gründlich ruiniert. Vielleicht wäre es gut, wenn das alles endlich vorbei wäre.

Carina ist so tief in ihre Gedanken versunken, dass sie die Schritte hinter sich nicht hört. Und als sie die kalte Hand auf ihrer Schulter spürt, zuckt sie zusammen.

»Der Wievielte ist das?«, fragt Lorenz in gereiztem Ton-

fall und deutet auf den Drink, den der Barkeeper gerade vor
ihr abstellt. Dann lässt er sich auf den Hocker neben Carina fallen.

»Was geht dich das an?«

»Nichts. Ich will nur wissen, auf welches Gesprächs-
niveau ich mich einstellen muss.«

»Deinen Zynismus kannst du stecken lassen. Wo warst du
überhaupt?«

»Im Zimmer. Warum?«

»Du wolltest doch weg.«

»Hab ich mir anders überlegt.«

»Aha.«

Eine Pause entsteht, die sich dehnt. Der Barkeeper blickt
so konzentriert an ihnen beiden vorbei, dass es schon fast
komisch ist.

»Und?«, erkundigt sich Carina schließlich. »Was hat der
große Manitou beschlossen?«

»Wir trennen uns.«

Er seufzt. Sie nickt. Dann fragt sie schnippisch: »Und
um diese Entscheidung zu fällen, hast du zwei Stunden
gebraucht?«

»Nach zwanzig Jahren Ehe finde ich das angemessen.«
Lorenz Bischoff meidet den Blick seiner Frau und wendet
sich ganz dem Barkeeper zu. »Für mich einen großen Whisky sour. Mit zwei Eiweiß bitte.«

»Hat deine kleine Schlampe dabei auch ein Wörtchen mit-
geredet? Schließlich muss sie dir noch ein Alibi verschaffen.«
Carina merkt selbst, dass ihre Stimme schon etwas verschliffen klingt. Und sie weiß sehr gut, dass alles, was Lorenz jetzt
noch sagen könnte, ganz bestimmt nicht für die Ohren des
Barkeepers bestimmt sein dürfte. Aber es ist ihr egal.

Sonntag, 28. Juli, 22.45 Uhr,
Hotel Severin*s, Keitum

Elsbeth von Bispingen zieht die Zimmertür hinter sich ins Schloss und macht sich auf den Weg in die Hotelbar. Sie hat gleich nach ihrem Spaziergang kalt geduscht, doch die erhoffte Erfrischung ist ausgeblieben. Also hat sie den Nachmittag wie ein erschlagener Hund auf ihrem bequemen Bett vertrödelt, nackt und unfähig zu jeder Bewegung. Die schwüle Hitze, so ungewöhnlich für die Insel, machte sie schlapp und träge. Selbst ihre Gedanken wurden immer langsamer und mündeten schließlich in einen wirren Traum, von dessen Bildern sich Elsbeth zu erholen hoffte, indem sie den Fernseher einschaltete. Den aufkeimenden Hunger besänftigte sie mit einem Gläschen Cashewkerne aus der Minibar und einem Apfel. Schon der Gedanke daran, sich wieder anzuziehen, ermüdete sie unendlich. Längst war ihr klar, dass es vor allem der emotionale Stress war, der sie niederstreckte.

Fred hatte sich immer noch nicht gemeldet, und Elsbeth begann sich dem Gedanken zu stellen, dass sie ihre Beziehung tatsächlich zerstört hatte. Dieser Gedanke wiederum ließ sich ohne ein Glas Rotwein ziemlich schlecht ertragen. Also hievte sich Elsbeth aus dem Bett, schleppte sich zum Schrank und schlüpfte in ein leichtes Kleid.

Auf ihrem Weg in die Bar begegnet Elsbeth niemandem. Und auch dort sitzt nur ein einziges Paar am Tresen. Kein Wunder, bei dem traumhaften Wetter ist es draußen einfach attraktiver. Elsbeth ignoriert die bequemen Sessel vor dem Kamin und quetscht sich auf die Bank in der hintersten Ecke. Sie arrangiert die roten Kissen wie eine schützende Mauer um sich herum und nickt dem Barmann zu. Wenige Sekunden später steht er vor ihr.

»Haben Sie einen guten Primitivo?«, erkundigt sich Elsbeth. »Ich brauche dringend was für die Seele.«

Der Barmann lächelt und nickt. Als er hinter seinen Tresen zurückkehrt, streift sein Blick das Paar auf den Barhockern. Auch Elsbeth hat sie direkt im Blick. Die beiden kennen sich gut, das sieht man an ihrer Körperhaltung. Und sie verstehen sich gerade nicht besonders, auch das ist unschwer zu bemerken. Elsbeth von Bispingen kneift die Augen zusammen und schaut noch einmal genauer hin. Den Mann hat sie noch nie gesehen, aber die Frau kommt ihr bekannt vor. Die blonden Haare, das etwas zu glatte Gesicht, der herbe Ausdruck … das ist doch … Elsbeth zögert, aber plötzlich ist sie sicher: Nur wenige Meter von ihr entfernt sitzt die Hauptverdächtige im Kampener Mordfall. Natürlich, fällt es Elsbeth jetzt ein, die Kommissare haben erwähnt, dass Carina Bischoff im Severin*s abgestiegen ist. Vielleicht ist ihr deshalb dieses Hotel als Erstes in den Sinn gekommen, als sie noch völlig entnervt von dem Streit mit Fred nach einem Fluchtort suchte.

Elsbeth beschließt, das Angenehme mit dem Nützlichen zu verbinden, und schmiegt sich in die Kissen. Nur nicht auffallen, immer schön im Hintergrund bleiben.

»Swetlana bestätigt mein Alibi für die Nacht vom Mittwoch auf den Donnerstag nur, wenn ich dich um die Scheidung bitte.« Der Typ spricht laut, vielleicht, um seinen Worten den nötigen Nachdruck zu verleihen. Und Elsbeth weiß plötzlich ganz genau, wer er ist. Carina Bischoffs Ehemann.

165

»Die kleine Hexe ist gar nicht so blöd, wie ich immer gedacht habe«, antwortet die Juwelierin maliziös.

»Sie wollte es von Anfang an. Und, um ehrlich zu sein, muss ich mir deine Affären mit diesen Araberhengsten auch nicht mehr länger antun. Ich bin eigentlich auf die Insel gekommen, um dich davon abzubringen. Leider zu spät, wie wir jetzt wissen.«

Carina Bischoff stößt ein höhnisches Lachen aus. Es ist laut und hallt bestimmt noch durch den Gang vor der Bar. »*Zu spät*, du bist gut!«, ruft sie aus. Dann wirft sie ihrem Mann einen knappen Blick zu und senkt ihre Stimme zu einem Flüstern. »Und was hast du dann am Geschäft gemacht, wenn du eigentlich mit mir reden wolltest? Da stimmt doch was nicht. Du hättest hier im Hotel nach mir fragen müssen.«

Lorenz Bischoff, jetzt fällt Elsbeth auch sein Name wieder ein, mustert den Barkeeper mit einem misstrauischen Blick. Erst als der seinen Platz hinter dem Tresen aufgibt, um Elsbeth den bestellten Rotwein zu bringen, antwortet er leise: »Ich bin vom Autozug zuerst hierhergekommen. Aber dein Auto stand nicht auf dem Parkplatz. Und ich weiß ja, wie sehr du Tiefgaragen hasst. Also bin ich gleich weitergefahren nach Kampen.« Bischoffs Blicke folgen dem Barmann, und spätestens jetzt hat er auch Elsbeth entdeckt. Er runzelt kurz die Stirn, wendet sich aber wieder seiner Frau zu.

»Nach Kampen, soso. Was für ein Zufall.« Neben Spott liegt noch etwas anderes in Carinas Stimme, das Elsbeth nicht gleich zuordnen kann. Ist es Ironie? Oder eher die Häme darüber, dass ihr Mann sich in eine höchst unkomfortable Situation gebracht hat? Elsbeth schließt kurz die Augen, als sei sie völlig in Gedanken versunken, und kostet hingebungsvoll von ihrem Rotwein. Nur kein Aufsehen erregen und schon gar nicht den Eindruck erwecken, als liege ihr irgendetwas daran, das Gespräch zu belauschen. Um die beiden Streithähne am Tresen in völliger Sicherheit zu wiegen, holt Elsbeth ihr Handy aus der Tasche und stöpselt die Kopfhörer ein. Natürlich ohne tatsächlich Musik zu hören. Zusätzlich trommelt sie mit zwei Fingern einen Rhythmus auf die Sessellehne.

Trotzdem herrscht nun am Tresen Ruhe. Leider. Die Bischoffs nippen an ihren Drinks und traktieren sich gegenseitig mit Blicken, die eher unsicher als giftig sind. Der Barkeeper windet sich sichtlich. Er hat zu Recht das Gefühl, unerwünscht zu sein. Als er sich endlich mit einer kurzen Entschuldigung verabschiedet, vorgeblich, um etwas aus der Küche zu besorgen, reagiert das Ehepaar mit Erleichterung. Elsbeth haben sie entweder vergessen, oder sie sind von ihrer völligen Abgelenktheit überzeugt.

»Übrigens habe ich dich gesehen«, erklärt jetzt Lorenz Bischoff seiner Frau mit Triumph in der Stimme. »Du bist um den Laden herumgeschlichen.«

»Na, dann weißt du ja auch, was drinnen passiert ist.« Carina Bischoff redet wieder zu laut, was ihr einen warnenden Blick ihres Mannes einträgt. Kurz schaut nun auch sie zu Elsbeth hinüber, zuckt dann aber mit den Schultern. »Die hört nichts, das siehst du doch«, wispert sie. »Die ist komplett mit sich selbst beschäftigt. Muss vermutlich Liebeskummer ertränken.«

»Man kann nicht vorsichtig genug sein«, gibt Lorenz Bischoff zurück. Dann platzt es aus ihm heraus: »Was hast *du* eigentlich mitten in der Nacht am Laden zu suchen gehabt?«

»Adnan hatte mich versetzt. Wir waren verabredet. Da bin ich hingefahren, um nachzuschauen, was er so treibt.«

»Im Laden? Warum nicht in meiner Wohnung?«

»Da war ich vorher«, wirft sie trocken ein.

»Schau an.« Jetzt kann auch Lorenz seine Häme nicht verbergen. »Und was hat dein jugendlicher Liebhaber mitten in der Nacht in unserem Laden so getrieben?«

»Keine Ahnung. Er war allein im Laden, und ich hab mich nicht reingetraut.«

Lorenz Bischoff stößt ein hässliches Lachen aus. »Und das soll ich dir glauben? Vielleicht hast du ihn ja auch mit einer anderen in flagranti erwischt und bist ausgeflippt.«

»Ja klar. Und meine Juwelen hab ich ihm auch gleich ins Gesicht gedrückt, damit es unauffälliger ist«, giftet Carina.

»Eifersüchtige Frauen sind zu allem fähig«, murmelt Lorenz. Bevor er weiterreden kann, kommt der Barmann zurück. In den Händen hält er drei Alibi-Zitronen. Er arrangiert sie zu einem kleinen Stillleben auf der Theke, bemerkt dann Elsbeths fast leeres Glas und hebt fragend die Flasche. Als sie nickt, kommt er zu ihr, um nachzuschenken. Das Paar am Tresen verständigt sich mit einem kurzen Blickwechsel. Als die beiden gemeinsam die Bar verlassen, schwankt Carina Bischoff so stark, dass ihr Mann sie stützen muss.

Montag, 29. Juli, 00.07 Uhr, Norderstraße, Westerland

Bastian Kreuzer ist noch wach. Erst vor zehn Minuten hat er das Licht seiner Nachttischlampe gelöscht, neben ihm schläft Silja schon länger. Ihr nackter Körper liegt auf der Bettdecke und leuchtet verführerisch im Mondlicht, das durchs offene Fenster fällt. Die Nacht ist warm, und hier unter dem Reetdach ihrer kleinen Wohnung ist es fast schon schwül. Siljas Mund ist halb geöffnet, ihre Zähne sind als feine weiße Schemen zu erkennen. Es wirkt, als lächle sie im Schlaf. Bastian liebt diese Momente, in denen er seine Freundin ungestört betrachten kann. Sie mag es nicht, wenn er sie allzu lange ansieht. Gerade will Bastian vorsichtig über Siljas Haare streichen, die wie ein dunkler Fächer auf dem hellen Kopfkissen ruhen, da schrillt das Telefon in der Wohnküche.

Bastian wirft einen Blick auf den Wecker, verkneift sich einen Fluch und steht vorsichtig auf. Vielleicht ist es blinder Alarm, dann will er Silja nicht unnötig geweckt haben.

Wenige Sekunden später weiß Bastian, dass er sich falsche Hoffnungen gemacht hat.

Die junge Polizeibeamtin, die den Anruf aus der Nordseeklinik entgegengenommen hat, spricht viel zu laut. Ihre Stimme klingt aufgeregt. »In der Nordseeklinik ist eine Schwesternschülerin gefunden worden. Lag in einer Abstellkammer. Die Kehle ist durchtrennt und … und …«

»Jetzt machen Sie's nicht so spannend!«

»In den Augen und im Mund stecken wieder Juwelen. Diesmal sind sie rot.«

169

»Scheiße!«, entfährt es Bastian. Das ist genau das, was er am meisten befürchtet hat. »Konnte man sie retten? Hat jemand die Feuerwehr gerufen? Den Notarzt informiert?«, fragt er ohne große Hoffnung.

»Fundort Nordseeklinik! Hallo? Die sind doch alle vor Ort«, belehrt ihn die junge Kollegin. »Aber helfen konnten sie nicht mehr. Leider.«

»Sorry, ja klar. Bin gerade aus dem Bett gefallen und noch nicht richtig wach.«

»Macht doch nichts.« Jetzt schwingt Belustigung in ihrer Stimme mit. Doch sie wird schnell wieder ernst. »Als man die Pflegerin gefunden hat, war sie bereits ziemlich ausgeblutet. Hat wohl schon länger da gelegen.«

»Und was heißt länger genau? Drei Stunden oder drei Tage oder wie?«

»Keine Ahnung. Hab nicht nachgefragt …« Die Kollegin klingt nervös.

»Okay. Ist nicht so wichtig. Ich fahre gleich zur Klinik. Sie informieren alle anderen. Spurensicherung, Dr. Bernstein, Sie wissen schon. Und bitte auch den Kollegen Winterberg. Wir brauchen jetzt jeden Mann.«

Bastian legt auf, ohne eine Antwort abzuwarten. Er stützt sich mit einer Hand auf dem Küchentresen ab und fährt sich mit der anderen übers kurzgeschorene Haar. Dann flucht er noch einmal ausgiebig.

»Was ist denn?«, kommt Siljas Stimme aus dem Schlafzimmer.

»Wir müssen los, Süße. Der Juwelenmörder hat wieder zugeschlagen.«

»Du machst Witze, oder?« Bastian kann hören, wie Silja ihren Körper auf der Matratze herumwirft und sich in die

170

Kissen wühlt. Er geht zu ihr ins Schlafzimmer zurück, setzt sich neben sie und legt seine Hand auf ihre Schulter.

»Leider nicht. Diesmal ist das Opfer eine junge Frau. Krankenpflegerin an der Nordseeklinik. Dort hat man sie auch gefunden.«

»Aber wieso redest du von einem Juwelenmörder?« Immer noch verschlafen, blinzelt Silja ins Mondlicht.

»Offenbar sind diesmal rote Steine auf der Leiche drapiert – das müssen wir uns anschauen.«

»Ich glaub's nicht! Wahrscheinlich die Steine von den Handyfotos. Das einzige das gestohlen wurde.« Mit einem Satz ist Silja auf den Beinen und stürzt ins Bad.

»Würde doch passen«, ruft Bastian ihr nach, während er in seine Jeans steigt und sich ein T-Shirt überzieht. »Ein Paar grüne und ein Paar rote Juwelen.«

»Wer hat die Tote denn gefunden?«

»Eine Kollegin, soweit ich weiß.«

»O je, die hat bestimmt erste Hilfe geleistet und dabei alle Spuren verwischt.«

»Hat sich nicht so angehört.«

»Wie meinst du das?« Silja ist aus dem Bad zurück und greift sich wahllos irgendwelche Kleidungsstücke aus dem Schrank.

»Es schien mir eher so, als ob man im Krankenhaus ziemlich lange tot herumliegen kann, ohne dass es überhaupt jemandem auffällt«, murmelt Bastian, als er die Haustür aufstößt und sie nacheinander in die warme Sylter Nacht hinaustreten.

171

Montag, 29. Juli, 00.23 Uhr, Nordseeklinik, Westerland

Die Abstellkammer misst höchstens zwei mal zwei Meter. An der rechten Wand befindet sich ein Metallregal, auf dem jede Menge Blumenvasen, ein paar Tuppertöpfe und einige andere Objekte stehen, die wahrscheinlich von Patienten vergessen worden sind. Eine Kupferschale, ein angelaufener Silberrahmen, in dem das Foto eines älteren Herrn steckt, eine extrem kitschige Tischuhr aus rosa Keramik. An der linken Wand ist eine Edelstahlspüle angebracht, neben der zwei Handtücher an Porzellanhaken hängen. Über der Spüle befindet sich ein Behälter mit Desinfektionsmittel. All dies ist gesprenkelt mit Blut. Wie eine Fontäne muss es durch den Raum gespritzt sein und hat seine Spur bogenförmig auf den Dingen hinterlassen.

Sven Winterberg folgt mit den Augen dieser Spur und versucht, sich eine Geschichte dazu zusammenzureimen. Er steht seit wenigen Sekunden mittig im Türrahmen und achtet penibel darauf, nichts zu berühren. Umso wichtiger ist es, ein Gespür für diesen besonderen Ort zu entwickeln.

Zwischen Spüle und Regal liegt die junge Frau auf dem Rücken am Boden. Sie trägt einen Schwesternkittel, dessen Gürtel nur locker zugebunden ist. Ihre Beine stecken in flachen weißen Gesundheitssandalen, die Füße sind unbestrumpft, und der rote Lack auf den Zehen ist viel greller als das Blut, das am Körper der Toten zu einer schwärzlichen Kruste getrocknet ist. Die Farbe der Edelsteine, die in Augen und Mund stecken, liegt irgendwo dazwischen. Ein metallischer Geruch füllt den ganzen Raum. Wahrscheinlich hat der Täter die Aorta durchtrennt, überlegt Sven. Eine große Sauerei an den Wänden, aber ein schneller Tod.

Hinter ihm drängen sich drei Schwestern und ein eilig herbeigerufener Oberarzt, der allerdings vornehm auf Abstand bleibt. Die Schwestern tuscheln miteinander und versuchen immer wieder, Sven Winterberg über die Schulter zu sehen.

»Sie ist sicher schon drei Stunden tot. Wenn nicht noch länger. Warum hat man sie jetzt erst gefunden?«, fragt Sven, ohne den Blick von der Leiche zu wenden.

»Also, dass sie nicht mehr auf Station war, ist mir natürlich schon früher aufgefallen ...«, beginnt die Oberschwester sich zu rechtfertigen. Sven muss sich nicht umsehen, er erkennt die Schwester, die ihn auch schon in Empfang genommen hat, an ihrer durchdringenden Stimme.

»Aber Sie haben nicht nach ihr gesucht?«

»Na ja, wie soll ich sagen«. Nele Bredstedt war nicht gerade für ihren Arbeitseifer bekannt, und es war insgesamt eine ruhige Nacht.«

»Trotzdem. Ich finde das merkwürdig. Was dachten Sie denn, wo sie ist?«

»Vielleicht draußen, eine rauchen. Oder bei einem ihrer langen Telefonate. Weiß der Geier, mit wem sie immer nachts so viel bereden musste.«

Jetzt dreht sich Sven langsam zu den Anwesenden um. Die Oberschwester ist sehr blass, während die beiden jüngeren Schwestern vor Aufregung ganz rote Bäckchen haben. Der Arzt hält immer noch Abstand. Er bemüht sich sichtbar um Coolness, hat aber einen ziemlich fleckigen Hals.

»Und es hat sie wirklich niemand angefasst?«

Die Oberschwester schüttelt den Kopf, die anderen kauen auf ihren Lippen herum.

»Ja oder nein?«

»Nein«, sagt die Ältere jetzt energisch. »Jedenfalls nicht, nachdem ich sie entdeckt habe. Ich bin gleich hier an der Tür stehen geblieben und habe Merret gebeten«, sie deutet auf die kleinere der beiden Schwestern, »sofort die Polizei zu benachrichtigen.« Ihr Bemühen um eine hochgestochene Ausdrucksweise ist sichtbar der Scham über ihre Nachlässigkeit geschuldet.

»Und das war wann genau?«

»Himmel, ich hab doch nicht auf die Uhr gesehen. Mitternacht vielleicht, vielleicht auch ein wenig früher.«

»Wir brauchen selbstverständlich Ihre Fingerabdrücke. Und zwar von allen, die hier arbeiten«, verkündet Sven energisch. Auf die erstaunten Nachfragen reagiert er gar nicht, denn jetzt kommen Silja und Bastian den Gang hinunter.

»Du schon hier?«, wundert sich Bastian.

»Mäxchen hat Koliken. Seit gestern. Vor allem nachts«, antwortet Sven, als sei damit bereits alles erklärt. Anschließend tritt er zur Seite und überlässt Silja und Bastian den Platz in der Tür. Beide schweigen für einige Sekunden, dann beginnen sie gleichzeitig zu reden.

»Mit dem Messer durch die Kehle. Genau wie bei Adnan Jashari«, sagt Bastian entsetzt.

»Das sind exakt die Schmuckstücke von Jasharis Handyfotos«, flüstert Silja.

»Jetzt lassen Sie mich endlich auch mal gucken«, fordert der Oberarzt, während er sich nach vorn drängelt. Dann atmet er zweimal kräftig ein, würgt kurz und hat sichtlich Mühe, die Fassung zu behalten.

Montag, 29. Juli, 02.18 Uhr,
Haus am Dorfteich, Wenningstedt

Fred Hübner schwitzt. Er sitzt auf einer schmalen Bank in einem winzigen Zimmer und windet sich unter einer viel zu heißen Lampe. Sie ist mit einem monströsen Schirm aus rotem Stoff bespannt, der die von ihr ausgehende Hitze nur noch zu vervielfältigen scheint. Fred blickt an sich herunter, er verfolgt die dicken Schweißtropfen auf ihrem Weg über seinen Brustkorb und den Bauch bis in die Leistengegend. Als Fred feststellt, dass er nackt ist, schaut er sich erschrocken um. Aber hinter ihm ist niemand, nur eine ebenfalls mit rotem Stoff bespannte Wand, auf der sich eine merkwürdige Zeichnung befindet. Ein weit geöffneter Rachen mit blitzenden Zähnen und einer Zunge, die wirkt wie ein gefräßiges Tier, das sich jeden Augenblick selbständig machen wird, um ihn zu verschlingen.

Fred will sich wieder zurückdrehen, um dem bedrohlichen Anblick zu entkommen, aber das Tier quittiert jede Bewegung mit einem schrillen Kreischen. Die Töne hallen in Freds Ohren wider, sie explodieren in seinem Hirn und steigern sich zum Crescendo. Fred will beide Hände an die Ohren heben, aber seine Hände sind entsetzlich schwer, und irgendetwas hält sie fest. Er zieht und zieht … Und dann erwacht er von dem scharfen Zischen, das der Stoff seines Bettbezuges beim Zerreißen macht.

Fred rappelt sich auf und blickt verwirrt um sich.

Er liegt in der oberen Etage seiner Maisonettewohnung im Bett, die Luft im Zimmer ist schwül und stickig, weil er am Abend vergessen hat, das Fenster zu öffnen. Offen-

175

bar hat er sich im Schlaf in der Bettdecke verfangen und sie dann in seiner Panik zerrissen.

Langsam kommen alle Einzelheiten seines Traums zurück. Erst die Bilder, dann die Töne. Dieses Kreischen … Moment mal … da ist es doch wieder, nur dass es nicht ganz so grauslich klingt wie im Traum, sondern eher wie … ja genau … wie seine Türklingel.

Obwohl, das kann kaum sein. Draußen ist es stockdunkel, es muss also noch mitten in der Nacht sein. Fred tastet auf dem Nachttisch nach seiner Uhr und checkt die Zeit. Halb drei.

Wer soll denn jetzt bei ihm klingeln? Er muss sich das eingebildet haben. Wahrscheinlich eine Nachwirkung dieses grässlichen Traums. Fred lässt sich zurück ins Bett sinken und schließt die Augen. *Ich will einfach nur in Ruhe weiterschlafen und, wenn's geht, von weiteren Träumen verschont bleiben.*

Doch nein, das Schrillen wiederholt sich. Jetzt scheint jemand den Finger gar nicht mehr vom Klingelknopf zu nehmen.

Fred springt auf und läuft die Treppe hinunter. An der Schwelle zur Diele stößt er sich den Fuß und erreicht humpelnd die Tür. Die Klingel schrillt immer noch. Eine Erinnerung schnellt durch Freds Hirn. *Das Gartenhäuschen in List, in dem er während seiner schwierigen Zeit gewohnt hat. Kein Geld und erheblich zu viel Alkohol. Damals hat es eines Morgens tierisch an der Tür gedonnert, und als er aufmachte, standen die beiden Bullen davor, denen er auch danach immer wieder ins Gehege gekommen ist. Kreuzer und Winterberg, inzwischen kann er sich sogar ihre Namen merken. Damals war er schon froh, wenn er seinen eigenen noch wusste. Er war an die-*

176

sem Morgen wie so oft sternhagelvoll, und sie wollten ihm einen Mord anhängen.

Aber das ist lange her und die Sache mit dem Alkohol zum Glück Geschichte. Also was soll der nächtliche Überfall?

Wütend reißt Fred die Tür auf. Im gleichen Moment werden ihm zwei Dinge bewusst. Erstens: Er ist splitterfasernackt. Zweitens: Sein Zeh blutet.

Vor der Tür steht Elsbeth. Sie sieht entsetzlich aus. Das Haar ist wirr, das Gesicht verheult. Sie bemerkt weder, dass er nackt ist, noch, dass der blutige Zeh den Boden einsaut. Sie kippt ihm quasi entgegen, schluchzt in seinen Armen einmal laut auf und beginnt sofort, unzusammenhängend zu reden.

»Sie ist tot. Gestern habe ich sie noch gesehen, und jetzt ist sie tot. Und ich bin schuld. Ich habe sie nicht retten können, ich habe versagt. Und diese blöden Kommissare gleich mit.«

»Komm rein und setz dich erst mal hin.« Sehr sanft führt Fred seine Liebste in den Wohnraum, wo sie sich zwar auf das Sofa fallen lässt, sich aber weiter an seinen Arm klammert.

»Geh nicht weg! Das ertrage ich jetzt nicht.«

»Ich hol dir nur was zur Beruhigung und zieh mir was über. Dann kannst du in Ruhe erzählen.«

»Ich will mich nicht beruhigen«, jammert Elsbeth. »Und es ist mir völlig egal, ob du was anhast oder nicht.« Sie schnieft kurz, dann mustert sie ihn. Es wirkt, als sähe sie ihn zum ersten Mal. »Du blutest.«

Er nickt. »Hab mich gestoßen. Grade eben.«

»Ein Pflaster. Bitte hol dir ein Pflaster. Ich kann jetzt kein

Blut sehen. Nicht schon wieder! Nicht einen einzigen Tropfen!« Ihre Stimme überschlägt sich. *Hysterisch*, denkt er, *sie
ist vollkommen hysterisch. Hoffentlich kriege ich bald aus ihr
raus, was geschehen ist.*

Fred humpelt die Treppe hinauf, versorgt den Zeh und
greift sich eine Boxershorts. Dann nimmt er eine Diazepam
aus der Packung und kehrt zu Elsbeth zurück.

Sie sitzt immer noch auf dem Sofa, hat die Hände vors
Gesicht geschlagen und schüttelt in einem fort den Kopf.
Fred setzt sich dicht neben sie und legt ihr vorsichtig den
Arm um die Schultern. Erst als er merkt, dass sie sich nicht
gegen die Berührung wehrt, fragt er leise: »Was ist denn pas-
siert? Versuch mal, alles von Anfang an zu erzählen.«

»Sie haben mich angerufen …« Elsbeth schluchzt und
schnieft, aber nach einer kurzen Pause beruhigt sie sich
etwas. »Also Kreuzer war es. Mein Handy hat geklingelt,
und er hat mir nur gesagt, dass sie in der Nordseeklinik eine
Tote gefunden haben. Wieder mit Schmuck in den Augen
und im Mund. Also hab ich mich angezogen und bin hingefahren. Nein, hab mich hinfahren lassen, im Hotel haben sie
mir ein Taxi gerufen. Ich hatte in der Bar einiges von dem
Rotwein – deine Schuld übrigens – und deshalb … aber
egal. In der Klinik bin ich gleich hoch zu der Station, dann
den Gang lang und zu der Tür, vor der sie alle standen. Und
da hab ich dann … o Gott … da hab ich dann …«

»Was?«

»Nele gesehen.«

»Deine Nichte? Das Patenkind?«

Sie nickt und beginnt wieder zu schluchzen.

»Aber du hast doch selbst gesagt, dass sie dort arbeitet. Sie hatte bestimmt Nachtdienst, dann ist es doch ganz

normal, dass sie …« Fred unterbricht sich, als er Elsbeths Gesicht sieht. Und jetzt versteht er plötzlich. »Sie war es. Sie war die Tote.«

Elsbeth wirkt mit einem Mal so erschöpft, als sei sie meilenweit gelaufen. Ihr Atem geht flach, ihre Augenlider flattern. »Hast du vielleicht einen Drink?«

»Du weißt doch, dass ich clean bin.«

»Aber trotzdem. Irgendwas? Ich ertrage das sonst nicht.« Ihr Blick ist flehend.

Fred tastet nach der Tablette, die er auf den Couchtisch gelegt hat, und steht auf, um ein Glas Wasser zu holen.

»Hier nimm das. Das wird dich beruhigen.«

Elsbeth schluckt die Tablette, ohne zu fragen, was er ihr gegeben hat. Sie trinkt das ganze Glas aus und sieht ihn dann mit einem Blick an, der völlig leer ist.

»Was soll ich jetzt bloß tun?«

»Du schläfst erst mal. Ich bring dich hoch und leg dich ins Bett. Um den Rest kümmere ich mich. Morgen früh sehen wir weiter.«

»Du musst mir helfen, Fred, du musst mir jetzt helfen.« Sie klammert sich wieder an seinen Arm. »Ohne dich schaffe ich das nicht.«

»Doch«, widerspricht er, »du würdest das auch ohne mich schaffen. Aber ich freue mich, dass du mich um Hilfe bittest.«

Montag, 29 Juli, 09.32 Uhr,
Kriminalkommissariat, Westerland

»Komm rein. Leo«, ruft Bastian Kreuzer dem hageren Mann mit dem Zopf am Hinterkopf zu, der unschlüssig vor der Bürotür steht. »Dass wir uns so schnell wiedertreffen, hätte auch niemand gedacht. Du glaubst gar nicht, wie froh ich bin, dass ihr noch in der Nacht aufgebrochen seid, um mit dem ersten Zug rüberzukommen.«

»Ehrensache«, antwortet der Chef der Spurensicherung.

»Ich hab dir ein Frühstück organisiert.« Bastian deutet auf eine Brötchentüte und den Becher mit Coffee to go daneben. »Der schmeckt erheblich besser als die Plörre, die aus unserer Kaffeemaschine kommt. Die müsste längst mal wieder entkalkt werden.«

»Super, danke.« Blum setzt sich auf Bastians Schreibtischkante und greift nach dem Becher. Er nimmt einen großen Schluck, dann murmelt er: »Was ist bei euch auf der Insel eigentlich los? Hat da jemand die Bluthunde von der Kette gelassen?«

Bastian seufzt. »Frag mich was Leichteres. Erst war es nur ein perverser Einzelfall, aber jetzt sieht es nach einer Kleinserie aus. Gefällt mir gar nicht.«

»Das eben war 'ne ganz schöne Sauerei. Fast noch schlimmer als bei der Juwelierin im Laden. Aber wahrscheinlich ein schneller Tod. Einmal durch die Aorta und zack, weg bist du. Ziemlich professionell gemacht.«

»Deinen Zynismus kannst du ruhig stecken lassen. Ich weiß auch so, dass es für euch die Höchststrafe ist, wenn alles im Blut schwimmt. Hast du trotzdem irgendwas gefunden?«

Blum zuckt mit den Schultern und angelt sich ein Brötchen aus der Tüte. »Nicht viel. Ein paar weiße Baumwollfusseln, die aber auch sonstwer da hinterlassen haben könnte. Außerdem am Rand der Blutlache einen halben Abdruck von einem Turnschuh. Unisex, denke ich mal. Größe 40 oder 41. Kann also Männlein oder Weiblein gewesen sein. Und haufenweise Fingerabdrücke. Wahrscheinlich von allen Besuchern, die in den letzten zwanzig Jahren mal eine Blumenvase aus dieser Kammer geholt haben.«

»Du machst mir Mut, nur weiter so«, murmelt Bastian.

»Eine Sache war merkwürdig. Auf den Schmuckstücken waren auch keine Abdrücke. Das heißt fast keine. Nur das Opfer hat Abdrücke darauf hinterlassen.«

»Was soll das denn jetzt heißen? Sie kann sich die Teile ja wohl kaum selbst in Augen und Mund gedrückt haben«, hakt Bastian nach.

»Das habe ich auch nicht gesagt. Aber sie muss sie vor ihrem Tod berührt haben.«

»Oder der Mörder hat die Abdrücke direkt nach ihrem Tod darauf platziert, um uns zu verwirren.«

»Und was sollte das bringen?« Leo Blum klingt skeptisch.

Bastian zuckt mit den Schultern. »Frag mich was Leichteres. Diese ganze Sache mit den Juwelen ist mir sowieso schleierhaft.« Er macht eine kurze Pause, in der er neidisch auf Leos Kaffeebecher guckt. »Ich hätte mir auch einen holen sollen. Aber egal. Der Täter hat also Handschuhe getragen?«

»Oder er hat gar nichts angefasst. Hat sich von hinten angeschlichen, die Kehle durchtrennt und ist gleich wieder raus.«

»Kein Kampf? Keine Abwehrverletzungen?«

181

»Ich habe nichts gesehen, aber der Rechtsmediziner weiß das natürlich besser.«

»Ist letztendlich auch egal.« Bastian Kreuzers Stimme klingt resigniert. »In jedem Krankenhaus hängen ja diese Spender mit den Einweghandschuhen. Alle, die da arbeiten, sind quasi Profis im Spurenvermeiden.«

»Das mag schon sein.« Versonnen greift sich Leo Blum mit der freien Hand in die Haare und wickelt sich seinen Zopf um die Finger. Dann beißt er krachend in sein Brötchen und kaut gemächlich.

Ungeduldig stößt Bastian ihn an. »Hey, du verschweigst noch was. Wenn du mir jetzt so kommst wie unser spezieller Freund Bernstein, dem man jedes Wort einzeln aus der Nase ziehen muss, raste ich aus.«

»Ist ja gut. Entspann dich.« Leo Blum schluckt in aller Ruhe den Bissen herunter, bevor er erklärt: »Vom Klinikpersonal war niemand der Mörder, darauf würde ich wetten.«

»Warum bist du dir da so sicher?«

»Auch Gummihandschuhe hinterlassen Spuren. Jedenfalls wenn man Glück hat. Winzige Partikel, die sich lösen und am Opfer verbleiben.«

»Echt jetzt? Also wenn mich jemand mit diesen Gummihandschuhen operiert, dann habe ich hinterher die Fetzen im Bauch, oder wie?«

»Eben nicht. Die chirurgischen Handschuhe sind besonders stabil. Reißfest und mit einer sehr feinen Oberfläche versehen. Das billige Supermarktzeug ist da schon wesentlich poröser.«

Leo Blum guckt Bastian Kreuzer auffordernd an.

»Aha«, sagt der ratlos. »Soll heißen?«

»Wir haben feinste Gummipartikel an der Kehle und auf

den Schultern des Opfers gefunden. Sie waren quietsch-
gelb und stammen ganz sicher nicht von Chirurgenhand-
schuhen.«

»Verstehe.« Bastian Kreuzer reibt sich nachdenklich die
Nase. Dann überzieht ein triumphierendes Lächeln sein
Gesicht. »Der Mord war also geplant. Es hat sich jemand
extra diese gelben Handschuhe besorgt und ist damit in die
Klinik marschiert. Und das war unter Garantie niemand,
der sich in Klinken auskennt, sonst hätte er von diesen
Handschuhspendern gewusst.«

»Exakt.«

»Und außerdem«, fährt der Hauptkommissar fort, »müsste
der Pförtner den Täter gesehen haben. Oder irgendjemand
anderes vom Klinikpersonal. Wenn wir Glück haben.«

»Glück ist gut, Erkenntnisse sind besser«, antwortet
Leo Blum lakonisch. »Wie läuft's denn überhaupt mit den
Ermittlungen? Gibt's Tatverdächtige für den ersten Mord?«

Bastian nickt missmutig. »Das schon. Gestern hat sogar
der Bruder des ersten Toten unverhohlen mit Rache
gedroht. Allerdings wollte er sich an dem Mörder seines
Bruders rächen, der, wie es aussieht, gerade wieder zugeschlagen hat. Die große Frage ist also: Warum zum Teufel sollte einer von unseren Tatverdächtigen eine Krankenschwester umbringen? Das ist mir im Moment noch völlig
schleierhaft. Nur die Juwelen weisen auf einen Zusammenhang hin. Und die gleiche Mordmethode natürlich.«

»Vielleicht wurde sie nicht als Krankenschwester, sondern als Privatperson umgebracht«, schlägt Leo Blum vor.

»Privatperson. Hör mir bloß damit auf! Hat sich zu dir
noch nicht rumgesprochen, wer die Tote als Privatperson
war?«

183

»Irgendwer Prominentes?« Leo Blum legt nachdenklich die Stirn in Falten. »Aber die schieben doch keine Nachtschichten in Krankenhäusern«, murmelt er dann.

»Die Tote ist die Nichte unserer Staatsanwältin. Ihr Patenkind! Der Bruder von der Bispingen lebt mit seiner Familie hier auf Sylt. Wusste bisher niemand.«

»Heilige Scheiße«, entfährt es Blum. »Sorry, Mann, aber das ist ja der Megagau.«

»Du sagst es. Hättest mal sehen sollen, wie die Bispingen reagiert hat. Die ist uns fast am Tatort kollabiert.«

»Echt jetzt? Ich kenne sie ganz gut aus Flensburg. Normalerweise ist die obercool, fast schon zynisch.«

»Tja, kannst du mal sehen.« Ratlos blickt Bastian Kreuzer seinen alten Kumpel an. Dann zieht er eine Grimasse.

»Verstehe«, nickt Blum. »Ihr habt keine heiße Spur. Nicht im ersten Mordfall. Und jetzt erst recht nicht. Und die Bispingen wird euch die Hölle heiß machen.«

»Das tut sie immer. Aber jetzt wird sie uns direkt ins Fegefeuer jagen, wenn wir nicht ganz schnell zu Potte kommen. Silja ist gerade dabei, die Alibis aller bisherigen Verdächtigen zu überprüfen. Wollen wir hoffen, dass sie irgendwas Auffälliges zutage fördert.« Bastian verdreht die Augen, aber dann fällt ihm etwas ein. »Warum hast du das mit der Privatperson vorhin gefragt?«

»Ihr Handy ist weg«, erklärt Leo knapp. »Wenn ich dieses aufgeregte Huhn von Oberschwester richtig verstanden habe, dann muss die Tote ständig am Handy gehangen haben. Da wird sie es doch nicht ausgerechnet in ihrer Mordnacht zu Hause lassen, oder?«

»Jedenfalls nicht ohne Grund«, wirft Bastian vorsichtig ein.

»Es gibt für eine junge Frau unter zwanzig keinen Grund, ihr Handy zu Hause zu lassen. Das solltest du als Ermittler wissen«, widerspricht Leo Blum.

»Du glaubst, der Mörder hat es mitgenommen?«

Blum zuckt mit den Schultern. »Wäre eine Erklärung.«

»Wir lassen es orten, vielleicht bringt das was.«

»Mach dir nicht zu viele Hoffnungen. Jedes Kind weiß, dass man als Erstes die SIM-Card rausnehmen und wegwerfen muss.«

»Vielleicht hat sie was in der Cloud gespeichert. Fotos, Mails, was weiß ich. Wir kümmern uns drum.«

»Tut mir echt leid, dass ich nichts Besseres zu bieten habe.« Leo Blum runzelt die Stirn, dann überzieht ein Grinsen sein Gesicht. »Aber ihr könnt ja noch auf den Rechtsmediziner hoffen. Der schien mit viel Spaß bei der Sache zu sein.«

Bastian schafft es nicht, auf den lockeren Tonfall des Spurensicherers einzugehen. »Wenn Bernstein uns nach der Autopsie nicht irgendwas Großes auf dem Silbertablett präsentiert, sind wir am Arsch«, verkündet er düster. »Und Elsbeth von Bispingen wird Silja, Sven und mich zum Frühstück verspeisen. Mit Haut und Haaren und allen nicht vorhandenen Ehrenabzeichen. Adieu, Karriere, adieu, Sylt. Das überleben wir beruflich nicht.«

»Na, dann drücke ich euch die Daumen. Wann ist denn die Autopsie?«

Bastian sieht auf die Uhr und verdreht die Augen. »Müsste schon durch sein. Bernstein wollte unsere Tote gleich heute früh als Erste drannehmen. Wahrscheinlich bespricht er mit Sven gerade die Ergebnisse.«

»Hals und Beinbruch, mein Freund. Ich muss dann auch los. Den ausführlichen Bericht kriegst du heute Nachmittag.« Leo Blum tippt zum Gruß kurz mit der Hand an die Stirn, dann verlässt er Bastians Büro. Im selben Augenblick klingelt das Handy des Hauptkommissars.

Montag, 29. Juli, 09.35 Uhr, Verladestation Autozug, Westerland

Gerade ist die Ampel über der linken Spur auf Grün gesprungen, und die Fahrer der vorderen Autos setzen ihre Wagen in Gang. Chrom und Lack glitzern in der Morgensonne. Es verspricht, wieder ein heißer Tag zu werden, auch wenn noch ein leichter Dunst über der Insel hängt. Einer nach dem anderen rollen die Wagen die Rampe hinauf. Das Scheppern des Metalls übertönt die Rufe der Einweiser, die sich schließlich nur noch mit Handzeichen verständigen. Auch in den weiter hinten stehenden Wagen werden nun die Motoren angelassen. Doch schon nach wenigen Sekunden kommt die Reihe ins Stocken. Ein großes dunkles Gefährt blockiert die gesamte Spur und verhindert ein Vorrücken der hinteren Autos. Es wird gehupt, ein Mitarbeiter der Bahn eilt herbei.

Fluchend springt auch Tarek Jashari aus seinem Wagen und stürmt nach vorn zu dem Wagen des Berliner Bestattungsunternehmens, in dem der Sarg seines Bruders überführt werden soll.

»Was ist denn jetzt schon wieder?«, brüllt er ins offene Fenster.

Der Fahrer des Leichenwagens zuckt mit den Schultern. »Springt nicht an, die Mistkiste. Wahrscheinlich kommt die Batterie mit der Feuchtigkeit hier nicht klar.«

»Das hatten wir doch gestern Abend schon. Ich denke, du hast das Teil inzwischen aufgeladen.«

»Vielleicht ist sie einfach platt. Ich hätte sie tauschen sollen.«

»Das fällt dir jetzt ein, ja? Jetzt, wo wir hier stehen wie die Idioten und den ganzen Verkehr aufhalten.« Tarek Jashari sieht sich um. Hunderte von eingebildeten Deutschen blicken aus ihren Nobelkarren heraus naserümpfend auf ihn herab. Jedenfalls kommt es ihm so vor.

Der friesische Bahnmitarbeiter, der jetzt hinter dem Leichenwagen auftaucht, kann sich ein Grinsen nicht ganz verkneifen. »Na, die Kiste ist wohl genauso tot wie der Inhalt, was?«, bemerkt er spöttisch, während er seinen Kollegen mit dem fahrbaren Batterieladegerät herbeiwinkt. »Machen Sie mal die Motorhaube auf, damit das hier weitergehen kann«, fordert er den Fahrer auf.

Tarek wendet sich ab, klopft eine Zigarette aus seiner Schachtel, zündet sie an und inhaliert tief. Unter den Blicken der hochnäsigen Urlauber geht er zurück zu seinem eigenen Wagen, einem aufgemotzten BMW, tiefergelegt und mit viel zu breiten Reifen ausgestattet. Er reißt die Tür auf und ist froh, dass er hinter den getönten Scheiben auf Tauchstation gehen kann.

Tarek Jashari wirft sich hinter das Steuerrad und knallt die Autotür zu. Aber seine Aggression richtet sich weiter auf den Fahrer des Leichenwagens. »Dich mach ich fertig, du dumme Sau. Wenn wir erst mal in Berlin sind, kannst du was erleben«, murmelt er.

»Tarek, bitte. Mach hier keinen Aufstand«, kommt die Frauenstimme von der Rückbank.

Tarek fährt zu der schwarz verhüllten Gestalt herum und

schnauzt: »Halt dich da raus, Amira. Der Typ hat mich voll blamiert. Siehst du nicht, wie die alle gucken. Mein Bruder ist da drin. Er ist tot, und jetzt wird er auch noch zum Lacher des Tages.« Wütend lässt Tarek das Autofenster herunter und wirft die nur halb gerauchte Zigarette hinaus.

»Trotzdem. Es ist nicht gut, wenn wir auffallen. Krieg dich wieder ein. Und guck mal, der Wagen läuft schon wieder.«

Tatsächlich war die Starthilfe erfolgreich, und in die Autoschlange ist Leben gekommen. Auch Tarek lässt jetzt seinen Wagen an. Er beschleunigt viel zu schnell und wäre fast in den Leichenwagen reingerauscht.

»Tarek, pass doch auf«, mahnt Amira Ibrahim von hinten. »Du reitest uns noch alle ins Unglück, wenn du so weitermachst. Bitte reiß dich zusammen!«

Unter dem Tschador taucht eine schmale, sehr gepflegte Hand auf und legt sich auf Tareks Schulter. Tarek schüttelt sich kurz wie ein Tier, das ein lästiges Insekt loswerden will, und die Hand verschwindet wieder unter dem schwarzen Schleier.

Montag, 29. Juli, 09.41 Uhr, Hotel Severin*s, Keitum

Carina Bischoff blinzelt unter ihrer Decke hervor.

Im Zimmer ist es dunkel, aber am Rand der lichtdichten Vorhänge sind helle Streifen zu sehen. Sehr helle Streifen. Carina tastet auf dem Nachttisch nach ihrem Handy. Fast zehn. Sie flucht leise und lässt sich zurück in die Kissen sinken. Die Betten in diesem Hotel sind einfach zu gut. Jeden Morgen verschläft sie das Pilates, dabei müsste sie dringend etwas für ihre Oberschenkel tun. Plötzlich fehlt ihr Adnan. Es ist ein fast körperlicher Schmerz. Adnan mochte ihre Oberschenkel.

Erst als Carina aufsteht, sieht sie, dass die zweite Betthälfte nicht leer ist. Und dann fällt ihr der gestrige Abend wieder ein. Die Auseinandersetzung mit Lorenz an der Bar, seine zum ersten Mal deutlich eingestandene Eifersucht. Das Triumphgefühl, das seine Beichte in ihr ausgelöst hat. Ihr schwankender Gang aufs Zimmer, bei dem Lorenz sie außerordentlich liebevoll gestützt hat. Und der Rest der Nacht …

O Gott, geht das schon wieder los!

Gerade stöhnt Lorenz laut auf und wirft sich im Bett herum, als wolle er einen Walfisch besiegen. Früher fand Carina das amüsant. Inzwischen findet sie es eher befremdlich. Manchmal hat sie in den letzten Wochen darüber nachgedacht, was seine russische Schnecke wohl dazu sagt. Vielleicht steht sie auf Männer, die sich wie Tiere benehmen.

»Ich muss verrückt gewesen sein, als ich dir gestern erlaubt habe, hier zu schlafen«, murmelt Carina, dann schlüpft sie aus dem Bett und zieht die Schiebetüren zum Bad auf.

»Nicht verrückter als sonst, nur besoffener«, kommt es umgehend zurück.

»Du bist immer so charmant, mein Schatz!« Mit einem Knall schließt sie die Türen.

Shit! Wir haben tatsächlich miteinander geschlafen. Früher passierte das regelmäßig nach ihren Streitereien. Sex zum Runterkommen, nannten sie es. Und es war beileibe nicht der schlechteste Sex. Aber das ist lange her. Eigentlich.

Unter der Regendusche geht es Carina besser. Egal, was

in der letzten Nacht war, es ändert nichts an der Realität. Lorenz ist auf dem Absprung, und sie ist selbst schuld daran. Demnächst wird die Polizei Lorenz' Rantumer Wohnung wieder freigeben, dann wird er kaum noch auf ihr Hotelzimmer angewiesen sein. Carina erinnert sich, dass der Geruch ihres Ehemanns bis zum Schluss in den Räumen hing. Eine irritierende Erfahrung. Irgendwie ist es Adnan einfach nicht gelungen, sich in der Wohnung zu manifestieren. Die Rantumer Unterkunft war geliehen, und zwar vom Leitbullen, wie Adnan oft zynisch bemerkte. *Und jetzt ist Adnan tot, und ich hatte Sex mit einem, den die Kripo vermutlich für seinen Mörder hält.* Carina erschrickt. Sie stellt die Dusche ab, öffnet die Milchglastür und greift nach dem Badetuch. Ihr Gesicht im Spiegel ist blass unter der Sonnenbräune. *Ob die wirklich glauben, dass Lorenz Adnan umgebracht hat? Immerhin bin ich es gewesen, die sich am Abend seines Todes so mit ihm gestritten hat, dass er kündigen wollte. Mein bestes Pferd im Stall. Oder, um ehrlich zu sein: mein einziges. Die Konkurrenz auf Sylt ist hart, gerade unter den Juwelieren. Die Umsatzsteigerungen, die ich mit Adnans Einstellung erzielt habe, waren bitter nötig.*

Carina stützt sich auf dem Waschtisch ab und blickt forschend in den Spiegel. *Werde ich das Geschäft nach einer Scheidung überhaupt finanziell stemmen können? Oder ist dann alles aus?*

Lorenz' laute Stimme reißt sie aus ihren Gedanken. »Carina, hast du das schon gesehen?«

Sie verdreht die Augen, steckt dann aber doch den Kopf durch die Schiebetür. »Was denn?«

Lorenz hält sein Handy in die Luft, als sei es ein wichtiges Beweismittel. »Gestern Nacht ist eine junge Frau gestorben. Im Krankenhaus. Sie hatte das zweite Juwelenpaar im Gesicht. Die roten.«

»Sie hat meine gestohlenen Rubine getragen?«

»Nicht getragen«, korrigiert er sie. »Sie wurde genauso umgebracht wie dein Adnan. Man hat ihr die Kehle durchgeschnitten und den Schmuck in Augen und Mund gedrückt. Im Internet gibt's ein Handyfoto. Aber das solltest du dir besser nicht angucken.«

Bevor Carina antworten kann, klopft es an der Tür. »Später bitte. Wir sind noch nicht so weit«, ruft sie laut und legt den Do-not-disturb-Schalter um. Doch das Klopfen wiederholt sich.

»Frau Bischoff? Silja Blanck hier. Machen Sie bitte auf, wir müssen reden.«

Carina hätte die Stimme der zierlichen Kommissarin auch so erkannt. Freundlich, aber energisch. Eine gefährliche Mischung. Sie schlüpft in ihren Bademantel und wirft dem verdatterten Lorenz den zweiten zu.

»Zieh den an, beeil dich, die Kripo steht vor der Tür.«

Montag, 29. Juli, 09.45 Uhr, Nordseeklinik, Westerland

Dr. Olaf Bernstein beugt sich tief über den nackten Frauenkörper. Er hat den großen T-Schnitt bereits ausgeführt und öffnet nun die Bauchhöhle. Ein schwerer Geruch steigt auf, und Sven Winterberg muss sich zusammenreißen, um sich nicht die Nase zuzuhalten. Er bemüht sich, wenigstens wegzusehen.

Der Oberkommissar ist gar nicht glücklich mit der Aufgabe, die ihm Bastian zugewiesen hat. Seit der Geburt seines kleinen Sohnes hat sich sein Verhältnis zu Leben und Tod verändert. Die Hochachtung vor dem Wunder der Geburt ist gestiegen, und das Bewusstsein von der Endlichkeit allen Lebens mit ihr.

Was hat diese junge Frau dort auf dem Seziertisch nur verbrochen, dass man sie so brutal ermordet hat?

Als hätte Sven diese Frage laut gestellt, richtet sich jetzt der Rechtsmediziner ruckartig auf. »Raten Sie mal, was ich gerade entdeckt habe.«

Sven zuckt die Schultern. Wie so oft ärgert er sich über Bernsteins Hemdsärmeligkeit. »Was soll das werden? Eine Quizstunde?«

Der Rechtsmediziner geht nicht auf Svens Provokation ein, sondern erklärt nüchtern: »Sie war schwanger. Im dritten Monat würde ich schätzen. Ob ihre Eltern das wohl gewusst haben?«

Sven schluckt. Bei der Vorstellung, dass Bernstein in der Gebärmutter dieser armen Frau gerade einen Fötus entdeckt hat, wird ihm flau im Magen. »Niemand hat davon etwas erwähnt«, flüstert er. »Die Eltern nicht, die Schwester nicht und die Staatsanwältin auch nicht.«

»Was hat die denn damit zu tun?«, knurrt Bernstein und beugt sich wieder über die Tote.

»Sie ist ihre Tante. War ihre Tante, besser gesagt«, antwortet Sven leise.

»Pikant«, ist alles, was dem Rechtsmediziner dazu einfällt. Dann schickt er sich an, die Gebärmutter auszuräumen. Sven weiß plötzlich sehr genau, dass er das nicht wird mitansehen können.

»Ich muss los«, verkündet er hastig. »Diese Entdeckung

ändert alles. Das muss Kreuzer sofort erfahren.« Schon hastet er zur Tür des Seziersaales.

Doch Bernsteins Stimme hält ihn auf. »Wie wär's mit einem Anruf? Soweit ich weiß, leben wir im 21. Jahrhundert. Reitende Boten sind schon lange aus der Mode.«

Sven bleibt stehen. *Reiß dich zusammen*, sagt er sich. *Mach hier jetzt bloß nicht schlapp.*

»Können Sie herausfinden, wer der Vater war?«

»Die Frage ist unpräzise gestellt«, mäkelt Bernstein, ohne seine Arbeit zu unterbrechen. »Und das wissen Sie vermutlich auch ganz genau. Ein Vaterschaftstest funktioniert nur ex negativo.«

»Soll heißen?«

»Sie liefern mir DNA-Proben möglicher Väter, und ich sage Ihnen, ob die Herren in Frage kommen. Hundertprozentig kann man das sowieso nicht nachweisen. Aber eine DNA-Übereinstimmung von 99 Prozent gilt als gerichtsfest.«

»Na toll. Dann müssen wir uns jetzt auf die Suche nach geeigneten Kandidaten machen.«

»Ist doch Ihr Job, oder?«, brummt Bernstein. Dann greift er mit beiden Händen in die Bauchhöhle.

Sven wendet den Blick ab und hechtet zur Tür. Er ruft Bernstein ein knappes »Bis später dann, wir warten auf Ihren Bericht« zu und verlässt den Raum. Draußen lehnt er sich keuchend an die Wand und atmet ein paarmal tief durch, um sich zu beruhigen. Dann zieht er das Handy aus der Tasche und ruft Bastian Kreuzer an.

»Moin, moin. Ich hoffe, du hast gute Neuigkeiten für mich?« Bastians Stimme klingt gepresst.

»Wie man's nimmt. Das Mädchen war schwanger.«

»Heiliger Strohsack! Sie war erst sechzehn.«

Eine Pause entsteht, in der beide Kommissare versuchen, sich über die Folgen dieser Entdeckung klarzuwerden.

»Wir müssen noch mal zu den Eltern ...«, sagt Sven schließlich.

»Und mit ihren Freundinnen reden ...«, fügt Bastian hinzu.

»Vielleicht hat sie dem werdenden Vater von der Sache erzählt, und es hat Streit gegeben. Vielleicht wollte er abtreiben und sie nicht«, schlägt Sven vor. Ihm ist immer noch schlecht, und er ahnt schon jetzt, dass er die Szene in der Pathologie so schnell nicht wird vergessen können.

»Wir müssen bei allen Sylter Gynäkologen nachfragen. Damit kannst du gleich anfangen.«

»Okay, wird erledigt. Aber die Frage ist, ob sie dem Arzt den Namen des Vaters genannt hat. Und den müssen wir schließlich finden. Am besten sofort.«

»Dann hätten wir wenigstens einen Verdächtigen. Aber wie passen die Juwelen ins Bild?«, überlegt Bastian laut. »Zwei fast identische Paare, identisch angeordnet. Das weist doch eindeutig auf ein und denselben Mörder hin.«

»Dazu hat Dr. Bernstein eine interessante Beobachtung gemacht«, erklärt Sven. »Der tödliche Schnitt bei Adnan war ungewöhnlich brutal, aber irgendwie auch stümperhaft ausgeführt worden. Ausgefranste Wundränder und ein tiefer Einschnitt. Bei der jungen Frau dagegen sind die Wundränder vollkommen glatt, und die Kehle ist auch nur bis zur Schlagader durchtrennt worden. Als Blut kam, hat der Täter aufgehört.«

»Also vielleicht doch ein Profi und kein aufgeregter Kindsvater.«

»Hast du dabei eher an einen Arzt oder an einen professionellen Killer gedacht?«, erkundigt sich Sven humorlos.

»Kommt auf die Tatwaffe an«, antwortet Bastian. »Hatte Bernstein dazu eine Hypothese? Gefunden haben wir ja leider wieder nichts.«

»Er wollte sich nicht festlegen. Aber diesmal war es irgendwas extrem Scharfes. Von Jagdmesser bis Skalpell sei alles möglich, hat er gesagt.«

»Na toll. Hilft uns wirklich weiter. Hat es Abwehrverletzungen gegeben?«

»Im ersten Fall nicht, das wussten wir ja schon. Im zweiten Fall auch nicht. Aber es gibt etwas anderes«, sagt Sven. »Unter den Fingernägeln des Opfers sind weiße Baumwollspuren. Könnten durchaus von einem Ärztekittel stammen, meint Bernstein.«

»Könnte, würde, müsste, hätte.« Bastian klingt unzufrieden. »Nehmen wir mal an, irgendjemand aus dem Krankenhaus war der Vater von Nele Bredstedts Kind. Ein Kollege oder vielleicht sogar der Chef. Eine heftige Umarmung, dabei ein bisschen in den Rücken gekrallt, und schon hast du die Fusseln auch unter den Nägeln.«

»Das hört sich eher nach Arztroman an.«

»Irgendwer muss das arme Mädchen doch geschwängert haben«, antwortet Bastian humorlos, dann fällt ihm ein: »Der Täter hat gelbe Gummihandschuhe aus dem Baumarkt getragen, sagt unser Ober-Spurentüftler Leo Blum. Das spricht deutlich gegen jemanden aus der Klinik.«

»Kann nicht mal irgendwas einfach sein«, seufzt Sven.

»Einfach war gestern. Noch was, hast du die Tatzeit?«

»Zwischen zwanzig und einundzwanzig Uhr, hat Bernstein gesagt.«

»Okay, super. Ich geb's gleich weiter an Silja, die über-prüft die Alibis unserer bisherigen Verdächtigen. Dann kann sie genauer fragen.«

»Ich wünsch ihr Glück«, murmelt Sven, dann unterbricht er die Verbindung.

Montag, 29. Juli, 10.21 Uhr, Kriminalkommissariat, Westerland

»Alles vollkommen ergebnislos«, seufzt Sven Winter-berg, während er sich einen Kaffee aus der Maschine eingießt und dabei an die hektischen Telefonate der letzten halben Stunde denkt. »Nele Bredstedt war bei keinem Inselarzt. Ich habe sogar in Niebüll und Umgebung alle angerufen. Nichts.«

Bastian stöhnt, dann verzieht er beim Blick auf Svens Becher angeekelt das Gesicht. »Trink das lieber nicht. Schmeckt nur noch bitter. Wir müssen endlich die Maschine entkalken.«

»Da gibt's doch so Tütchen mit Pulver. Die stehen bei uns im Küchenregal. Ich bringe morgen eins mit«, verspricht Sven.

»Du wärst der Held des Tages.«

»Geht nicht, das bin ich nämlich schon.« Die Tür fliegt auf, und Silja stürmt in den Raum. »Moin, moin, ihr zwei. Melde mich zurück vom Außendienst.«

»Was haben sie dir denn in den Kaffee getan, dass du so aufgekratzt bist?«, will Bastian wissen.

»Was heißt hier aufgekratzt? Ich bin eben voll motiviert. Ist das heutzutage verboten?«

»Du hast die Nacht durchgemacht, du müsstest todmüde sein.«

»Liegt wahrscheinlich am Adrenalin«, antwortet Silja achselzuckend und wirft sich auf ihren Schreibtischstuhl.

»Du Glückliche, dann musst du dir wenigstens das hier nicht reinwürgen.« Sven zeigt auf seinen Kaffeebecher.

»In der Klinik haben sie eine Nespressomaschine. Jedenfalls im Ärztezimmer.«

»Und wer zahlt die Kapseln?«, will Bastian sofort wissen.

»Ich hab nur nach den Alibis gefragt, Herr Hauptkommissar. War das ein Fehler?«

Alle lachen, werden aber schnell wieder ernst.

»Und hast du was Brauchbares erfahren?«, will Bastian wissen.

»Die Ärzte sind raus. Es war nur noch einer im Haus, der hatte eine Not-OP. Die anderen haben alle Alibis. Und die Schwestern und Pfleger haben zusammengehockt und einen runden Geburtstag gefeiert. Das war wohl auch der Grund dafür, dass die Leiche so lange unentdeckt geblieben ist.«

»Und wer war sonst noch im Krankenhaus? Außer den Patienten, meine ich«, will Bastian wissen.

»Da waren die Auskünfte eher diffus. Besucher gab's nach acht Uhr abends nicht mehr, jedenfalls niemanden, den der Pförtner als solchen identifiziert hat. Dafür wohl ungewöhnlich viel Putzpersonal. Jede Menge Frauen in blauen Kitteln. Davon viele mit Kopftüchern. Ein paar Männer waren auch dabei. In der Hauptsache Tschechen, Polen, Schwarzafrikaner.«

»Wie in den Hotels halt. Deutsche Servicekräfte werden fast nur noch im direkten Kundenkontakt eingestellt. Den

Rest machen die billigen Arbeitssklaven aus dem Ausland«, murmelt Sven.

»Wie redest du denn?«, empört sich Silja. »Das ist menschenverachtend.«

»Aber wahr«, verteidigt sich Sven. »Irgendwas stimmt mit unserem Sozialsystem nicht.«

»Leute, Schluss jetzt. Wir sind hier nicht beim Stammtisch, sondern müssen arbeiten. Hast du die Namensliste der Putzkolonne angefordert?«

Silja nickt. Dann blickt sie irritiert in die Runde. »Ihr seid so komisch. Irgendwie angespannt. Gibt's was Neues?«

»Allerdings.« Bastian streckt beide Daumen nach oben.

»Na, raus damit. Oder soll ich raten?«

»Du kommst eh nicht drauf. Aber halt dich fest, das sind wirklich Kracher-News: Nele Bredstedt war nämlich schwanger. Jetzt müssen wir erst mal den Kindsvater finden.«

»Wow. Das ändert alles. Weiß die Bispingen schon von der Schwangerschaft?«

Bastian nickt. »Hab's ihr vor zwanzig Minuten am Telefon erzählt. Sie hat darum gebeten, es ihrem Bruder persönlich mitteilen zu dürfen.«

»Aber warte mal kurz, lass mich nachdenken.« Eine Weile ist es ganz still im Raum. Bastian beobachtet Silja, und Sven nippt an seinem bitteren Kaffee. Schließlich murmelt die Kommissarin: »Bisher dachten wir, dass beide Fälle zusammengehören – wegen der Juwelen. Aber vielleicht vernebelt uns das auch den Blick, und es gibt eine andere Erklärung dafür.«

»Was wäre, wenn Lorenz Bischoff der Vater von Neles Baby wäre? Dann hätte er in beiden Fällen ein Motiv. Und

198

wir hätten die Verbindung zu den Juwelen«, schlägt Sven vor.

»Und wo bitte schön sollen die sich kennengelernt haben?«, grummelt Bastian. »Eine Krankenschwester aus List, die in Westerland arbeitet, und ein Juwelier aus Düsseldorf, dessen Gattin in Kampen Schmuck verkauft. Eher unwahrscheinlich.«

Aber Sven lässt nicht locker. »Carina Bischoff hat Adnan Jashari über Tinder aufgerissen ...«

»Glaubst du jetzt, das ist so eine Art Seuche, die hier um sich greift, oder was?« Bastian lehnt sich in seinem Stuhl zurück und schüttelt augenrollend den Kopf.

»Was die Gattin kann, kann der Gatte schon lange«, erwidert Sven beleidigt.

»Na ja, ganz ausschließen können wir es nicht«, seufzt Silja, stützt beide Hände auf die Schreibtischplatte und vergräbt ihr Gesicht darin. Die Kommissarin wirkt jetzt doch müde und abgespannt. Zwischen ihren Händen hindurch murmelt sie: »Es hilft alles nichts, wir müssen uns über die Rolle der Juwelen klarwerden. Die sind ein Zeichen, aber wofür?« Alle schweigen. Sven nippt mit angewiderter Miene weiter an seinem Kaffee. Bastian kratzt sich am Kopf. Silja trommelt nervös mit den Fingern auf ihren Schreibtisch. Schließlich hebt sie den Kopf und fragt: »Wisst ihr, was eine Spiegelstrafe ist?«

»Die Strafe steht in direktem Zusammenhang mit dem Vergehen des Bestraften«, antwortet Sven wie aus der Pistole geschossen. »Im Mittelalter hat man Dieben die Hand abgehackt und Spione geblendet.«

»Genau. Und hier haben beide Tote Edelsteine anstelle ihrer Augen und Münder. Das heißt doch was.«

»Die Toten waren dem Mörder kostbar«, schlägt Sven vor.

»Was für Adnan und Lorenz Bischoff ganz bestimmt nicht gegolten hat«, ätzt Bastian.

»Kann auch sein, die Juwelen waren ein direkter Auslöser des ersten Mords«, wendet Sven ein. »Möglicherweise hat es zwischen der Bischoff und Adnan Streit um irgendeine Juwelentransaktion gegeben.«

»Ich streite mich doch nicht erst um kostbaren Schmuck und stopfe das teure Zeug hinterher einem Toten ins Maul«, entfährt es Bastian. Dann blickt er schuldbewusst in die Runde. »Sorry, aber ist doch so.«

»Sie wusste doch, dass sie alles wiederbekommt. Jedenfalls, wenn der Laden nach dem Mord ordentlich abgeschlossen ist, damit sich nicht noch ein Unbeteiligter bedienen kann«, antwortet Silja nachdenklich. Dann wird ihre Stimme energisch. »Von den Bischoffs gibt's übrigens auch Neuigkeiten … Ich war ja gerade bei denen im Severin*s. Das Paar scheint sich wieder vertragen zu haben. Jedenfalls habe ich beide in ihrem Hotelzimmer im Bademantel angetroffen, das Bett war total zerwühlt, und alles sah ganz nach einer gemeinsamen Nacht aus.«

»Jetzt sag bloß nicht, dass das ihr Alibi für den zweiten Mord sein soll.«

Silja schüttelt den Kopf. »Nee, das war ein bisschen komplizierter. Carina muss sich zur Tatzeit in der Hotelbar abgeschossen haben. Der Barkeeper bestätigt das, ich hab schon mit ihm telefoniert. Ihr holder Gatte war die ganze Zeit im Hotelzimmer und hat telefoniert. Wieder mit der Dame in Berlin, die ihm schon für den ersten Mord kein Alibi gegeben hat.«

»Hört sich in meinen Ohren nicht sehr überzeugend an«,

wirft Sven ein. »Das mit dem Telefonat könnten wir zwar überprüfen, aber ein Alibi ist es nicht.«

»Stimmt«, befindet Bastian. »Er kann ja sein Handy einfach abgelegt haben. Mit stehender Verbindung. Dann haben wir zwar eindeutige GPS-Daten, aber der Typ selbst kann ganz woanders gewesen sein.«

»Also tatverdächtig.« Svens Stimme klingt außerordentlich zufrieden, was Bastian ein Grinsen abnötigt.

»Du magst ihn nicht, hab ich recht?«

»Das ist noch harmlos ausgedrückt. Ich kann diese präpotenten Kerle nicht ausstehen.«

»Lass dich bloß nicht bei deiner Voreingenommenheit erwischen«, mahnt Bastian. Dann wird er vom Klingeln seines Handys abgelenkt. Er nimmt den Anruf an und lauscht aufmerksam. Schließlich bedankt er sich überschwänglich, legt auf und sagt nur ein einziges Wort. »Jackpot!«

»Wer war das?«, will Silja wissen.

»Leo Blum, unser Zauberer mit dem Spurenpinsel. Er hat heute früh die Fingerabdrücke der Toten genommen und sie inzwischen mit denen der mysteriösen dritten Person in der Rantumer Wohnung verglichen.«

»Rantumer Wohnung? Hilf mir grad mal auf die Sprünge«, bittet Sven.

»Gehört Lorenz Bischoff, war aber an Adnan Jashari vermietet«, erklärt Bastian. »Und genau dort hat Leo Blum Nele Bredstedts Fingerabdrücke verorten können. Also haben entweder Lorenz Bischoff oder Adnan Jashari sie gekannt. Und zwar so gut, dass sie einen von beiden in dieser Wohnung besucht hat. Und das vermutlich nicht nur einmal.«

Konzentriert kneift Silja die Augen zusammen. Schließlich sagt sie leise: »Es ist noch viel eindeutiger. Erinnert ihr euch, dass es von Lorenz Bischoff keine Fingerabdrücke mehr in der Wohnung gab? Die waren alle weggeputzt. Wenn jetzt also welche von Nele dort sind …«

»… kann sie sich nur mit Adnan dort getroffen haben«, beendet Sven Siljas Satz.

Ruckartig richtet Bastian sich auf. »Nehmen wir also mal an, Adnan Jashari hatte was mit Nele Bredstedt.« Er verstummt und denkt kurz nach. »Ihre Eltern haben das wahrscheinlich gar nicht toll gefunden. Falls sie überhaupt davon gewusst haben. Und dann wird das Mädchen auch noch schwanger. Vielleicht weiß es nicht weiter und erzählt zu Hause alles. Die Tante erfährt es zwar nicht, aber der Vater weiß Bescheid. Wäre doch denkbar, oder?«

Als Silja und Sven nicken, redet Bastian weiter:

»Okay, was passiert jetzt? Neles Vater stellt Adnan zur Rede. Der wird pampig, Neles Vater rastet aus. So könnte es doch gewesen sein. Dann wäre Norbert Bredstedt im ersten Mordfall höchst tatverdächtig.«

»Nur, falls Adnan Jashari tatsächlich der Kindsvater war«, mahnt Silja. »Bisher haben wir nur ihre Fingerabdrücke in seiner Wohnung gefunden.«

»Aber wer hat dann Nele getötet? Doch nicht ihr Vater. Das glaube ich niemals«, murmelt Sven.

»Sag ich ja gar nicht. Aber trotzdem: Die Fälle gehören zusammen. Das beweisen der doppelte Einsatz der Schmuckstücke und die gleiche Mordmethode …«, beharrt Silja.

»Wichtig ist jetzt nur eines«, unterbricht Bastian den Disput. »Wir brauchen Jasharis Leichnam zurück. Wegen der DNA-Analyse.«

»Da wird sein Bruder aber toben«, schmunzelt Sven.

»Der muss nicht unbedingt sofort davon erfahren. Wir spielen das Ganze über den Bestatter. Am besten, du fährst sofort in die Nordseeklinik. Die müssen ja wissen, wem sie die Leiche übergeben haben. Finde das raus und ruf die Firma an. Sofort, hörst du? Das hat oberste Priorität.«

»Und Norbert Bredstedt?«, fragt Silja beklommen. »Er ist immerhin der Bruder von der Bispingen.«

»Hilft nichts. Wir sollten unsere Ermittlungen in jedem Fall auf Neles Familie ausdehnen«, erklärt Bastian. »Aber zuerst müssen wir Ihnen die Hiobsbotschaft von der Schwangerschaft überbringen. Sicherheitshalber werde ich unsere hochgeschätzte Staatsanwältin nachher begleiten. Einfach, um zu gucken, wie die Familie reagiert.«

»Da wird die Bispingen ganz bestimmt begeistert sein«, murmelt Sven und verlässt den Raum.

Montag, 29. Juli, 11.13 Uhr, Nordseeklinik, Westerland

Während Sven durch die Klinikgänge eilt, ist der nächtliche Mordfall in aller Munde. Die Patienten, die bereits ihre Betten verlassen dürfen, haben sich in den Aufenthaltsräumen zusammengefunden und stecken aufgeregt die Köpfe zusammen. Auch die Schwestern und Pfleger tuscheln, was das Zeug hält. Sven achtet nicht darauf. Er hat immer noch Mühe damit, die Eindrücke aus dem Sektionssaal zu verdrängen. In der Krankenhausluft scheinen sie wieder plastisch zu werden. Der Geruch nach Mull und Desinfektionsmittel erinnert Sven nur zu sehr an den beißend süßen Gestank des Todes. Und das Bild, wie Bernstein seine Hände in den Unterleib der jungen Frau versenkt, wird sich wohl nie von Svens innerer Festplatte löschen lassen.

Er ist heilfroh, dass er eine konkrete Aufgabe hat. Mit schnellen Schritten hastet er weiter, bis er zur Klinikverwaltung gelangt. Vor einem schmalen Tresen wird der Oberkommissar unwirsch gestoppt. Eine üppige Angestellte mit abenteuerlich lackierten Fingernägeln blickt ihn abschätzig an. Ihre Haare sind viel zu blond und mit Tonnen von Haarspray fixiert.

»Halt, Momentchen mal. Was wollen Sie denn hier?«

Sven lässt sich nicht aus der Ruhe bringen und legt ihr seinen Dienstausweis vor. »Winterberg mein Name. Kripo Westerland. Ich habe ein paar Fragen an Sie.«

»Nur zu.« Der Tonfall der Blonden ist jetzt deutlich freundlicher. *Wahrscheinlich hofft sie auf ein paar Insiderinfos*, denkt Sven.

»Ich brauche alle Angaben, die Sie zu dem Bestattungsunternehmer haben, der gestern die Leiche Adnan Jasharis übernommen hat.«

»War das nicht der Schönling aus dem Schmuckgeschäft?«

»Ganz recht. Wenn Sie bitte so freundlich wären …«

»Dürfen wir nicht rausgeben, tut mir leid«, ist die knappe Antwort. Begleitet wird sie von einem Blick, der eher lauernd als bedauernd ist.

Sven tritt ganz nah an den Tresen heran und erklärt mit drohender Stimme: »Also jetzt lassen Sie mal die Kirche im Dorf. Es geht darum, denjenigen zu fassen, der in der vergangenen Nacht hier im Haus die junge Schwester umgebracht hat. Da werden Sie doch mithelfen wollen?«

»Aber der, dem sie hinterhertelefonieren wollen, ist ja

selbst tot. Und das schon länger. Der wird sie wohl kaum auf dem Gewissen haben«, ist die schnippische Antwort.

»Gute Frau, bitte lassen Sie die Kripo einfach ihre Arbeit machen. Sie müssen doch ein Übergabeprotokoll für die Leiche von Adnan Jashari haben. So ist das in Deutschland geregelt. Suchen Sie einfach das Protokoll raus, und um den Rest kümmere ich mich dann.«

Grummelnd beginnt die Verwaltungstante in diversen Schüben hinter ihrem Tresen zu wühlen. Dabei schimpft sie leise vor sich hin. »Als ob ich nichts Wichtigeres zu tun hätte.« Schließlich knallt sie das letzte Schubfach mit einer energischen Bewegung zu, richtet sich auf und erklärt mürrisch: »Finde ich jetzt nicht. Da müssen Sie sich noch etwas gedulden.«

»Nein, ich gedulde mich nicht. Und Sie suchen sofort und so lange, bis Sie die Unterlagen finden. Ich warte. Adnan Jashari wurde erst gestern abgeholt, da kann das ja nicht allzu schwierig sein.«

Langsam richtet sich die Blonde auf und bedenkt Sven mit einem vorwurfsvollen Blick. »Gestern ... ach so«, sagt sie gedehnt. »Dann ist der Vorgang wahrscheinlich noch gar nicht bearbeitet.«

»Soll heißen?«

Mit aufreizender Trägheit greift sie in einen der Ablagekörbe vor sich. Die Fingernägel fahren durch den Papierstapel, und wenige Sekunden später wedelt sie mit dem gesuchten Übergabeprotokoll vor Svens Nase herum. Er reißt ihr das Schriftstück aus der Hand und dreht sich zur Tür um. Ihr empörtes: »Das kann ich aber nicht einfach so rausgeben!« ignoriert er, weil er bereits auf seinem Handy die Nummer des Bestattungsinstituts eintippt.

205

Montag, 29. Juli, 11.27 Uhr,
Wagner-Bestattungen, Berlin

Christian Wagner sitzt in seinem Büro und schwitzt.

Am liebsten würde er das schwarze Jackett, das ihm ohnehin viel zu eng ist, ausziehen und die Hemdsärmel hochkrempeln. Es ist noch nicht mal mittags und schon unerträglich schwül draußen – und in seinem Ladengeschäft gibt es keine Klimaanlage. Nur hinten, wo die Toten wohnen, läuft die Kühlung. Vielleicht sollte er dort kurz mal nach dem Rechten sehen. Aber wenn er sich zu lange im hinteren Bereich aufhält, räumen sie ihm vorn den Schreibtisch aus. Ist alles schon vorgekommen. Neukölln ist eben nicht Grunewald, und wer hier nicht aufpasst, hat schon verloren. Selbst das Abschließen der Ladentür hilft nicht unbedingt. Einem Kollegen haben zwei junge Araber letztens kurzerhand die Schaufensterscheibe eingeworfen, sich den Rechner geschnappt und sind so schnell getürmt, dass er nur noch den Auspuff ihres Mofas knattern hören konnte, als er, vom Lärm aufgeschreckt, aus dem Hinterzimmer zurückrannte.

Christian Wagner streicht sich den Schweiß von der Stirn und denkt verbittert: *Aber nicht mit mir.* Er kennt die Brüder genau. Klauen wie die Raben und sind auch noch stolz darauf. Ein Großteil seiner Kundschaft besteht aus Arabern, was ja klar ist, denn wer sonst wohnt noch freiwillig in diesem Teil von Neukölln. Da wäre es in Bagdad wahrscheinlich kuschliger, überlegt Wagner, oder in Tripolis oder wie diese Städte alle heißen. Aber er will nicht klagen. Gestorben wird überall, und die Moslems machen sogar einen besonderen Kult daraus. Sie waschen ihre Toten selbst und kleiden sie ein. Sie gehen ehrfürchtig mit den Verstorbenen um. Nicht so nachlässig wie mittlerweile viele Deutsche, die ihre Angehörigen einfach anonym auf irgendwelchen Wiesen verscharren und sie vorher zum Verbrennen nach Polen schaffen lassen, weil die Krematorien dort billiger arbeiten.

Gerade gestern hat ein libanesischer Kunde sogar darauf bestanden, den Bestattungswagen nach Sylt zu begleiten, um seinem toten Bruder persönlich das letzte Geleit zu geben. Kommt sonst nur bei Staatspräsidenten und Königen vor. Christian Wagner muss bei dem Gedanken daran grinsen, dass er die Gelegenheit genutzt hat, seinen nicht mehr ganz so fitten Ersatz-Leichenwagen auf die Reise zu schicken. Wenn es ohnehin eine Eskorte gibt, dann wird ja wohl auch die eine oder andere Starthilfe drin sein. Vielleicht hilft die längere Fahrt der dauerschlappen Batterie sogar langfristig wieder auf die Sprünge. Seinen zweiten fitteren Wagen kann er hier in Berlin unbesorgt allein auf Tour schicken. Der bleibt nicht irgendwo im dicksten Gewühl stehen und verursacht ein Verkehrschaos.

Merkwürdig ist nur, dass die Sylter Truppe immer noch nicht zurück ist.

Als Christian Wagner gerade anfängt, sich Sorgen zu machen, klingelt sein Telefon. Er meldet sich ernst und mit getragener Stimme. Wer gerade einen Angehörigen verloren hat, braucht keine Gute-Laune-Ansage. Aber der Anruf kommt von der Sylter Polizei.

»Ist etwas passiert? Mit dem Wagen, meine ich?«

»Keine Ahnung. Sagen Sie es mir.« Die Stimme des Polizisten hört sich energisch an und so, als verstehe er keinen Spaß.

207

»Also eigentlich sollten die längst zurück sein. Gestern schon. Ich weiß auch nicht, was …« *Mist*, denkt Wagner, *jetzt ist die Karre wahrscheinlich total verreckt, und die Polizei kriegt mich ran.*

»Haben Sie die Handynummer von Ihrem Fahrer?«

»Klar. Momentchen …« Hektisch sucht Wagner nach seinem Handy, während der Polizist am Festnetzanschluss wartet. »Edgar heißt er übrigens. Edgar Reuther mit th, wenn Sie es genau wissen wollen. Für uns einfach Eddy.« Schließlich findet Wagner das Handy, ruft den Kontakt auf und gibt die Nummer weiter.

»Okay, danke, ich melde mich wieder.«

Und schon ist die Verbindung tot.

Wagner klingelt natürlich sofort bei Eddy durch. Eddy arbeitet schon ewig für ihn und ist ebenso zuverlässig wie cool. Er macht nur Stress, wenn es sich gar nicht umgehen lässt. Sonst regelt er alles allein und lässt Wagner in Ruhe.

»Allet in Butter, Boss«, kommt prompt Eddys tiefe Stimme aus dem Handy. »Sind jerade uf diesem komischen Autozuch. Müssten aber jleich in Niebüll ankommen. Die Karre hat natürlich wieder rumjemuckt. Hat uns 'ne volle Nacht jekostet. Fand der Kunde natürlich nich so prickelnd. Hat sich aber wieder einjekricht.«

»Halt's Maul und hör mir zu«, unterbricht ihn Christian Wagner ungeduldig. »Die Bullerei hat gerade bei mir angerufen. Die melden sich gleich bei dir. Irgendwas ist mit deinem Toten nicht koscher. Genaueres weiß ich nicht. Also sei schön friedlich, und mach alles, was die sagen. Der Typ klang nicht so, als würde er Spaß verstehen.«

Eddy gluckst.

»Lach nicht, Mann. Ich mein's ernst.«

»Schon klar, Boss. Mach dir mal keenen Kopf. Ick regle dit schon. Kennst mir doch.«

»Eben«, kann Christian Wagner gerade noch antworten, dann wird bei Eddys Anschluss angeklopft, und der Fahrer unterbricht die Verbindung.

Montag, 29. Juli, 11.29 Uhr, Listlandstraße, Kampen

Elsbeth von Bispingen gibt Gas. Richtig Gas. Der Tacho steht schon bei 120 km/h, aber das ist ihr egal. Gerade ist rechts das Wäldchen vorbeigerauscht, das die Vogelkoje umgibt, und nun liegt die freie Strecke hinauf nach List vor ihr. Die Rennstrecke der Insel.

Dabei hat es Elsbeth gar nicht eilig, ganz im Gegenteil. Es ist nicht so, dass sie unbedingt möglichst schnell bei ihrem Bruder in List ankommen möchte. Sie rast durch die Sylter Landschaft, weil sie ihren Selbstvorwürfen und ihren Schuldgefühlen entfliehen will. Elsbeth kann spüren, wie die Wirkung der Beruhigungstablette nachlässt, die Fred ihr letzte Nacht verpasst hat. Und das macht ihr Angst. Der tröstliche Nebel hebt sich, und was liegt darunter? Entsetzen und Abscheu über die schreckliche Tat. Mitleid mit Norbert und seiner Familie.

Vor allem aber die Frage nach dem Warum.

Diese Frage stellt sich natürlich bei jedem Mordfall, doch heute ist alles anders. Elsbeths professionelles Interesse wird überlagert von einer Mischung höchst unprofessioneller Gefühle. Wie soll sie da objektiv bleiben? Sie müsste den Fall abgeben, sofort. Aber irgendetwas sperrt sich in

209

ihr dagegen. Vielleicht ist es die Reue darüber, dass sie sich nicht früher eingemischt, sich nicht früher gekümmert hat. Jetzt ist es zu spät, und das Einzige, was sie noch für ihren Bruder tun kann, ist, dafür zu sorgen, dass dieses schreckliche Verbrechen aufgeklärt und der Täter zur Rechenschaft gezogen wird.

Und das wird sie, verdammt nochmal, auch tun!

Mittlerweile ist die Tachonadel auf 150 geklettert. *Wenn sie mich jetzt erwischen, gibt's richtig Ärger*, denkt Elsbeth und tritt das Gaspedal weiter durch. Doch dann kommt links die große Wanderdüne in Sicht, ein Kleinbus auf der Gegenfahrbahn blendet die Scheinwerfer auf, und rechts erheben sich die Hügel der Westerheide. Elsbeth beißt die Zähne zusammen und zwingt sich, das Tempo zu drosseln.

Mit mahlenden Kiefern fährt sie in den Ort hinein. Die Sonne der letzten Tage hat sich unter einem bleiernen Himmel versteckt, selbst der Ostwind ist zum Erliegen gekommen. Jede Bewegung der Menschen jenseits ihrer Autoscheiben wirkt auf Elsbeth wie ferngesteuert. Schattenlose Avatare, die sich durch den Vormittag schieben. Bunt gekleidete Aliens, die in einer Endlosschleife Geschäfte betreten und wieder verlassen, die Straße überqueren oder ihre vollautomatischen Schlüssel zücken, um die wartenden Autos aufblinken zu lassen.

Das kann doch alles nicht wahr sein, denkt die Staatsanwältin. *Erst letzte Nacht musste ich Norbert und seiner Frau den Tod ihres Kindes mitteilen. Ich dachte, das sei bereits die absolute Höchststrafe – und jetzt das.*

Als Bastian Kreuzer ihr am Telefon von Neles Schwangerschaft erzählt hat, wollte sie es erst nicht glauben. Doch dann ging ihr ein Licht auf. Der Bulimie-Verdacht. Wie

falsch sie selbst und auch die Familie die Begleiterscheinun-
gen einer Frühschwangerschaft gedeutet haben! Tödlich
falsch. Niemand kam darauf, dass Nele nichts aß, weil ihr
schlecht war. Dass sie sich übergeben musste, weil ihre Hor-
mone verrücktspielten. Vielleicht waren die sich häufenden
Wutanfälle der letzten Zeit, von denen ihr Bruder berichtet hat, auch einfach nur eine Folge der Hormonumstellung.

Vielleicht dachte Nele darüber nach, abzutreiben. Oder
sie wollte die Schwangerschaft nicht wahrhaben. Nächsten
Monat wäre sie siebzehn geworden. Vermutlich war Nele so
überfordert, dass sie einfach nicht wusste, was sie machen
sollte.

Und jetzt ist es zu spät. Jetzt ist alles zu spät. Nele ist
tot und das ungeborene Kind ebenfalls. Elsbeth muss den
Impuls unterdrücken, wieder aufs Gaspedal zu steigen und
viel zu schnell um die nächste Kurve zu rauschen.

*Ich schaffe das alles nicht, es geht über meine Kräfte. Sieht
das denn niemand? Fred hat es gesehen,* korrigiert sie sich. *Und
er hat gesagt, dass ich das kann. Dass ich stark genug bin für
das, was vor mir liegt. Darauf muss ich jetzt vertrauen, sonst
ist alles aus.*

Inzwischen ist Elsbeth am Königshafen angekommen.
Der rummelige Abschnitt rund um die Fährstation und die
große Gosch-Meile liegen hinter ihr. Hier gibt es keine aufgemotzten Reetdachhäuser mehr, es dominieren zweistöcki-
ge Reihenbauten mit mehreren Wohnungen, in denen die
Einheimischen wohnen. Elsbeth parkt vor dem Haus ihres
Bruders, stellt den Motor ab und legt beide Hände aufs
Lenkrad. Sie lehnt sich zurück und atmet ein letztes Mal
tief durch. *Konzentration jetzt!*

Montag, 29. Juli, 11.32 Uhr,
Alte Dorfstraße, List

Während er seinen Wagen parkt, kann sich Bastian Kreuzer ein Schmunzeln nicht verkneifen. *Die Kollegen aus Niebüll sind bestimmt ganz begeistert. Einen Leichenwagen und einen tobenden Araber mit seiner vollverschleierten Fast-Schwägerin zurück auf die Insel begleiten – das ist doch mal was. So viel Abwechslung haben die sonst selten,* denkt er amüsiert.

Auch wenn es knapp war, ist es ihnen gelungen, alle erforderlichen Informationen zusammenzubekommen. In einer guten Stunde wird also die Jashari-Leiche zurück auf der Insel sein.

Doch vorher muss noch das Gespräch mit Nele Bredstedts Familie stattfinden. Suchend sieht sich Bastian um. Elsbeth von Bispingens roter BMW parkt ganz in der Nähe, nur von der Staatsanwältin ist nichts zu sehen.

Sie wird doch nicht …?, schießt es Bastian druch den Kopf. Empört stürzt er zur Tür des Mehrfamilienhauses. Der Summer geht sofort. Als habe jemand bereits auf seine Ankunft gewartet. Der Hauptkommissar drückt die Haustür auf und stürmt die Treppe hinauf zur Wohnung der Bredstedts. Er kocht vor Wut, weil sich die Bispingen nicht an ihre Abmachung gehalten hat.

»Wir treffen uns vor dem Haus und gehen dann zusammen hoch«, hat er vorgeschlagen, um sicherzustellen, dass die Staatsanwältin und er Neles Familie gemeinsam von der Schwangerschaft erzählen.

Und jetzt das! Bastian nimmt mit jedem Schritt zwei

Treppenstufen auf einmal. Wenn die Bispingen im Vorfeld irgendwelche Absprachen mit ihrem Bruder trifft, kann das alles versauen. *Der Typ ist verdächtig, verdammt nochmal, das muss sie doch wissen!*

Oben steht Norbert Bredstedt schon in der offenen Tür. Er ist blass, wirkt aber gefasst. Mit einer matten Geste bittet er Bastian herein. Im Wohnzimmer sitzt Neles Mutter auf einer Couch, die mit cremefarbenem Cord bezogen ist. Sie trägt eine schwarze Hose und einen schwarzen Rollkragenpullover und tupft sich mit einem Papiertaschentuch die Augen ab. Ihr Gesicht ist geschwollen, die Augen sind stark gerötet. Sie nickt Bastian kurz zur Begrüßung zu, sagt aber kein Wort, nur ihr Oberkörper schwankt ganz leicht. Die ältere Tochter des Paares ist nicht zu sehen. Und die Bispingen auch nicht.

»Wo ist Ihre Schwester?«, wendet sich Bastian an Norbert Bredstedt. »Eigentlich wollte ich sie hier treffen.«

»Elsbeth? Keine Ahnung?« Er klingt ehrlich überrascht.

»Ihr Wagen steht vor der Tür ...«, beginnt Bastian, wird aber vom Schellen der Türglocke unterbrochen.

»Das wird sie sein.« Norbert Bredstedt wendet sich ab, um zu öffnen. Er wirkt erleichtert.

Wenige Sekunden später betreten die Geschwister gemeinsam den Raum. Elsbeth von Bispingen nickt Bastian kurz zu und murmelt: »Sorry, aber ich brauchte noch ein paar Minuten für mich allein.« Dann setzt sie sich zu ihrer Schwägerin auf die Couch und greift nach deren Hand. Auch die Staatsanwältin trägt schwarz, nur dass es bei ihr eher aufreizend aussieht und ihre roten Locken umso üppiger leuchten lässt.

»Wir müssen euch noch etwas sagen«, beginnt Elsbeth von

213

Bispingen leise. »Aber vorher wüsste ich gern, wo Nathalie ist.«

»Schläft noch, glaube ich«, murmelt ihre Schwägerin.

»Könntest du sie wecken und herholen?«, wendet sich Elsbeth an ihren Bruder.

Norbert Bredstedt guckt verstört, tut aber umgehend, worum ihn seine Schwester gebeten hat.

Zwei Minuten vergehen, in denen niemand etwas sagt und Elsbeth nur ab und an die Hand der trauernden Mutter streichelt, dann betritt Nathalie Bredstedt den Raum. Sie hat zwar ein geringeltes Schlafshirt an und ist barfuß, sieht aber nicht besonders verpennt aus, findet Bastian. *Wahrscheinlich hat sie schon eine Stunde an ihrem Handy gedaddelt*, überlegt er. Nathalie geht mit schnellen Schritten zum Fenster und stellt sich mit dem Rücken ans Licht. *Cleverer Schachzug, jetzt kann niemand von uns ihre Gesichtszüge richtig erkennen.*

Aber es ist zu spät, um daran etwas zu ändern, denn schon ergreift Elsbeth von Bispingen das Wort. »Ein Arzt hat Nele nach ihrem Tod untersucht«, beginnt sie rücksichtsvoll. Ihre Stimme klingt warm und anteilnehmend. Trotzdem sind plötzlich alle Augen auf sie gerichtet, als spüre die Familie, dass da noch etwas kommt.

»Nele war schwanger. Im dritten Monat«, sagt die Bispingen leise.

»Sie war sechzehn, Hergott nochmal. Das kann doch gar nicht sein! Sie hatte doch gar keinen Freund …« Norbert Bredstedt verstummt, schlägt sich die Hand vor den Mund. Die Geste hat etwas abstrakt Theatralisches, findet Bastian.

Neles Mutter zeigt überhaupt keine Reaktion. Nur ihre

Augen, die bisher wie heimatlos durch den Raum geirrt sind, fixieren plötzlich Nathalie.

»Hast du das gewusst?«, fragt sie die Tochter mit tonloser Stimme.

Nathalie lässt sich Zeit mit ihrer Antwort. Sie schiebt den Unterkiefer nach vorn, als müsse sie eine unerwünschte Aggression unterdrücken. Schließlich sagt sie: »Gewusst nicht, aber irgendwie geahnt vielleicht.«

»Warum hast du nichts gesagt?«, fragt ihr Vater. Inzwischen laufen ihm Tränen über das ganze Gesicht, die er weder wegwischt noch irgendwie zu verbergen sucht.

»In diesem Irrenhaus? Was sollte das bringen?«, erwidert sie trotzig. »Außerdem wäre es doch wohl Neles Aufgabe gewesen, etwas zu sagen, oder?«

»Hast du mit ihr darüber gesprochen?«, will die Staatsanwältin wissen.

Nathalie schüttelt den Kopf, besinnt sich dann aber.

»Einmal hab ich eine Andeutung gemacht. Sie hat mich angeguckt, als ob sie mich umbringen wollte. Ihr kennt ja ihre legendären Wutausbrüche. Also hab ich lieber die Klappe gehalten.«

»Wann war das?« Elsbeth von Bispingens Stimme klingt jetzt streng und scharf.

»Keine Ahnung. Vor zwei Wochen vielleicht. Wir haben Mama gemeinsam ins Bett gebracht, und als sie endlich lag, ist Nele ins Bad gerannt, um zu kotzen. Da hab ich halt nachgefragt.« Nathalie Bredstedt vermeidet es sorgsam, den Blick ihrer Mutter zu erwidern. Umso überraschter sind alle im Raum, als diese sich erhebt, mit vorsichtigen Schritten auf Nathalie zugeht und ihr, ohne zu zögern, eine Ohrfeige verpasst.

»Spinnst du?«, faucht sie ihre Mutter an. Aber die dreht sich nur um und verlässt ohne ein weiteres Wort den Raum.

Montag, 29. Juli, 11.46 Uhr, Haus am Dorfteich, Wenningstedt

Als Fred Hübners Handy klingelt, ist er sofort am Apparat.

»Betsy, endlich! Wie war es?«

»Grauenvoll. Einzelheiten willst du gar nicht wissen, glaub mir. Aber ich hab auch keine Zeit dafür. Ich brauche deine Hilfe, jetzt sofort.«

Fred unterdrückt ein Schmunzeln, es wäre ohnehin unangebracht gewesen, und setzt sich auf sein Ledersofa.

»Was soll ich tun?«

»Dieser Tarek kommt zurück nach Sylt. Mit Adnans Leiche und dessen Verlobter. Hat mir Kreuzer gerade erzählt.«

»Okay …«

»Die Kommissare werden sie vernehmen, aber sie können die beiden nicht festsetzen. Dafür gibt's keine Handhabe und von mir auch keine Genehmigung. Und weil keine Gefahr im Verzug ist, kann Kreuzer auch nicht eigenmächtig handeln. Das heißt, der Bruder von dem Arsch, der aller Wahrscheinlichkeit nach meine Nichte geschwängert hat, läuft nach der Vernehmung ein paar Stunden lang frei über die Insel. Und ich will verdammt nochmal wissen, was er hier tut.«

»Halt, Moment. Das geht mir jetzt zu schnell. Woher willst du wissen, dass Adnan wirklich der Kindsvater ist?«, beginnt Fred, wird aber sofort unterbrochen.

»Sie war schwanger, und man hat ihre Fingerabdrücke in seiner Wohnung gefunden. Reicht dir das?«, faucht Elsbeth.

»Du bist hier die Staatsanwältin«, antwortet Fred vorsichtig.

»Genau. Und eigentlich müsste ich den Fall sofort abgeben. Es sei denn, die Ereignisse überschlagen sich, und wir können das Ganze megaschnell aufklären. Und dafür brauche ich dich. Bitte enttäusch mich jetzt nicht.«

»Ich will tun, was ich kann. Wann kommen sie hier an, weißt du das?«

»Sie sind auf dem nächsten Autozug. Aber zunächst müssen sie ins Kommissariat. Wenn du irgendwo in der Nähe wartest, kannst du sie gar nicht verfehlen.«

»Haben die einen Wagen?«

»Ich denke schon.«

»Ich bin Radfahrer, wie du weißt.«

»Dann lass dir was einfallen, verdammt nochmal!«

Fred seufzt. Widerstand zwecklos. »Alles klar. Ich mach mich sofort auf den Weg. Und Elsbeth – halt die Ohren steif, hörst du?«

Anstelle einer Antwort hört Fred ein merkwürdiges Geräusch, dass sich verdächtig nach einem Schluchzen anhört. Dann wird die Verbindung unterbrochen.

Montag, 29. Juli, 11.50 Uhr, Sylt Shuttle, Bahnhof, Westerland

Der Leichenwagen fährt zuletzt vom Autozug. Sven Winterberg und Silja Blanck stehen direkt neben der Abfahrtsrampe und winken das schwarze Auto zur Seite. Neben den beiden Ermittlern parkt bereits der Streifenwagen mit den beiden Kollegen aus Niebüll auf den Vordersitzen. Im Fond befinden sich Tarek Jashari und Amira Ibrahim. Sie gestikulieren wild, und es ist nicht zu übersehen, dass die Kollegen sie gerade am Aussteigen hindern.

»Spätestens jetzt wissen wir, warum der Herrgott die Kindersicherung geschaffen hat«, bemerkt Sven lakonisch. Tarek Jasharis weißer BMW steht nur ein paar Meter entfernt. Am Steuer sitzt ein weiterer Kollege vom Festland.

»Die haben doch glatt das Auto beschlagnahmt«, stellt Silja schmunzelnd fest.

Sven seufzt. »War vielleicht ein bisschen übergriffig. Aber das kriegen wir schon wieder hin.« Dann tritt er an das Seitenfenster des Leichenwagens, der direkt neben ihnen gehalten hat. Der Fahrer lässt in aller Ruhe die Seitenscheibe herunter, steckt seinen Kopf heraus und guckt erst Sven, dann Silja mit ausdruckslosem Gesicht an.

»Sven Winterberg, Kriminalpolizei Westerland.« Er deutet auf Silja, die kurz nickt. »Meine Kollegin Silja Blanck. Wir haben Sie schon erwartet.«

»Is ja super. Edgar Reuther, meen Name. Reuther mit th. Wat jib's 'n so Dringendet?«, antwortet der Fahrer unwirsch. »Ick hatte nämlich 'n eindeutjen Uftrag. Der Tote sollte nach Berlin und nich bei de Friesen immer hin und her kutschiert werden. So 'ne Leiche bleibt ooch nich ewich frisch, wenn Se wissen, wat ick meene.«

»Machen Sie sich darum mal keine Sorgen, guter Mann«, entgegnet Sven, bevor er den Wagen umrundet und auf der Beifahrerseite einsteigt. »Fahren Sie erst mal los. Ich sage Ihnen dann schon, wo wir hinmüssen.«

»Und meene Uftragjeber?« Unwirsch weist Reuther hinüber zu dem Streifenwagen. »Wer blecht eijentlich meene Fuhre, wenn Sie die beiden da hinten hopsnehmen?«

»Davon kann vorerst keine Rede sein«, beschwichtigt ihn Sven. »Wir wollen Frau Ibrahim und Herrn Jashari nur verund nicht hopsnehmen.« Sven grinst den Leichenwagenfahrer kumpelhaft an, aber der lässt sich nicht so einfach beruhigen.

»Dit saren Sie jetze. Aber man weeß ja ausse Glotze, wie schnell diese Araber hinter Jittern landen. Irjendwat ham die Brüder doch immer uf'm Kerbholz.«

»*Das* haben jetzt aber Sie gesagt …«, entgegnet Sven streng. Dann winkt er Silja noch einmal kurz zu. Bevor sie aus seinem Blickfeld entschwindet, kann er sehen, wie sie zu dem Kollegen in den weißen BMW steigt.

Inzwischen hat der Leichenwagenfahrer die Zubringerstraße hinter sich gelassen und wartet als Letzter in der Schlange vor der Ampel. Er klopft eine Zigarette aus seiner Packung und steckt sie sich an. Mit einer beiläufigen Geste weist er nach hinten, wo der Sarg steht. »Den stört's bestimmt nich mehr. Hat sicher och gequarzt wien Schlot. Bei die Araber jilt dit noch als männlich. Nur in Deutschland machen alle son Jewese um die Jesundheit. Irjendworan müssen wa doch sterben, sach ick immer. Entlastet och die Rentenkassen.«

Als Sven nicht reagiert, mustert der Fahrer ihn von der Seite. »Nüscht für unjut, aber is doch so«, murmelt er und nimmt noch einen tiefen Zug. Dann bläst er Sven den Qualm seiner Zigarette ins Gesicht.

Der runzelt leicht die Stirn, beschließt aber, sich besser nicht provozieren zu lassen. »Welchen Eindruck hatten Sie von Herrn Jashari und Frau Ibrahim?«, erkundigt er sich stattdessen in sachlichem Ton.

»Na von ihr jar keenen«, ist die prompte Antwort. »Oder ham Sie schon mal mit 'nem Sehschlitz jeflirtet?«

Mit Mühe gelingt es Sven, ernst zu bleiben. »Und von Herrn Jashari? Ich nehme an, dass nur er mit Ihnen geredet hat.«

»Der war voll sauer wegen unserer Verzöjerung. Hat ziemlich rumjeflucht.«

»Verzögerung?«

»Die Karre wollte nich mehr. Die Batterie war platt. Sonst wärn wir schon längst wieder in Berlin jelandet.«

»Die Batterie war platt? Passiert Ihnen das öfter?«

»Steckste nich drin«, antwortet der Fahrer schulterzuckend. »Obwohl ick diesma echt überrascht war. Hab se vorher extra noch uffjeladen.«

»Verstehe.« Sven denkt kurz nach, dann fragt er vorsichtig: »Fanden Sie die Aufregung von Herrn Jashari dem Anlass angemessen oder vielleicht ein wenig übertrieben?« *Klassische Suggestivfrage*, schießt es Sven durch den Kopf. *Gut, dass die Bispingen mich jetzt nicht hören kann.*

Aber Edgar Reuther lässt sich nicht so schnell aufs Glatteis führen. Er zuckt erneut mit den Schultern und verdreht die Augen. »Wat weeß ick schon über anjemessene oder übertriebene Uffrejung. Aba wenn Set jenau wissen wolln, dann kann ick Ihnen sagen, dit die Tante da unterm Schleier den jungen Heißsporn janz jut im Jriff hat. Bestimmt drei Mal hat sie ihn am Ausrasten jehindert.«

»Und wie hat sie das gemacht?«

Edgar Reuther lässt sich mit der Antwort Zeit. Er zieht noch einmal in aller Ruhe an seiner Zigarette, grinst dann abschätzig und sagt schließlich: »Die musste nur ihre Hand aus'm Schleier wühlen und ihm uffe Schulter packen, denn war der ruhich. Janz plötzlich, so als ob se ihm verzaubert hätte. Ick fand det ziemlich unheimlich, ehrlich jesacht. Aber jeht mir ja nüscht an, oder?«

»Interessant«, murmelt Sven und nimmt das Handy aus der Tasche, um Silja die Information zu simsen. Plötzlich bereut er seine Suggestivfrage gar nicht mehr.

Montag, 29. Juli, 12.00 Uhr, Kriminalkommissariat, Westerland

Stocksteif sitzen Tarek Jashari und Amira Ibrahim nebeneinander vor Silja Blancks Schreibtisch. Der junge Libanese mit dem Kurzhaarschnitt verzieht keine Miene. Er schaut konsequent an der Kommissarin vorbei. Auch seine Beinahe-Schwägerin sitzt kerzengerade auf ihrem Stuhl. Ihr dunkles Gewand lässt nur die Schuhspitzen sehen. Irritiert entdeckt Silja schwarze Lacksneaker mit Plateausohlen. Immerhin passt die Farbe zu der Ganzkörperverhüllung, in der sich Amira Ibrahim ausgesprochen wohl zu fühlen scheint. Sie hat selbst die Hände unterm Tschador verborgen, und der zusätzliche Gesichtsschleier erlaubt der Kommissarin nur den Blick in sorgfältig geschminkte Augen, die sie unverwandt anstarren.

»Wenn Sie sich noch einen kleinen Augenblick gedulden wollen, mein Kollege muss gleich hier sein«, sagt Silja freundlich. Als keine Reaktion kommt, fügt sie fragend an: »Sie verstehen doch beide Deutsch, oder brauchen wir einen Dolmetscher?«

221

»Das ist nicht nötig.« Die Antwort Amira Ibrahims kommt klar und entschieden hinter dem Gesichtsschleier hervor. In ihrer Stimme klingt keinerlei Akzent mit, wie Silja erstaunt feststellt.

Polternd platzt Bastian in das neuerliche Schweigen hinein. »Sorry, das Gespräch mit der Familie Bredstedt hat länger gedauert.« Der Hauptkommissar wirft sich in seinen Schreibtischstuhl und sitzt nun seitlich, fast ein wenig hinter den beiden Besuchern. Trotzdem wenden sie sich sofort Bastian zu, als sei Silja plötzlich zu Luft geworden.

»Bredstedt«, fährt Bastian ohne Unterbrechung fort. »Ich nehme an, der Name sagt Ihnen etwas?«

Fast simultan schütteln Tarek und Amira die Köpfe.

»Nele Bredstedt war sechzehn Jahre alt und ist in der letzten Nacht ermordet worden. Und es wäre durchaus möglich, dass Adnan Jashari ein Verhältnis mit ihr hatte.«

Silja beobachtet genau, was jetzt passiert. Tarek Jashari runzelt die Brauen, legt den Kopf schief und öffnet fragend den Mund. Aber er tut all dies langsam, so als müsse er erst darüber nachdenken, was dies für ihn bedeuten könne. Oder als gehe ihn die ganze Sache herzlich wenig an. Amira Ibrahims Reaktion wirkt dagegen schon authentischer. Ihr Kopf fährt ruckartig zu Silja herum, die Augen sind fragend aufgerissen. *Sag du mir, ob das wirklich wahr ist.*

Silja nickt. Doch bevor sie etwas anmerken kann, redet Bastian schon weiter. »Nele Bredstedt war schwanger. Und wir müssen prüfen, ob Adnan der Vater ihres Kindes war.«

»Wer behauptet das!?« Tareks Stimme klingt aggressiv, als sei er kurz davor, die Geduld zu verlieren.

»Bisher niemand. Aber es gibt eben diesen Verdacht. Das

ist einer der Gründe, warum wir die Leiche Ihres Bruders wieder zurückbeordert haben«, erklärt Bastian.

»Einer der Gründe …? Und die anderen?«

Silja weiß genau, dass es keine weiteren Gründe gibt, trotzdem blättert sie jetzt eifrig in dem Ordner, der vor ihr liegt. Ein bisschen Verunsicherung hat noch nie geschadet. Prompt trifft sie ein forschender Blick aus schwarz umrandeten Augen. Silja lächelt Amira Ibrahim harmlos zu und schießt dann ihre erste Frage ab.

»Wo haben Sie beide die letzte Nacht verbracht?«

»In Tinnum, ganz in der Nähe vom Bahnhof«, brummt Tarek.

»Sie haben gemeinsam in einem Zimmer geschlafen?« Bastian hebt erstaunt die Brauen. »Ist das nicht gegen Ihren … äh … Ehrenkodex?«

»Es gab auf der ganzen Insel nur dieses eine Zimmer.«

So dumm, dass er sich ohne weiteres provozieren lässt, ist er schon mal nicht, denkt Silja enttäuscht. Zu ihrer großen Überraschung ergreift nun Amira Ibrahim das Wort. Ihre Stimme klingt zögernd, fast bittend.

»Wir stehen unter großem Druck. Das müssen Sie verstehen. Adnan muss beerdigt werden, wir wollen unseren Ritus vollziehen. Und Sie beschmutzen ohne Beweise sein Andenken.«

»Sie waren mit ihm verlobt, ich weiß«, antwortet Silja sanft. »Es ist sicher schwer für Sie. Aber ich denke doch, dass auch Sie ein Interesse daran haben, seinen Mörder zu finden.«

Amira nickt und senkt den Kopf.

Dafür erklärt Tarek mit scharfer Stimme: »Aber der Mörder dieser jungen Frau geht uns nichts an. Und selbst wenn

Adnan der Vater ihres Kindes gewesen sein sollte. Er kann sie ja wohl kaum umgebracht haben. Also, was wollen Sie von uns?«

»Fürs Erste reicht mir die Adresse Ihrer Unterkunft von letzter Nacht«, antwortet Bastian freundlich, aber bestimmt. »Hat der Fahrer des Leichenwagens übrigens auch dort geschlafen?«

»Es war das einzige freie Zimmer, oder hören Sie mir nicht zu?«, faucht Tarek.

»Er hat in seinem Auto geschlafen, glaube ich«, beschwichtigt Amira.

»Okay, lassen wir das.« Bastian, der bisher entspannt in seinem Schreibtischstuhl gelehnt hat, setzt sich jetzt auf und beugt sich weit über den Tisch. »Es gibt eine weitere Sache, die ich mit Ihnen besprechen muss. Wir haben einen deutlichen Hinweis darauf, dass beide Morde zusammengehören.«

»Tatsächlich?« Tarek Jasharis Stimme klingt außerordentlich zweifelnd.

»Sowohl Ihr Bruder als auch Nele Bredstedt hatten im Tod Juwelen in Augen und Mund«, sagt Bastian langsam. Er blickt von Tarek zu Amira und wieder zurück, um deren Reaktion zu prüfen. »In beiden Fällen gehörten die Juwelen zum Bestand von Carina Bischoffs Geschäft. Im zweiten Fall handelte es sich um Schmuckstücke, die in der ersten Mordnacht aus dem Juwelierladen entwendet worden sind.«

»Ja und?« Tarek Jashari wirft sich in seinem Stuhl zurück und blickt genervt zur Decke. »Warum erzählen Sie uns das eigentlich? Sollen wir Ihnen jetzt bei der Arbeit helfen, oder was? Es ist doch nicht unsere Schuld, wenn Sie Ihren Laden nicht im Griff haben.«

Bastian reagiert nicht auf seine Worte, sondern redet einfach weiter. »Auf dem Handy Ihres Bruders, Herr Jashari, haben wir Fotos von genau diesen beiden Juwelen-Sets gefunden. Der Schmuck war ziemlich wertvoll. Wir müssen leider die Möglichkeit prüfen, dass Ihr Bruder die Absicht hatte, die Juwelen zu stehlen. Es könnte sogar sein, dass sein Tod damit in ursächlicher Verbindung steht.«

»Dann war es also doch die Schlampe Bischoff«, schnappt Tarek und wirft Bastian einen triumphierenden Blick zu. »Warum verhaften Sie die nicht endlich?«

Bastian lässt sich nicht provozieren. Kühl antwortet er: »Selbstverständlich verfolgen wir diese Spur. Aber trotzdem müssen wir klären, warum die Juwelen Nele Bredstedt im Tod beigegeben wurden.«

»Und was haben wir damit zu tun?«

»Ihr Bruder war mit Frau Ibrahim verlobt«, sagt Silja jetzt leise. Sie wählt ihre Worte sehr sorgfältig, um die Gefühle Amira Ibrahims nicht mehr als nötig zu verletzen. »Da ist es natürlich nicht schön, wenn er noch ein anderes Verhältnis hatte. Oder gar ein Kind gezeugt hat.«

Amira Ibrahim schlägt kurz die Augen nieder. Sonst regt sich nichts an ihr, wie Silja enttäuscht feststellt. Dafür reagiert Tarek Jashari umso heftiger. Er springt auf und beugt sich weit über Siljas Schreibtisch.

»Nichts davon ist bewiesen. Es gibt keinen Grund, uns hier festzuhalten. Wir werden …«

»Wir halten Sie nicht fest«, unterbricht ihn Bastian. »Wir bitten Sie lediglich, die Insel in den nächsten Stunden nicht zu verlassen. Wir werden jetzt Ihr Alibi prüfen, und gleichzeitig entnimmt man in der Klinik dem Leichnam Ihres Bruders die erforderliche DNA-Probe. Falls Ihr Alibi stichhaltig ist, können Sie noch am Nachmittag abreisen. Selbstverständlich mit Ihrem verstorbenen Bruder.«

»War's das?«, fragt Tarek Jashari grob, während er aufsteht.

»Von unserer Seite aus schon«, antwortet Bastian ruhig.

»Komm, Amira, dann haben wir hier nichts mehr verloren.«

Er geht zur Tür, doch Amira Ibrahim bleibt sitzen. »Ich möchte noch etwas klarstellen«, erklärt sie mit fester Stimme. »Adnan hat die Schmuckstücke nicht fotografiert, um sie zu stehlen, wie Sie beide es ihm freundlicherweise unterstellen.« Sie schickt einen bösen Blick durch den Raum. »Ganz im Gegenteil. Adnan hatte Geld gespart und zwar nicht wenig …«

»Wir kennen seinen Kontostand«, wirft Bastian ein.

»Einen Deutschen würden Sie in diesem Fall wohl kaum für einen Dieb halten. Aber egal. Fakt ist, dass Adnan mir Schmuck zur Hochzeit schenken wollte. Er hat beide Sets fotografiert, damit ich mir eines aussuchen kann.«

»Dann hätte er Ihnen die Fotos gemailt«, bemerkt Silja kühl. »Hat er aber nicht.«

»Er hat davon gesprochen und mir den Schmuck genau beschrieben. Aber die Bilder wollte er mir lieber persönlich zeigen, um meine Reaktion zu sehen. Ich denke, das ist nachvollziehbar.« Jetzt schaut Amira Ibrahim Silja direkt in die Augen. Kein Blinzeln, kein Zucken des Lides.

Entweder sie ist eine super Schauspielerin, oder sie hat ein blütenreines Gewissen, überlegt Silja. »Was machen Sie eigentlich beruflich?«, erkundigt sie sich.

»Reno-Gehilfin. Warum?«

»Ich finde Sie sehr energisch.«

»Das passt wohl nicht zu Ihrem Bild von einer muslimischen Frau«, spottet Amira.

Keiner der beiden Kommissare lässt sich auf dieses Thema ein. Stattdessen fragt Bastian bissig: »Hat es Sie als muslimische Frau nicht unendlich gekränkt, dass Adnan ein anderes Verhältnis – ich korrigiere mich: vermutlich sogar zwei davon – nebenbei hatte?«

»Noch waren wir nicht verheiratet. Außerdem waren es deutsche Frauen.« Amiras Augen verengen sich für Sekunden. Es wirkt abschätzig.

»Ja dann«, entfährt es Silja, während sie spürt, wie die Wut in ihr aufsteigt. »Die zählen nicht, oder was?«

»Deutsche Frauen haben einen anderen Moralkodex. Das ist aber nicht mein Problem«, antwortet Amira. Und Tarek, der inzwischen neben der Tür steht, die Hand schon auf der Klinke, fügt hinzu: »Muslimische Männer sind da anpassungsfähig.«

Silja atmet tief durch. Normalerweise kann sie gut mit Provokationen umgehen, aber das hier findet sie grenzwertig. Zum Glück springt ihr Bastian bei. »Wenn allerdings das Kind, das Nele Bredstedt erwartet hat, von Ihrem Bruder sein sollte, Herr Jashari, dann wäre das Geld Ihres Bruders für Sie verloren gewesen.«

»Wollen Sie mir jetzt den Mord an dieser kleinen Schlampe anhängen?«, schnappt Tarek.

»Ich werde lediglich Ihr Alibi überprüfen. Ihrer beider Alibis. Das ist mein Job.«

»Nur zu.« Tarek drückt die Klinke nieder, und nun steht auch Amira auf. Ohne ein weiteres Wort verlassen beide das Kommissariat.

Montag, 29. Juli, 12.27 Uhr,
Pizzeria Toni, Westerland

»Du warst vorhin ganz schön biestig, fand ich«, sagt Silja zu Bastian, als beide Tonis Pizzeria betreten. Sie gehen nach hinten zu dem Ecktisch, an dem sie in den letzten Jahren schon so viele wichtige Besprechungen abgehalten haben.

»Na hör mal. Die haben uns auch nichts geschenkt«, murmelt Bastian, während er sich setzt. »Außerdem wäre die Sicherung des Erbes ein Mordmotiv. Oder nicht?«

Bevor Silja antworten kann, erscheint Sven Winterberg am Eingang.

»Kollegen sitzen schon«, ruft ihm der Wirt zu und folgt ihm gleich mit den Menükarten.

»Zwei Salat, ein Steak?«, fragt er augenzwinkernd.

»Zwei Steak, einen Salat«, verbessert ihn Bastian und rammt seinem Kollegen den Ellenbogen in die Rippen. »Du brauchst heute was Anständiges zwischen die Kiemen. War eine anstrengende Nacht.«

»Ich sag nicht nein«, antwortet Sven grinsend.

»Und zu trinken?«

»Kaffee«, antworten alle drei Ermittler wie aus einem Munde.

»Und eine große Flasche Wasser«, fügt Silja seufzend hinzu. Bei dem Gedanken an den langen Tag, der noch vor ihnen liegt, wird ihr ganz anders. Als der Wirt ihren Tisch verlassen hat, sagt sie leise: »Wir müssen das Ding heute wuppen. Wenn die Jasharis erst mal von der Insel sind, kriegen wir die losen Fäden niemals wieder zusammen.«

»Sehe ich auch so«, stöhnt Bastian.

»Die DNA-Analyse braucht aber noch ein paar Stunden«, wirft Sven ein.

»Trotzdem können wir ja schon mal zusammentragen, was wir haben«, beginnt Bastian, stützt beide Ellenbogen auf den Tisch und beschreibt Sven kurz die Vernehmung von eben.

»Na ja«, kommentiert dieser zögernd. »Das mit der Sicherung des Erbes ist ganz klar ein Motiv. Aber zusammen mit den geschmückten Leichen macht es wenig Sinn. Bleiben wir doch mal bei diesen Schmuckstücken: Nur Adnan Jasharis Mörder kann sie genommen haben, daher wird er wohl auch den zweiten Mord begangen haben. Darin waren wir uns doch einig. Und glaubt ihr denn wirklich, dass die Jasharis jemanden aus ihrer eigenen Sippe umbringen, nur weil er fremdvögelt?«

Silja und Bastian schütteln die Köpfe. Ratlosigkeit breitet sich aus.

Nach einer Weile grummelt Bastian: »Wir drehen uns im Kreis. Wieder mal. Ich wiederhole: In Adnans Fall könnte Carina Bischoff durchaus die Mörderin gewesen sein. Sie wusste, dass sie den Schmuck nach den Ermittlungen zurückbekommen würde. Er gehört ihr schließlich. Dann würde es auch passen, dass sie nach dem Mord den Laden abschließt, damit nichts gestohlen wird. Sogar für den Mord an Nele hätte sie ein Motiv, wenn man mal von ganz großer Eifersucht ausgeht. Warum aber sollte sie das zweite Schmuckset bei Nele platzieren?«

»Um uns abzulenken?«, fragt Silja leise. »Vielleicht hat sie gehofft, dass wir uns irgendeine These über einen verrückten Mörder zusammenbasteln.«

229

»Ich denke, sie hat im zweiten Fall ein Alibi«, unterbricht Sven die Kollegin.

Silja schlägt sich mit der flachen Hand vor die Stirn. »Stimmt ja. Ich bin nach dieser durchwachten Nacht schon völlig wirr.«

»Okay«, fasst Bastian zusammen. »Carina Bischoff hat nur für den ersten Mord kein Alibi – dafür aber ein erstklassiges Motiv. Sehen wir uns doch mal ihren Mann an. Er hat in beiden Fällen kein Alibi. Sein Motiv für den Mord an Adnan wäre Eifersucht, oder vielleicht eher gekränkte Eitelkeit. Es sei denn, Adnan musste sterben, weil er das Ehepaar erpresst hat. Dann könnten die beiden sich das Ganze sogar zusammen ausgedacht haben. Das würde für uns einiges einfacher machen.«

»Aber warum musste Nele dann sterben?«, fragt Silja, während der Wirt drei dampfende Kaffeebecher vor den Kommissaren abstellt.

»Carina könnte ja durchaus von Neles Verhältnis zu Adnan gewusst haben. Eine eifersüchtige Liebhaberin, die ihrem Galan hinterherspioniert«, überlegt Sven. Er hebt seinen Becher zur Nase und saugt den Kaffeeduft genießerisch ein.

»Echt clever, sich dann zur Tatzeit in aller Öffentlichkeit zu betrinken«, sagt Bastian finster. »Das klingt für mich schon nach einem ziemlich guten Plan. Passt doch alles zusammen: Der Gatte erscheint und übernimmt den zweiten Mord, für den er nun wirklich kein Motiv hat.«

»Also stecken beide unter einer Decke?«, fragt Sven mehr sich selbst als seine Kollegen.

»Von dem zerwühlten Bett in der Hotelsuite habe ich euch erzählt?« Silja pustet in ihren Kaffee und nimmt dann vorsichtig den ersten Schluck.

230

»Ja, ist schon merkwürdig, diese plötzliche Versöhnung«, überlegt Bastian. »Aber solche Paare soll's ja geben.«

»*Sie küssten und sie schlugen sich*, meinst du?«, sagt Sven spöttisch.

»Allerdings«, gibt Bastian ernst zurück, aber gleich darauf zuckt er hilflos mit den Schultern. »Andererseits waren wir uns auch schon mal einig, dass ein sehr starkes Motiv nötig ist, damit die beiden Bischoffs ihre bürgerliche Existenz aufs Spiel setzen.«

»Und wenn sie ihren Schmuck im großen Stil unter der Hand verkauft haben? Vielleicht ist ihr ganzer Wohlstand auf Steuerhinterziehung aufgebaut. Immerhin ist so eine Suite im Severin*s zur Hauptsaison nicht billig. Unsereiner könnte sich das nicht leisten.« Sven Stimme klingt bitter.

»Du sei bloß still. Mit eurem Haus mitten im feinsten Kampen dürft ihr euch wirklich nicht beklagen«, kontert Bastian.

»Stimmt. Wir sind Anjas Eltern heute noch dankbar dafür, dass sie so vorausschauend waren, ihr das Haus rechtzeitig zu überschreiben ...« Melancholisch blickt Sven in seinen Kaffee. »Die beiden sind jetzt auch schon über zehn Jahre tot.«

Schweigen breitet sich aus. Schließlich sagt Silja: »Aber noch mal zu den Jasharis: Wenigstens haben wir die beiden ein bisschen nervös gemacht.«

»Die beste Voraussetzung dafür, dass sie anfangen, Fehler zu machen«, meint Sven.

»Die nicht«, grummelt Bastian. »Die sind irgendwie anders drauf. Wenn ich nur endlich schnallen würde, wie genau. Also ich meine: Was führen die eigentlich im Schilde? Kommen zu zweit nach Sylt, um den toten Bruder

231

Schrägstrich Verlobten persönlich abzuholen. Wenn ich so viel Wert auf den Totenritus lege, dann beauftrage ich doch nicht ausgerechnet einen Bestatter, dem der Leichenwagen abschmiert, sondern jemand Solides.«

Er hat sich richtig in Rage geredet und holt gerade Luft, um mit seiner Schimpferei fortzufahren, als er die Blicke von Sven und Silja sieht.

»Und ausgerechnet während der pannenbedingten Zwangspause geschieht ein zweiter Mord«, erklärt Silja leise.

»Du sagst es.« Plötzlich grinst Bastian zufrieden, was sich weder Silja noch Sven erklären können.

»Wir hätten die beiden beobachten sollen …«, überlegt Sven.

»Kümmert euch nicht darum. Ich habe einen Deal mit der Bispingen. Nicht ganz legal, dafür aber umso effektiver. Hoffe ich jedenfalls.« Mit geheimnisvoller Miene holt er das Handy aus der Tasche und checkt seine Nachrichten. »Leider noch nichts. Aber wenn wir ein wenig Geduld haben, arbeitet die Zeit für uns.«

»Kannst du uns bitte mal erklären, was hier gespielt wird?«, fährt ihn Silja an. »Ich dachte, wir sind ein Team. Und plötzlich machst du solche Alleingänge.«

»Seht ihr auch, was ich sehe?« Bastian deutet auf den Kellner, der sich mit drei Tellern nähert. »Lasst uns speisen, Freunde, während andere für uns die Arbeit tun«, verkündet er in salbungsvollem Tonfall.

»Dein Liebster spinnt«, erklärt Sven kopfschüttelnd, während er Silja mitleidig ansieht.

»Wenigstens hat sein Appetit nicht gelitten.« Amüsiert beobachtet Silja, wie Bastian die Gabel in sein Steak rammt.

Montag, 29. Juli, 12.32 Uhr,
Mikes Carservice, Tinnum

Als Tarek Jasharis aufgemotzter BMW in die kleinen Straßen im Tinnumer Dorfkern einbiegt, ist Fred Hübner ebenso erleichtert wie überrascht.

Bisher war die Verfolgung der beiden Libanesen kein Problem. Mit Sicherheit hatte Tarek genug damit zu tun, sich auf den Verkehr und die komplizierte Straßenführung rund um das Kommissariat zu konzentrieren, als dass er noch auf eventuelle Verfolger hätte Acht geben können. Und die vollverschleierte Frau an seiner Seite hat sich während der Fahrt zwar mehrmals umgedreht, aber auf den Radfahrer, der besonders heftig in die Pedale trat, hat sie nicht geachtet.

Und auch jetzt, als der BMW langsam in die Einfahrt einer heruntergekommenen Autowerkstatt einbiegt, kümmert sich niemand um ihn. Vorsichtig stellt Fred Hübner sein Fahrrad etliche Meter entfernt am Straßenrand ab. Er ist erleichtert darüber, dass Jasharis Ziel in Tinnum liegt. Auf einer Landstraße hätte er kaum mit dem BMW mithalten können. Für den Fall, dass Jashari mit seiner Beinahe-Schwägerin nach Rantum zu Adnans Wohnung oder nach Kampen zu Carina Bischoffs Geschäft gefahren wäre, hat Fred einen Taxifahrer in der Nähe des Kommissariats positioniert und ihm bereits im Voraus ein gutes Trinkgeld zugesteckt. Diesen Fahrer ruft er nun an, bedankt sich und entlässt ihn.

Tinnum also, denkt Fred Hübner irritiert, als er sich der Autowerkstatt nähert.

Was um alles in der Welt will der Libanese in dieser Werk-

233

statt, die deutlich sichtbar schon mal bessere Tage gesehen hat? Tarek Jasharis BMW wirkt ganz und gar nicht so, als habe er einen Check-up nötig. Vorsichtig pirscht sich Fred um die letzte Ecke, die ihn von dem Innenhof trennt. Da stehen der schlanke dunkelhaarige Mann mit der unreinen Haut und die schwarz verschleierte Frau vor einer ölfleckigen und ziemlich angerosteten Hebebühne und blicken sich um. Außer den beiden ist niemand zu sehen. Auf dem Hof parkt ein heruntergekommener Opel in giftigem Grün, der für ein paar hundert Euro zum Verkauf steht, wie auf dem grellroten Schild in der Windschutzscheibe zu lesen ist. Neben ihm steht aufgebockt ein halb ausgeschlachteter Ford Fiesta ohne Reifen und mit eingedrückter Motorhaube. Der auf Hochglanz polierte weiße BMW Tarek Jasharis wirkt in dieser Umgebung wie ein Turnierpferd zwischen Arbeitsmulis.

Als hinter dem Fiesta plötzlich ein untersetzter Mann im Arbeitsoverall auftaucht, der sich die verschwitzten Haare aus dem Gesicht streicht und die beiden Neuankömmlinge in breitem Platt begrüßt wie alte Freunde, wirkt die Szene noch unwirklicher.

Warum wundert sich der Friese nicht über die verschleierte Frau? Woher kennen die sich? Fred Hübner weiß genau, dass es nur eine einzige Möglichkeit für ihn gibt, das herauszufinden. Er muss ran an den Mann. Er muss sich aus der Deckung wagen und hoffen, dass er nicht erkannt wird. Bei Tarek Jashari hat Fred davor keine Angst, aber da er auf Sylt mittlerweile eine gewisse Berühmtheit erlangt hat, könnte der Werkstattbesitzer vielleicht …

Egal, sagt sich Fred, *ich muss es riskieren.*

Also schlendert er mit mäßig interessierter Miene auf den

Hof und nähert sich dem Opel. Langsam umrundet er das Auto und spitzt dabei die Ohren.

»Gute Arbeit«, hört Fred den Araber sagen. »Der Fahrer hat nichts gemerkt, und die Bullerei war doch auch noch nicht hier, oder?«

Eifrig schüttelt der Mechaniker den Kopf. Fred klopft inzwischen die Kotflügel des Opels ab und tritt gegen die Reifen. Das Geräusch erregt die Aufmerksamkeit des Mechanikers, unruhig blickt er herüber, auch Tarek Jashari und Amira Ibrahim drehen ihre Köpfe in seine Richtung. Fred hebt nonchalant eine Hand und ruft den dreien zu: »Lassen Sie sich nicht stören. Ich seh mir die Kiste inzwischen in Ruhe an, wenn ich darf.«

»Aber gern«, ermuntert ihn der Mechaniker und wendet sich wieder seinen beiden Besuchern zu, die ebenfalls das Interesse an Fred verlieren.

Fred probiert die Fahrertür, sie ist offen, und erleichtert setzt er sich in den Wagen. Hier ist er den Blicken der anderen etwas entzogen, allerdings muss er schnell die Scheiben herunterlassen, damit er noch etwas von deren Unterhaltung mitbekommen kann. Außerdem riecht es hier drinnen nach billigem Rasierwasser und kaltem Rauch, eine ausgesprochen unangenehme Kombination. Zum Glück wird Fred schnell durch die Vorgänge außerhalb des Autos abgelenkt.

»Mit dem Leichenwagen wieder alles in Ordnung?«, erkundigt sich der Mechaniker gerade. Er hat eine laute, durchdringende Stimme und fühlt sich so sicher, dass er gar nicht darauf kommt, sie zu senken.

»Ja, ja, alles bestens«, antwortet ihm jetzt Tarek Jashari und blickt sich vorsichtig noch einmal zu Fred um. Die

Tatsache, dass sich Fred in das Auto verzogen hat, scheint ihn zu beruhigen, und er wird etwas gesprächiger. »Saubere Arbeit mit der Batterie«, lobt er. »Dem Fahrer ist nichts aufgefallen. Der traut seiner Kiste offenbar jede Macke zu. Glück für uns.«

»Und die Lady …«, spricht nun der Mechaniker Amira Ibrahim direkt an, »… hat jetzt alles erledigt?«

Der Kopf unter dem schwarzen Schleier nickt. Gleichzeitig greift Tarek Jashari in die hintere Hosentasche und zieht ein Geldbündel hervor.

»Hier, für deine Mühe. Und vergiss nicht, du hast uns nie gesehen.«

Ein nicht ganz kleiner Packen Scheine wechselt den Besitzer. Der Mechaniker öffnet den Zipper an der Seitentasche seines Overalls und lässt die Scheine dort verschwinden.

»Immer zu Diensten«, dienert er. Tarek Jashari nickt ihm zu. Es wirkt gönnerhaft und herablassend, was den Mechaniker aber nicht zu stören scheint. Seine Augen kleben an den beiden, als hätten sie ihm das Heil gebracht.

Und vermutlich ist es ja auch so, überlegt Fred, während die zwei Libanesen wieder in dem weißen BMW verschwinden.

Ein Aufheulen des Motors, quietschende Reifen beim Wendemanöver, und dann sind sie weg. Fred steigt aus dem stinkenden Wagen und hat wenig Mühe, dem Mechaniker zu erklären, dass das Auto für ihn leider nicht in Frage kommt. Erwartungsgemäß hält sich dessen Enttäuschung in Grenzen. Immer wieder tastet er nach seiner Overalltasche, als müsse er sich versichern, dass er den Geldsegen nicht geträumt hat.

Plötzlich fürchtet Fred, der Mechaniker könne verschwinden, bevor die Ermittler ihn sich vorknöpfen können, und er deutet noch einmal auf den Opel.

»Der Wagen wäre vielleicht was für einen Freund«, erklärt er nachdenklich. »Wie lange sind Sie denn noch hier?«

»Bis vier sicher.« Wieder tastet die Hand nach dem Geldbündel in der Tasche.

»Okay, ich schick ihn vorbei.«

Der Mechaniker nickt und ist sichtlich froh, als Fred ihn allein lässt.

Montag, 29. Juli, 13.40 Uhr, Pension Möwe, Tinnum

Der Vorgarten ist ebenso winzig wie gepflegt. Sieben Platten führen zum Haus, seitlich davon getrimmter Rasen mit akkurat abgestochenen Kanten. Drei Buchsbäume, zwei Hortensien, ein Gartenzwerg.

Schmunzelnd weist Silja auf die Tonfigur. »Ich dachte, die wären längst ausgestorben.«

»Wahrscheinlich ist der antik und wertvoll«, flachst Bastian, während er auf die Klingel neben der Haustür drückt.

Sekunden später steht eine untersetzte Frau in Jogginghose und Sweatshirt vor ihnen. Sie trägt eine modische Brille und hat die Haare zu einem lockeren Zopf geflochten. Siljas Blick geht an ihr vorbei durch die enge Diele bis zu der geöffneten Wohnzimmertür. Drinnen läuft ein Fernseher. Silja sieht jemanden rennen. Dann fällt ein Schuss, der Fliehende stürzt, kurz darauf blitzen Handschellen.

»Moin, moin?« Die Stimme der Frau klingt fragend.

»Greta Riechling? Sind Sie für die Pension Möwe zuständig?«, erkundigt sich Bastian.

»Wir sind die nächsten zwei Wochen ausgebucht, tut mir leid.« Ihr Blick geht über die Schulter ins Zimmer. Es ist offensichtlich, dass sie gern zu ihrem Krimi zurückkehren möchte.

»Wir brauchen eine Aussage von Ihnen.« Bastian zückt den Dienstausweis und stellt Silja und sich selbst vor.

Die Reaktion der Wirtin überrascht Silja. Ein Leuchten geht über ihr Gesicht. Offenbar findet sie die Aussicht auf einen echten Kontakt mit der Polizei viel aufregender als jeden Fernsehkrimi. »Echt jetzt? Bitte kommen Sie herein.«

Während Bastian und Silja der Frau ins Wohnzimmer folgen, können sie einen kurzen Blick in einen weiteren Raum werfen. Fünf einfache Holztische, jeweils zwei Stühle, Frühstücksgedecke.

»Wir haben oben ein paar Zimmer, die vermiete ich im Sommer.«

»Es geht uns um Ihre Gäste in der letzten Nacht«, beginnt Bastian.

»Die Ausländer, stimmt's? Ich hab mir gleich gedacht, dass an denen was faul ist.«

»Warum das denn?«

»So ein teures Auto und dann die Frau mit diesem schwarzen Umhang. Was wollten die eigentlich auf der Insel?« Die Neugier ist Greta Riechling ins Gesicht geschrieben.

»Was haben sie Ihnen denn gesagt?«

»Sie haben irgendwas von einer Autopanne gemurmelt und dass sie ein Zimmer für eine Nacht suchen. Zufällig hatten wir genau gestern eine Lücke in der Vermietung.« Sie zuckt mit den Schultern und fährt in rechtfertigen-

238

dem Tonfall fort: »Und da habe ich denen eben das Zimmer gegeben.«

»Wann genau sind die beiden angekommen?«, will Silja wissen.

»So gegen sieben.«

»Und waren sie dann noch einmal fort?«

»Ich überwache meine Gäste nicht. Was denken Sie denn?«, empört sich Greta Riechling.

»Das Haus ist ja nicht so groß, vielleicht haben Sie durch Zufall etwas gehört«, beschwichtigt sie Bastian.

»Was haben die denn angestellt?«

»Wir überprüfen nur deren Aussagen, also bitte …«

»Okay, verstehe, Sie dürfen ja auch nichts sagen. Aber neugierig wird man wohl sein dürfen.« Greta Riechling grinst verschwörerisch. Dann holt sie tief Luft. »Also mein Mann und ich wohnen ja im Sommer im Keller. Ist schön kühl da unten und gar nicht so schlecht. Wir haben sogar eine kleine Terrasse vor dem Fenster, die haben wir ausschachten lassen.«

»Frau Riechling, wenn Sie bitte zum Punkt kommen würden.«

»Die Terrasse liegt direkt neben den Stellplätzen für die Autos.« Die Stimmung der Riechling kippt. Sie ist jetzt eindeutig beleidigt. »Mein Mann und ich haben den ganzen Abend draußen gesessen, und der weiße BMW ist nicht vom Fleck bewegt worden.« Greta Riechling reckt ihr Kinn in die Höhe. Es wirkt, als spüre sie plötzlich eine geheime Solidarität mit ihren Gästen.

»Aber falls die beiden das Haus verlassen und zu Fuß weggegangen sein sollten, hätten Sie nichts gehört, oder?«

»Die hatten nur ihren Zimmerschlüssel, den Schlüssel

239

für die Vordertür haben sie abgelehnt. Sie wollten gleich ins Bett und am nächsten Morgen früh wieder los.«

»Das haben sie gesagt. Aber haben sie sich auch daran gehalten?« Bastian dreht sich um und geht die paar Schritte durch den Flur zur Eingangstür. Er deutet auf den Drehknopf, der die Tür von innen verriegelt. »Ist das die einzige Schließvorrichtung, die Sie haben?«

Greta Riechling nickt. »Auf Sylt wird nicht eingebrochen, jedenfalls nicht hier. Das müssten Sie doch am besten wissen.«

»Es war nur eine Frage, kein Vorwurf«, erklärt Silja. »Haben Sie denn am Morgen noch irgendetwas Verdächtiges bemerkt? Oder haben die beiden gar nicht gefrühstückt?«

»Doch, schon. Und alle anderen Gäste, die schon wach waren, haben sie angestarrt. Aber ich will Ihre Zeit nicht unnötig in Anspruch nehmen ...«

»Nein, nein, schon gut. Warum haben die denn so gestarrt?«

»Meinen Sie das ernst? So eine schwarze Krähe unter lauter bunten Vögeln – und außerdem: Wie die Frau gegessen hat, das hätten Sie mal sehen sollen. Jeder Bissen war quasi eine Weltreise. Schleier hoch, Brötchenstück runterschieben, Schleier wieder fallenlassen. Kauen. Und dann das Ganze wieder von vorn. – Also für mich wäre das nichts.«

»Sonst haben Sie aber nichts Verdächtiges beobachtet?« Bastians Stimme ist nicht ohne Ironie, doch die Riechling scheint dafür nicht empfänglich zu sein.

»Was soll ich beobachten, wenn die da oben schlafen«, schnappt sie. »Und was die beiden nachts unter dem Schleier treiben, geht mich ja wohl nichts an, oder?«

»So war das auch nicht gemeint«, versucht Bastian einzulenken, aber Greta Riechling geht nicht darauf ein.

»Sonst noch was? Ich hätte dann nämlich auch zu tun.«

»Danke, das war's schon. Schönen Tag noch.«

Und schon sind sie draußen.

»Die mochte mich nicht«, erklärt Bastian und verzieht das Gesicht zur Grimasse.

»Du hast sie nicht ausreden lassen. Da stehen Frauen nicht so drauf.«

»Wetten, sie lauscht hinter der Tür?« Bastian bemüht sich gar nicht erst darum, die Stimme zu senken.

»Hör auf, das ist kindisch.« Silja zieht ihn schnell weg. Erst als sie wieder im Auto sitzen, fragt sie: »Und? Was denkst du?«

»Für irgendetwas brauchten die beiden ein Alibi«, antwortet Bastian, ohne zu zögern. »Und du hast ja die Vordertür gesehen. Kein Extraschloss, nur der Türknauf. Tarek kann sich problemlos nachts rausgeschlichen haben. Amira ist im Haus geblieben und hat ihn wieder reingelassen, nachdem er sie angerufen hat. Apropos *anrufen* …« Bastian zieht sein Handy aus der Tasche und weist auf die SMS, die gerade aufgeploppt ist.

»*Zielpersonen in Tinnum*«, liest er. »*Interessantes Gespräch mit dem Mechaniker von Mikes Carservice. Übergabe von Schmiergeld. Anscheinend größerer Betrag. Empfehle Eile.*« Als er Silja das Handy vor die Nase hält, schaut sie irritiert.

»Von wem kommt das? James Bond? Hercule Poirot?«

»Fred Hübner. Hab ihn als Kundschafter eingespannt. Schließlich können wir uns nicht vierteilen. Außerdem kennen die Jasharis uns alle drei.«

»Nicht dein Ernst.«

241

Bastian grinst. »Hättest du mir nicht zugetraut, was? Hat aber funktioniert.« Während er redet, googelt er die Autowerkstatt. Als das Ergebnis erscheint, pfeift er leise durch die Zähne. »Wie praktisch, dass Mikes Carservice gleich um die Ecke ist.«

»Du denkst, dieser Mechaniker hat sie gefahren?«

»Für irgendetwas muss er das Geld ja bekommen haben.«

»Vielleicht war es ein Auftragsmord, und der Mechaniker hat Nele Bredstedt umgebracht.«

»Das glaubst du doch wohl selber nicht.«

»Nee, nicht wirklich. Aber andererseits … können wir es ausschließen?«

Montag, 29. Juli, 13.54 Uhr, Alte Dorfstraße, List

»Seid vorsichtig, hört ihr? Die Eltern haben gerade ihre Tochter verloren, da müssen wir nicht noch ihr Zuhause verwüsten«, wispert Sven Winterberg den beiden Kollegen von der Spurensicherung zu, während er auf den Klingelknopf der Familie Bredstedt drückt.

Leo Blum nickt verständnisvoll, der andere verdreht genervt die Augen. Sven taxiert ihn mit einem eindringlichen Blick, dann öffnet sich auch schon die Tür, und vor ihnen steht ein untersetzter äußerst blasser Mann, dem langsam die Haare ausgehen.

»Sind Sie Herr Bredstedt?«

Ein Nicken ist die Antwort.

»Sven Winterberg, Kripo Westerland. Und das sind die Kollegen von der Spurensicherung. Hauptkommissar Kreuzer hatte uns heute Vormittag schon angekündigt. Wir würden uns gern im Zimmer Ihrer verstorbenen Tochter umsehen.«

Norbert Bredstedts Blick wandert vom Kommissar zu den beiden Gestalten in den weißen Schutzanzügen. »Meine Tochter Nele wurde ermordet. Warum sagen Sie es nicht so, wie es ist?« Seine Stimme klingt matt und tonlos.

»Entschuldigung. Ich wollte Sie nicht verärgern. Dürfen wir?«

Neles Vater nickt und führt sie zu einem typischen Teenagerzimmer. Ein einfacher Schreibtisch mit einem Laptop, eine Pinnwand voller Zettel und Fotos, ein nachlässig gemachtes Couchbett und Regale, in denen es ziemlich unordentlich aussieht.

»Haben Sie oder Ihre Frau hier etwas entfernt?«, fragt Sven streng.

Norbert Bredstedt schüttelt den Kopf. Dann weist er mit einer resignierten Geste auf den Schreibtisch. »Wir haben vorhin Neles Rechner hochgefahren, aber der ist passwortgeschützt. Hätten wir uns auch denken können.«

»Zum Passwort haben Sie aber keine Idee?«, will Leo Blum wissen.

Wieder schüttelt Bredstedt den Kopf.

»Während meine Kollegen hier ihre Arbeit machen, würde ich Ihnen gern ein paar Fragen stellen«, sagt Sven vorsichtig. »Vielleicht könnten wir beide uns woanders in Ruhe unterhalten.«

»In der Küche? Wäre das in Ordnung? Meine Frau ist nämlich gerade im Wohnzimmer auf der Couch eingeschlafen. Ich mache nur schnell die Verbindungstür zu.«

»Ja, natürlich.«

243

Beide betreten von der Diele aus die Küche. Bevor Norbert Bredstedt die Zwischentür schließen kann, wirft Sven einen Blick in den Wohnraum, in dem zusätzlich zur Sofagarnitur ein langer Esstisch steht. Er verdeckt den Blick auf die Frauengestalt, von der nur ein leises Schnarchen zu hören ist.

Sven klemmt sich auf eine etwas enge Eckbank und überlässt Norbert Bredstedt den einzigen Stuhl. Wenn er Neles Vater schon mit seinen Fragen auf die Pelle rücken will, soll der sich nicht auch noch physisch in die Enge getrieben fühlen. Er schaut ohnehin schon wie ein Lamm auf der Schlachtbank.

»Es geht um die Nacht vom Mittwoch auf den Donnerstag der vergangenen Woche. Die Nacht, in der Adnan Jashari in Kampen ermordet worden ist. Der Name sagt Ihnen etwas?«

»Ich habe davon im Radio gehört«, antwortet Bredstedt vorsichtig. Seine Augen irren durch die Küche, als suchten sie nach einem Fixpunkt.

»Wir haben die Fingerabdrücke Ihrer Tochter in Herrn Jasharis Wohnung gefunden. Es ist nicht auszuschließen, dass er der Vater ihres Kindes war.«

Norbert Bredstedt zieht die Luft scharf ein und starrt den Kommissar wortlos an. Entweder er schauspielert gut, oder er ist tatsächlich noch nicht darauf gekommen, dass beide Taten zusammenhängen könnten, überlegt Sven. Dann stellt er die entscheidende Frage.

»Was haben Sie in dieser Nacht zwischen zehn am Abend und vier Uhr morgens getan?«

Norbert Bredstedt runzelt die Stirn. Er wirkt weder besonders beunruhigt noch besonders bemüht. »Keine Ahnung«, antwortet er leise. »Warum ist das wichtig?«

»Ihre Tochter war vielleicht schwanger von Adnan Jasha-ri. Der hatte aber eine Verlobte in Berlin und eine Geliebte in Kampen. Das ist eine Konstellation, die nicht jedem Vater gefallen dürfte.«

»Sie glauben, dass ich ihn umgebracht habe?« Ein kurzes Lächeln, das ganz und gar nicht hierherpasst, huscht über Bredstedts Gesicht. »Ehrlich gesagt finde ich das sogar ein bisschen schmeichelhaft. Aber ich muss Sie enttäuschen: Ich war's nicht.«

»Ihr Alibi, Herr Bredstedt.«

Neles Vater zuckt mit den Schultern. »Ich hab keins. Mittwochs bin ich immer beim Volleyball. Wir trainieren von acht bis zehn. Danach gehen die Jungs und ich meistens noch was trinken. Aber letzte Woche bin ich nicht mitgegangen …«

»Sondern?«

»Ich war spazieren. Ziemlich lange sogar.«

»Und wo, wenn ich fragen darf?«

»Bin einfach rumgelaufen. Quer durch List bis runter zur Westerheide und wieder zurück. Ich musste nachdenken. In meinem Leben läuft so viel schief, ziemlich lange schon. Und ab und an überlege ich, ob da nicht noch was zu drehen ist. Aber letztendlich«, er schaut Sven resigniert an, »letztendlich ist es wahrscheinlich längst zu spät dafür. Ich hab's halt vergeigt.«

Und im Grunde genommen sind Typen, denen langsam eh alles egal ist, gern auch mal zu unüberlegten Reaktionen fähig, denkt Sven grimmig. Als er sieht, dass Norbert Bredstedt keinerlei Anstalten macht, sein Alibi zu präzisieren, legt er nach: »Herr Bredstedt, bitte erschrecken Sie nicht, aber ich muss Sie das jetzt auch noch fragen: Was haben Sie in der vergangenen Nacht zwischen 20 und 21 Uhr gemacht?«

Sven hat seine Frage noch nicht ganz beendet, als Norbert Bredstedt schon die Kinnlade herunterklappt. Sven kennt natürlich den entsprechenden Ausdruck, aber gesehen hat er diese Reaktion der absoluten Verblüffung noch nie. Norbert Bredstedt starrt ihn mit weit geöffnetem Mund an und sucht sichtlich nach Worten. Er setzt zwei Mal an, bis es ihm gelingt, einen vollständigen Satz zu formulieren.

»Sie wollen jetzt aber nicht mein Alibi für die Zeit, in der meine Tochter sterben musste?«

»Das ist eine reine Routinefrage«, verteidigt sich Sven. »Alle näheren Angehörigen müssen die beantworten … Oder sollten es jedenfalls tun, wenn sie sich nicht verdächtig machen wollen«, fügt er vorsichtig hinzu.

Norbert Bredstedt sieht wenige Sekunden lang aus, als wolle er aufspringen und den Kommissar aus der Wohnung werfen. Er schaut sich mit wildem Blick um, als suche er nach etwas, das er durch die Gegend schleudern oder auf das er zumindest einprügeln kann. Sein Blick streift einen Fleischklopfer aus hellem Holz, der neben der Spüle liegt, und das Messerset, das an einer Magnetleiste hängt. Doch plötzlich scheinen ihn alle Kräfte zu verlassen. Er senkt den Kopf, schließt die Augen und schlägt beide Hände vor sein Gesicht. »Dass Sie sich nicht schämen«, presst er zwischen den Handflächen hervor. »Ich würde mein Leben geben, wenn ich Nele damit wieder zurückholen könnte. Und Sie fragen mich so was.«

Sven schämt sich tatsächlich, aber gleichzeitig weiß er, dass er nicht nachgeben darf. »Bitte, Herr Bredstedt, beantworten Sie meine Frage, und dann vergessen wir das Ganze.«

»Ich war hier … hab ferngesehen … zusammen mit mei-

246

ner Frau.« Seine Worte kommen abgehackt und auf eine seltsame Weise verzögert.

»Dann kann Ihre Frau das bestimmt bestätigen.«

Norbert Bredstedt blickt auf und räuspert sich verlegen. »Ich glaube kaum«, presst er durch fast geschlossene Lippen.

Sven hebt die Brauen und wartet auf eine Erklärung.

»Meine Frau ist … sie war … also sie hatte zu viel getrunken … und ich denke, dass sie sich an nichts erinnern wird.«

»Auch nicht an das Fernsehprogramm?«

Norbert Bredstedt sicht Sven Winterberg direkt in die Augen und schüttelt langsam den Kopf. Eine peinliche Stille entsteht, in die hinein Sven seine nächste Frage stellt.

»Und Ihre ältere Tochter? War die vielleicht zu Hause?«

»Sie hat gearbeitet. In einer Bar in Kampen. Das reicht wahrscheinlich als Alibi.« Norbert Bredstedts Stimme klingt bitter.

»Ja sicher. Wir prüfen das.«

Bevor Sven nach dem Namen der Bar fragen kann, erscheint Leo Blum in der Küchentür.

»Sven, kommst du mal?«

Draußen im Flur raunt er dem Kommissar zu: »Wir haben einen benutzten Schwangerschaftstest gefunden. Sie wusste also Bescheid.«

»Irgendwelche Hinweise auf den Vater des Kindes? Tagebuch? Briefe? Oder wenigstens das Handy? Es kann doch nicht einfach verschwunden sein.«

»Nichts. Nur zwei Kinotickets aus der vorletzten Woche, die sorgfältig aufeinandergestapelt waren. Da solltet ihr vielleicht mal in Westerland nachfragen, ob sich jemand an die Tote und einen eventuellen Begleiter erinnern kann.«

247

»Ja klar, machen wir. Ich bitte den Vater gleich um ein Foto seiner Tochter. Aber wenn ihr noch irgendetwas Konkretes finden könntet, wäre das hilfreich«, seufzt Sven.

»Also da ist ein Schlüssel …«, setzt Leo an.

»Ja?«

»Er lag einzeln in ihrer Schreibtischschublade. Und er sieht verdammt nach einem Hochsicherheitsschloss aus.«

»Das sagst du erst jetzt?« Mit wenigen Schritten ist Sven in Nele Bredstedts Zimmer. Der Schlüssel liegt mitten auf dem Schreibtisch, befindet sich aber bereits in einem durchsichtigen Beweismitteltütchen. Sven beugt sich darüber und mustert ihn gründlich. »Ich würd's nicht beschwören, aber es ist sehr gut möglich, dass das der Schlüssel zu Carina Bischoffs Geschäft ist, den wir vergeblich bei Adnan Jashari gesucht haben.«

Leo Blum stutzt und runzelt die Stirn. »Das wäre dann genau der Schlüssel, mit dem Adnans Mörder den Laden abgesperrt hat.«

»Oder Adnans Mörderin, sollten wir jetzt wohl sagen.«

»Auf jeden Fall hätte Nele Bredstedt sowohl das Motiv als auch die Gelegenheit zum Mord gehabt. Eine Aussprache, die aus dem Ruder gelaufen ist, zum Beispiel. Wenn wir jetzt noch die Mordwaffe finden könnten«, murmelt Leo und unterbricht sich verdutzt, als er Svens angespannten Gesichtsausdruck sieht.

»Warte mal. Was hast du da gerade gesagt? Die Mordwaffe?«

Leo Blum nickt, ohne etwas zu verstehen.

»Die Mordwaffe, Mensch genau, das ist es! Ein Messer. Besser gesagt: ein Brotmesser. Komm mit!«

Sven Winterberg zieht Leo Blum am Ärmel seines wei-

248

ßen Overalls in die Küche, wo Norbert Bredstedt immer noch wie festgefroren auf seinem Stuhl sitzt. Mit dem Kopf weist Sven auf die Messer an der Küchenwand und murmelt: »Pack die ein, aber vorsichtig!«

Montag, 29. Juli, 13.55 Uhr, Mikes Carservice, Tinnum

Bastian Kreuzer und Silja Blanck fahren direkt auf den Hof der Autowerkstatt und gehen mit finsteren Mienen auf den untersetzten Mechaniker im Arbeitsoverall zu.

»Sie sind hier der Boss?«, will Bastian wissen.

Der Angesprochene runzelt die Brauen. »Mike Brunsen, ganz genau. Wer will das wissen?«

»Kriminalpolizei Westerland. Hauptkommissar Bastian Kreuzer, Kommissarin Silja Blanck.« Beide halten ihm die Dienstausweise unter die Nase.

Ungläubig starrt Mike Brunsen erst die Ausweise, dann die Besucher an. »Ich dachte, Sie kommen wegen des Opels ...« Mit einer zaghaften Handbewegung deutet er auf die giftgrüne Schrottkiste.

»Tut mir leid, da muss ich Sie enttäuschen. Wir sind hier, weil wir Sie verdächtigen, bei einer Straftat mitgewirkt zu haben.«

Ein Ruck geht durch die Gestalt des Mechanikers. Er strafft sich, und sein Gesicht nimmt einen energischen Ausdruck an. »Da haben Sie sich aber gewaltig geirrt. Hier geht alles mit rechten Dingen zu.«

»Sie haben vor kurzem eine nicht ganz unerhebliche Summe Geld erhalten. Wir haben einen Zeugen dafür.« Anspielungsreich starrt Bastian auf die Overalltasche des Mechanikers. Er hofft inständig, dass sie schnell genug waren und dieser Brunsen noch keine Gelegenheit hatte, die Scheine anderweitig zu verstauen.

Doch Brunsen markiert den coolen Hund. »Schön wär's. Tatsache ist aber, dass ich leider ziemlich blank bin. Hab seit Wochen nichts mehr verkauft.«

»Herr Brunsen, wenn Sie nicht kooperieren, muss ich Sie mit auf die Wache nehmen, wo wir eine Leibesvisitation durchführen werden.« Bastian senkt seine Stimme und schaut ausgesprochen finster.

»Die Mühe können Sie sich sparen. Sie können mich gern gleich hier durchsuchen«, antwortet Mike Brunsen und spreizt beide Arme ab, als sei er bei der Sicherheitskontrolle im Flughafen.

Bastian zögert nicht lange und öffnet den Reißverschluss der Overalltasche. Dabei beobachtet er aufmerksam Brunsens Gesicht. Nichts regt sich dort, kein Wunder, denn die Tasche ist leer.

»Soll ich Verstärkung anfordern, um die Werkstatt zu durchsuchen?« Silja hat bereits das Handy in der Hand.

»Moment noch«, stoppt sie Bastian. »Bevor wir die ganz harten Bandagen anlegen, wollen wir Herrn Brunsen noch eine letzte Gelegenheit geben, sein Tun zu überdenken ...«

Mike Brunsen sieht nicht im Geringsten eingeschüchtert aus, sondern wirkt eher, als habe er Mühe, ein abfälliges Lächeln zu unterdrücken. »Sie irren sich«, sagt er mit fester Stimme. »Und langsam ärgern Sie mich auch.«

»Herr Brunsen, es geht um Beihilfe zu einem Mord. Gestern Nacht ist in der Nordseeklinik ein junges Mädchen brutal ermordet worden. Haben Sie etwas damit zu tun? Wofür sind Sie von Tarek Jashari bezahlt worden?«

»Ach so, Sie meinen den Typen im weißen BMW. Coole Karre jedenfalls. Für den hab ich eine Batterie in einem Leichenwagen aufgeladen. War komplett runter, das Teil. Ich wollt's ja erneuern, aber der Kunde war geizig. Hat 25,60 plus Mehrwertsteuer gekostet. Rechnung ist irgendwo da hinten in meinem Büro. Bezahlt hat der Typ bar. Das Geld finden sie in meiner Kasse. Und das ist auch alles, was da drin ist. Leider.« In Mike Brunsens Augen steht noch nicht einmal Triumph. Ausdruckslos blickt er dem Kommissar direkt ins Gesicht.

»Wo haben Sie sich letzte Nacht aufgehalten?«

Brunsen zuckt mit den Schultern. »War zu Hause, bei meiner besseren Hälfte. Wir haben erst Rommé, dann Canasta gespielt. Ich hab gewonnen. Sie können sie gern fragen. Danach haben wir noch 'ne Nummer geschoben, man hat ja sonst wenig Abwechslung hier auf der Insel. Jedenfalls, wenn das Geld knapp ist.«

»Name und Wohnort Ihrer Frau«, knurrt Bastian. Als er beides notiert hat, fügt er hinzu: »Wir kommen wieder, verlassen Sie sich drauf. Und dann nehmen wir Ihnen den Laden so auseinander, dass Ihnen Hören und Sehen vergeht.«

»Sie können gern gleich, wenn Sie wollen …« Jetzt liegt offener Hohn in Brunsens Stimme.

»Provozieren Sie mich nicht …« Bastian holt tief Luft, schon will er sich umdrehen und auf seinen Wagen zustürmen, dann überlegt er es sich anders. »Herr Brunsen, ich denke, wir sollten Ihr überaus freundliches Angebot vielleicht doch annehmen. Ich werde die Durchsuchung Ihrer

Werkstatt umgehend veranlassen. Und Sie nehme ich hiermit vorläufig fest.«

Sie haben doch gar keinen Haftbefehl.« Plötzlich klingt Mike Brunsens Stimme ziemlich jämmerlich.

»Es ist Gefahr im Verzug, da brauche ich keinen«, antwortet Bastian, packt den Mechaniker am Arm und schleppt ihn zu seinem Dienstwagen. Er stößt ihn auf die Rückbank, schließt die Autotür und hindert dann Silja am Einsteigen.

»Du bleibst besser in der Werkstatt. Nicht dass die Canasta-Gattin plötzlich hier auftaucht und Beweismittel vernichtet. Ich schick dir, so schnell es geht, jemanden vorbei.«

Silja nickt und will noch etwas erwidern, aber da rauscht Bastian bereits vom Hof.

Montag, 29. Juli, 15.03 Uhr, Strandpromenade, Westerland

Fred Hübner sitzt auf einer Bank mit direktem Blick zum Westerländer Strand und wischt sich den Schweiß von der Stirn. Obwohl sich der Himmel immer mehr zuzieht, ist es unerträglich schwül. Im Süden haben die Wolken bereits eine ungesunde Farbe angenommen, so dass Fred fest mit einem Gewitter rechnet. Trotzdem ist der Strand gut gefüllt, und es ist ein kleines Wunder, dass es Tarek Jashari tatsächlich gelungen ist, noch einen Strandkorb für sich und Amira Ibrahim zu ergattern. Der Korb befindet sich nur wenige Meter von Freds Bank entfernt unterhalb der Strandpromenade. Er ist nach Norden gedreht, und Amira und Tarek sitzen im Vollschatten. Würden sie sich vorbeugen und hochschauen, könnten sie vielleicht sogar Fred auf seiner Bank erspähen. Aber das tun sie nicht. Auch das wimmelige Leben rund um sie herum scheint sie wenig zu interessieren. Selbst auf die neugierigen, zum Teil auch offen feindseligen Blicke, die sie immer wieder treffen, reagieren sie nicht. Statt sich provozieren zu lassen, scheinen sie in ein intensives Gespräch verwickelt zu sein. Fred, der nur Tareks Beine und das Unterteil von Amiras Tschador sehen kann, schließt das aus Tareks hektischen Bewegungen. Immer wieder scharren seine Füße im Sand, werden die Knie übereinandergelegt und gleich darauf gespreizt, nur um anschließend wieder geschlossen zu werden. Kontemplation sieht anders aus.

Liebend gern hätte Fred erfahren, worüber sie reden. Doch sein Versuch, ihr Gespräch zu belauschen, indem er sich von hinten an den Strandkorb geschlichen hat, ist schon vor einer halben Stunde grandios gescheitert. Die beiden sprechen arabisch miteinander.

Eigentlich hat nur Tarek geredet. Seine Stimme klang oft vorwurfsvoll, manchmal anklagend. Die wenigen Entgegnungen Amiras dagegen wurden ruhig und sicher vorgetragen. Mittlerweile scheint alles gesagt zu sein, und beide schweigen. Es wirkt, als warteten sie nun nur noch auf die neuerliche Freigabe der Leiche Adnan Jasharis, um die Insel endgültig verlassen zu dürfen.

Fred langweilt sich. Und er fragt sich, warum er den Kommissaren überhaupt den Gefallen tut, für sie zu spionieren. Ist Elsbeth damit wirklich geholfen? Keine seiner Beobachtungen ist gerichtsfest, alles, was er hier macht, ist rechtlich höchst bedenklich. Und trotzdem. Irgendwie schmeichelt es ihm, dass die Ermittler plötzlich auf ihn angewiesen sind. Und dass Elsbeth ihn gebeten hat, ihr zu helfen, spielt natürlich auch eine Rolle. Umso ärgerlicher ist es, dass er hier sitzt und rein gar nichts in Erfahrung bringen kann. Seine absolute Glanzleistung – die Verfolgung der beiden von der Autowerkstatt in Tinnum bis zum Parkplatz am Westerländer Strand – wird wahrscheinlich auch niemand würdigen. Dabei hat er sich fast einen Herzkasper geholt.

Und wofür das Ganze? Um auf einer Bank zu sitzen und Däumchen zu drehen wie ein unterbeschäftigter Rentner?

Das Klingeln seines Handys reißt Fred aus den trüben Gedanken. Am Apparat ist niemand Geringerer als Bastian Kreuzer.

»Wie läuft's«, fragt der Kommissar in fast schon freundschaftlichem Tonfall.

Alle Achtung, denkt Fred, *was für eine erstaunliche Entwicklung, wenn man bedenkt, dass der bullige Kommissar mich durchaus schon mal eingesperrt hat, weil ich ihm in die Quere gekommen bin.* Vielleicht fällt deswegen seine Antwort weniger mürrisch aus als beabsichtigt.

»Nichts los. Die beiden Vögel sitzen am Westerländer Strand im Strandkorb. Bis vor kurzem haben sie diskutiert. Oder gestritten, wie man's nimmt. Leider auf Arabisch. Jetzt schweigen sie.«

»Ich ruf diesen Tarek gleich an und sage ihm, dass wir die DNA haben und nur noch den Abgleich abwarten müssen. Aber seinen Bruder kann er wieder mitnehmen. Vielleicht können Sie mir danach irgendwas zur Reaktion der beiden sagen.«

»Ich werd mir Mühe geben«, murmelt Fred. Dann fragt er neugierig: »Was war mit dem Autofritzen? War das Geld noch da?«

»In der Tasche nicht. Und der Typ streitet natürlich alles ab. Es ist zum Haareausraufen. Nichts funktioniert. Und wenn wir außer Ihrer Aussage nichts gegen die in der Hand haben, müssen wir Tarek und seine Begleiterin wohl oder übel ziehen lassen.«

»Gibt's da wirklich keine Möglichkeit? Gefahr im Verzug oder so was?« Fred kann sich nicht erinnern, Kreuzers Stimme schon mal so frustriert gehört zu haben.

»Wenn Sie das hinterher mit Frau von Bispingen klären, dann gern«, antwortet Bastian spöttisch. »Ich wüsste jedenfalls nicht, wobei uns die zwei noch gefährlich werden könnten.«

»War ja nur 'ne Frage.«

»Schon klar.« Bastian Kreuzer seufzt verhalten. »Ich leg jetzt auf und klingle gleich im Anschluss bei Jashari durch.«

Es dauert keine zwanzig Sekunden, bis Bewegung in die Strandkorbszene kommt. Schon bei den ersten Tönen einer arabischen Melodie springt Tarek Jashari auf und holt hektisch das Handy aus der Hosentasche. Seine Stimme klingt bellend, als er sich meldet. Er horcht kurz ins Handy, dann nickt er aufmunternd ins Innere des Strandkorbs und macht mit der freien Hand das Victory-Zeichen. Daraufhin steht auch Amira auf, glättet den Tschador, richtet den Gesichtsschleier und macht sich auf den Weg zu der Treppe, die zur Promenade hinaufführt. Tarek Jashari wechselt noch ein paar Worte mit dem Anrufer und folgt ihr.

Mit einem derart schnellen Abgang hat Fred nicht gerechnet. Es ist zu spät, um noch unauffällig die Biege zu machen, denn die beiden steuern genau auf seine Bank zu. Kurzerhand stellt er sich ihnen in den Weg.

»Das ist ja ein Zufall. Habe ich Sie nicht auch vorhin

bei diesem Autohändler gesehen? Mike irgendwas, hab den Namen schon wieder vergessen.«

Tarek blinzelt Fred an und verzieht dabei das Gesicht, als sei ihm ein fauliger Geruch in die Nase gestiegen. »Lass uns in Ruhe, Mann. Kümmere dich um deine eigenen Sachen.«

Einen Teufel werd ich, denkt Fred und wendet sich direkt an Amira. Gleichzeitig zupft er an ihrem Tschador. »Ist ganz schön mutig von Ihnen, sich so vollverschleiert auf die Insel zu wagen.«

»Hey, lass die Finger von ihr, sonst kannst du was erleben«, faucht Tarek.

»Ach ja?« Fred zupft noch einmal.

»Pfoten weg!«

Fred sieht die Faust zwar kommen, aber er kann sich nicht mehr rechtzeitig ducken. Er hört noch seinen Nasenknochen splittern und fühlt das Blut auf der Oberlippe, dann kippt er um.

Montag, 29. Juni, 15.22 Uhr, Mikes Carservice, Tinnum

Silja steht im Hof der Autowerkstatt und trommelt ungeduldig auf dem Dach des alten Opels herum. Im Büro ist seit einer halben Stunde Leo Blums Kollege zugange. Er dreht das Unterste zuoberst, bisher ohne jeden Erfolg. Es findet sich weder das Geldscheinbündel, noch hat er irgendwelche anderen Spuren entdecken können. *Solange dieser Mike dichthält, haben wir rein gar nichts gegen ihn in der Hand*, überlegt Silja enttäuscht und schlägt wütend mit

256

der Faust auf das Autodach. *Aber irgendetwas hat er für Tarek und Amira getan. Nur was?*

Die Kommissarin fühlt sich, als habe sie jemand in einem Labyrinth abgesetzt, dessen Struktur sie nicht durchschaut, und beobachte nun hohnlachend von oben ihre verzweifelten Bemühungen, den Ausgang zu finden. *Aber vielleicht ist das gerade die Lösung? Wir müssen von oben auf die Sache gucken*, ermahnt sie sich. *Ganz ruhig bleiben und alle Gesichtspunkte noch einmal durchgehen.*

»Brauchst du mich noch?«, ruft sie zu dem Spurensucher hinüber, der sich gerade die Außentür der Werkstatt vorgenommen hat. Das splittrige Holz ist bereits mit dem hellen Pulver bestäubt, und er hantiert mit seinem Pinsel.

»Nicht unbedingt.«

»Ich fahr ins Kommissariat und schau mir noch mal die Vernehmungsprotokolle an.«

»Ohne Auto?«

»Stimmt, das hat ja Bastian. Aber zu Fuß sind es auch nur zwanzig Minuten. Vielleicht klärt das meinen Kopf.«

Silja hebt kurz die Hand zum Abschied und stellt ihr Handy ab. *Nur für eine Viertelstunde*, sagt sie sich. *Eine Viertelstunde, in der ich ganz für mich allein sein kann und vielleicht endlich den Missing Link finde.* Dann marschiert sie los. Vorbei an geputzten Einfamilienhäusern, in deren Vorgärten Kinder lärmen. Vorbei an Männern, die ihre Autos waschen und dabei besorgte Blicke zum Himmel schicken. Unverkennbar zieht ein Gewitter auf. Die Wolken jagen im Tiefflug über die Insel, ab und an fegt ein Windstoß durch die Straßen. Silja heftet ihren Blick auf die Hochhäuser des Kurzentrums, die Westerlands Silhouette dominieren und bei diesem Wetter wie Wellenbrecher in stürmischer See

257

wirken. Die Kommissarin geht schnell und bemüht sich, ihre Gedanken zu ordnen, als plötzlich ein Wagen mit quietschenden Bremsen vor ihr hält.

»Sven! Was machst du denn hier?«

»Dich suchen. Steig ein.«

»Aber woher wusstest du, wo ich bin?«

»Ich hab Bastian angerufen, und er hat erst dich, dann Leos Kollegen kontaktiert. Die Nummer mit dem abgestellten Handy ist nicht lustig, weißt du.«

»War ja nur für ein paar Minuten. Was gibt's denn so Dringendes?«, fragt Silja unwirsch, während sie zu Sven in den Wagen steigt.

»Wir haben den Schlüssel zu Carina Bischoffs Laden in Nele Bredstedts Schreibtisch gefunden. Und wir haben die Tatwaffe. Jedenfalls mit hoher Wahrscheinlichkeit.«

»Die Tatwaffe? Für den Mord an Adnan oder an Nele?«

»Adnan. Dr. Bernstein hat doch immer von einem Brotmesser geredet, erinnerst du dich?«

»Ich bin ja nicht senil.«

»In der Küche der Bredstedts bin ich fündig geworden. Leo hat gerade das Messer untersucht. Deshalb ist sein Kollege allein zu dir in die Werkstatt gekommen.«

»Ich hab mich schon gewundert. Und? Hat sich die Untersuchung gelohnt?«

»Wie man's nimmt. Alle Bredstedts haben ihre Fingerabdrücke drauf, nur Nele nicht.«

»Dann ist es vermutlich kurz vor oder direkt nach ihrem Tod abgewaschen worden. Das kann alles heißen.«

»Wart's ab. Ich hab das Messer gleich danach zu Bernstein gebracht, der hat sich die Klinge angesehen und den Holzgriff unter ein richtig gutes Mikroskop gelegt.«

»Und?«

»Die Klinge weist genau die rauen Stellen auf, die Adnans Kehle aufgerissen haben könnten. Und zwischen Holz und Metallnieten ist Blut. Bei einem Brotmesser nicht ganz selbstverständlich.«

»Adnans Blutgruppe?«

»Jepp.«

»Und haben die Bredstedts Alibis?«

»Nathalie ja, die Eltern nein.«

»Das heißt, einer von beiden könnte Adnan umgebracht haben, weil der ihre Tochter geschwängert hat.«

»Sieht so aus.«

»Oder Nele war es selbst und hat hinterher das Messer abgewischt und zurückgelegt, damit niemand Verdacht schöpft.«

»Möglich ist es. Sie wusste jedenfalls, dass sie schwanger war. Wir haben ein Teststäbchen gefunden.«

»Vielleicht hat sie es Adnan erzählt und der hat seinen Bruder eingeweiht«, überlegt Silja. »Allerdings schien er vorhin bei der Vernehmung authentisch überrascht von der Schwangerschaft zu sein.«

»Vielleicht ist ein guter Mörder auch immer ein guter Schauspieler«, gibt Sven zu bedenken.

»Mag sein. Auf jeden Fall hätte Tarek damit ein weiteres Motiv, um Nele zu töten. Nicht nur das Erbe, sondern auch Blutrache. Auge um Auge, Zahn um Zahn, Bruder um Kind.«

»Klingt überzeugend.« Schwungvoll fährt Sven auf den Parkplatz des Kommissariats und stellt den Motor aus.

»Allerdings würde Tarek als Mörder nicht erklären, wie der Schlüssel zum Juwelierladen in Neles Schublade kommt.«

»Eins zu Null für Tarek«, murmelt Sven. Aber dann brei-

259

tet sich ein Grinsen auf seinem Gesicht aus. »Dummerweise hat der Gute sich vorhin mit Fred Hübner angelegt, beziehungsweise Hübner sich mit ihm. Jetzt liegt Hübner mit gebrochener Nase in der Nordseeklinik, und Tarek sitzt bei uns in der Zelle. »*Er hat misch provoziert, Mann*«, äfft er den Slang des Libanesen nach.

»Was hat Hübner denn gemacht?«

»Ist Amira an die Wäsche gegangen. Jedenfalls behauptet Tarek das.«

»Passt eigentlich nicht zu ihm.« Nachdenklich steigt Silja aus dem Wagen. »Überhaupt klingt das alles zu gut, um wahr zu sein. Sogar die roten Schmucksteine in Neles Augen und Mund ergäben einen Sinn.«

»Versteh ich nicht. Wie sollen die denn zu Tarek gekommen sein?«, fragt Sven.

»Nehmen wir mal an, es war tatsächlich Nele, die Adnan umgebracht und ihm die Steine in die Augen gedrückt hat. Dann könnte sie ohne weiteres das zweite Paar mitgenommen haben. Um eine symbolische Verbindung zu dem Toten herzustellen, beispielsweise.«

»Alle Achtung. Deine Fortbildung als Profilerin zahlt sich aus. Aber meinst du wirklich, dass sie die Klunker im Krankenhaus getragen hat? Das müsste doch jemandem aufgefallen sein.«

»Vielleicht hatte sie sie einfach nur bei sich. Als Fetisch sozusagen. Oder schlichtweg, damit keiner aus der Familie sie entdeckt.«

Mit Siljas letztem Satz sind die beiden Kommissare oben im Büro angekommen. Bastian blickt ihnen bereits erwartungsvoll entgegen. Durchs Fenster fällt gelbes Gewitterlicht und lässt sein Gesicht krank aussehen.

»Du hast Silja auf den neuesten Stand gebracht?«, fragt er Sven. Als dieser nickt, fährt Bastian fort: »Dann lasst uns die Sache jetzt beenden. Erst vernehmen wir die Bredstedt-Eltern, und danach legen wir Tarek Jashari Daumenschrauben an.«

Montag, 29. Juni, 15.50 Uhr, Nordseeklinik, Westerland

Elsbeth von Bispingen hetzt durch die Gänge des Krankenhauses. Es ist noch keine vierundzwanzig Stunden her, dass sie hier die Leiche ihrer Nichte identifiziert hat, und nun liegt ihr Liebhaber mit gebrochenem Nasenbein im selben Haus. Elsbeth ist entsetzt, verzweifelt, übermüdet. Als ihr Handy klingelt und sich gleichzeitig der Reißverschluss ihrer Tasche verklemmt, stößt sie einen äußerst undamenhaften Fluch aus. Entsprechend aggressiv klingt ihre Stimme, als sie den Anruf beantwortet.

»Ja? Was ist denn?«

»Kreuzer hier. Frau von Bispingen, wo sind Sie gerade?«

»Im Krankenhaus, was glauben Sie denn?«

»Frau von Bispingen, wir haben ein Problem …«, beginnt der Kommissar diplomatisch.

»Eins? Sie haben jede Menge Probleme, das kann ich Ihnen aber flüstern«, schnaubt Elsbeth. »Falls Herr Hübner ernstlich verletzt ist …«

»Frau von Bispingen, wir haben gerade …«, setzt Bastian Kreuzer von neuem an.

»Wenn Sie noch einmal *Frau von Bispingen* sagen, sind Sie ein toter Mann«, faucht die Staatsanwältin.

»Okay, dann nicht.« Bastian Kreuzer klingt beleidigt. Mit eiskalter Stimme fährt er fort: »In der Küche Ihres Bruders haben wir ein Messer sichergestellt, das mit hoher Wahrscheinlichkeit die Tatwaffe im ersten Mordfall ist. Reste von Adnans Blut konnten am Messergriff festgestellt werden.«

Elsbeth von Bispingen schnappt nach Luft. Sie wankt kurz, dann sinkt sie zu Boden. Das Handy gleitet ihr aus den Fingern und schlittert über den Krankenhausboden. Die Stimme des Hauptkommissars kräht in der Ferne weiter.

»Tatverdächtig im ersten Mord ist damit neben Ihrem Bruder und Ihrer Schwägerin auch Nele selbst. Wir haben nämlich in ihrem Schreibtisch Adnan Jasharis Schlüssel zu dem Juwelierladen entdeckt.«

»Sie spinnen doch!«, ruft sie in Richtung Handy. Dann kriecht die Staatsanwältin auf allen vieren zu ihrem Telefon, hebt es auf und faucht: »Meine Schwägerin ist so gut wie nie nüchtern. Sie kann nicht mal eine Tasse unfallfrei in die Geschirrspülmaschine stellen. Und mein Bruder ist der friedfertigste Mensch auf Erden, das sage ich auch gern unter Eid aus.« Als vom Kommissar keine Antwort kommt, fügt Elsbeth ruhiger hinzu: »Genau das ist sein ganzes Leben lang nämlich sein größtes Problem gewesen: diese Friedfertigkeit.«

Obwohl Bastian Kreuzer immer noch schweigt, meint Elsbeth ziemlich genau zu wissen, was er jetzt denkt. *Das sind die Schlimmsten. Immer alles schön runterschlucken, bis dann plötzlich die ganze Chose explodiert.*

Aber so ist es nicht. Bastian Kreuzers Stimme klingt bedächtig, seine Antwort wohlüberlegt. »Die beiden sind auch gar nicht unsere Hauptverdächtigen. Unser Fokus liegt eher auf Nele. Daher meine Frage: Würden Sie ihrer Nichte einen solch brutalen Mord zutrauen? Ich selbst bin da ein wenig zögerlich, aber meine Kollegin ermahnt uns immer, Frauen nicht zu unterschätzen.«

»Fragen Sie mich das jetzt als Frau, als Tante oder als Staatsanwältin?«, murmelt Elsbeth und weiß gleichzeitig sehr genau, dass ihre Bemerkung nur dazu dient, Zeit zu gewinnen. *Würde ich Nele diesen Mord zutrauen? Sie war doch noch ein Kind. Muss ich überhaupt auf diese Frage antworten? Soll ich von ihrem legendären Jähzorn erzählen?*

Als ahne er etwas von den Dingen, die der Staatsanwältin durch den Kopf schießen, wartet Bastian ab. Schließlich sagt er leise: »Denken Sie in Ruhe darüber nach. Wir müssen ohnehin die Eltern noch einmal vernehmen.«

»Okay.« Elsbeth atmet tief durch. Dann stellt sie die entscheidende Frage. »Aber wer hat dann Nele getötet?«

»Es ist nicht auszuschließen, dass Ihre Nichte sterben musste, weil die Jashari-Sippe Adnans Tod gerächt hat.«

»Und woher sollten die wissen, wer Adnan umgebracht hat?«

»Vielleicht ahnten sie es«, antwortet Bastian vorsichtig. »Möglicherweise hat Adnan seinem Bruder von seiner schwierigen Situation erzählt. Und der brauchte nur eins und eins zusammenzuzählen.«

Elsbeth seufzt. Das alles leuchtet ihr mehr ein, als ihr lieb ist. »Hört sich gar nicht mal so falsch an«, sagt sie und fügt gleich hinzu: »Ich melde mich später, bis dann.«

Sie rappelt sich auf und atmet zweimal tief durch. Mit durchgestrecktem Kreuz und hocherhobenem Kopf betritt sie wenig später den Fahrstuhl und kurz darauf das Krankenzimmer.

Fred Hübner bietet einen jämmerlichen Anblick. Die Schwellungen im Gesicht sind blutunterlaufen, die Nase ist geschient. Das linke Auge hat es besonders böse erwischt, so dass Fred nur mit dem rechten sehen kann. Trotzdem schafft er es, Elsbeth zuzublinzeln. Obwohl sie sich die größte Mühe gibt, sich das Entsetzen nicht anmerken zu lassen, reagiert Fred prompt.

»So schlimm also?«, nuschelt er. »Mir haben sie bisher jeden Spiegel verweigert.«

»Du hast Sorgen!« Elsbeth haucht ihm einen Kuss auf die weniger in Mitleidenschaft gezogenen Wange und setzt sich an seinen Bettrand.

Fred bringt etwas zustande, das entfernt an ein Stirnrunzeln erinnert. »Was ist los? Du bist ganz blass.«

»Sie haben die Tatwaffe gefunden. In Norberts Küche.«

Fred schweigt einen Moment, dann sagt er nur ein einziges Wort: »Scheiße.«

»Das kannst du laut sagen. – Aber ich will dich damit jetzt gar nicht belasten.« Vorsichtig fährt sie mit dem Finger über sein geschwollenes Gesicht. »Wie konnte das passieren?«

»Meine Schuld«, antwortet Fred zu ihrer Überraschung. »Hab ihn provoziert.«

»Aber warum, in Gottes Namen?«

Fred versucht, sich ein wenig aufzurichten, dabei verzieht er unwillkürlich das Gesicht. »Die beiden führen uns an der Nase rum, das ist mir plötzlich klargeworden.«

»Du sprichst von Tarek Jashari und Amira Ibrahim?«

Fred nickt. »Ich war doch letzten Winter länger in Marokko, hatte dieses Romanprojekt«, beginnt er. »Da habe ich mich ein bisschen ausführlicher mit dem Islam beschäftigt. Rolle der Frau, Unterdrückung, Beschneidung. Du weißt, ich bin ein verkappter Feminist.« Sein heiles Auge blinzelt ihr noch einmal zu.

»Was du nicht sagst …«

»Kleiner Witz am Rande. Jedenfalls habe ich auch zu den unterschiedlichen Verhüllungsformen der Frauen recherchiert. Hatte ich längst wieder vergessen, mehr oder weniger jedenfalls. Aber als ich die Tante da so ganz in Schwarz am Strand stehen sah, mit Tschador und Niqab, die volle Verhüllungsnummer also, da wurde mir plötzlich klar, dass da was nicht stimmt.«

»Na ja, sie ist eben eine gläubige Muslima«, wirft Elsbeth ein.

»Aus dem Libanon, das ist doch richtig, oder?«

Als Elsbeth nickt, richtet sich Fred noch ein wenig weiter auf. »Die tragen da keinen Niqab«, erklärt er eindringlich.

»Du meinst den Gesichtsschleier?«

»Genau. Der wird vorwiegend in Saudi-Arabien und im Jemen getragen, außerdem in Syrien und im Irak. Und natürlich in Nordafrika. Aber der Libanon gehört ganz sicher nicht zu den Ländern, wo das so ohne weiteres üblich ist. Dazu war das Land viel zu lange viel zu westlich.«

»Aber …«, will Elsbeth ihn unterbrechen.

Doch Fred hebt nur die Hand. »Warte. Ich war noch nicht fertig. Natürlich sind Ausnahmen denkbar. Schließlich ist der Niqab ein überstaatliches, rein religiöses Symbol.« Das Sprechen strengt Fred an, und wahrscheinlich schmerzt es auch. Elsbeth sieht, wie Freds Gesicht sich rötet und die Hände sich auf der Bettdecke verkrampfen. Aber was er sagen will, ist ihm wichtig, und er kümmert sich nicht um den Schmerz. »Frauen, die sich bis auf den Sehschlitz verhüllen, berufen sich auf ihre sehr niedrig angesetzte Schamgrenze. Das kann eine ganz persönliche Entscheidung sein, schon klar.«

»Ja und? Vielleicht ist es bei ihr genau so«, bemerkt Elsbeth mutlos.

»Na, dann verrate mir mal, wieso eine solche Frau hier oben im Norden ganz ohne Grund durch die Weltgeschichte spazieren sollte, zudem am Strand zwischen den ganzen Halbnackten, wo sie doch eigentlich zu Hause sitzen und um ihren ermordeten Verlobten trauern müsste.«

Elsbeth runzelt die Stirn, sagt aber nichts.

»Glaub's mir, die verarschen euch. Warum sonst hätte dieser Tarek so ausrasten sollen, als ich sie auf den Schleier angesprochen habe.«

»Er hat ausgesagt, dass du seine Schwägerin unsittlich berührt hast.«

Fred zuckt die Schultern. »Ich hab den Stoff angetippt. Also bitte!«

Elsbeth muss lächeln. Wenn Fred sarkastisch wird, ist er gleich wieder der Alte.

»Was ist mit ihrem Alibi für den ersten Mord?« Freds Frage holt Elsbeth in die Gegenwart zurück.

»Sie war auf einer Familienfeier.« Elsbeth merkt plötzlich selbst, wie kläglich sich das anhört.

»Schade. Amira Ibrahim hätte ein astreines Motiv gehabt, schließlich hat Adnan Jashari sie mehrfach betrogen. Und angeblich wollte er sie ja auch verlassen. Aber egal. Beim zweiten Mord war sie auf jeden Fall hier auf der Insel«, fügt Fred mit einem eindringlichen Blick hinzu.

Elsbeth denkt kurz nach, dann steht sie auf. »Okay, ich sorge dafür, dass sie vernommen wird. Unter welchem Vorwand auch immer. Vielleicht bringt das was.«

266

»Am liebsten würde ich …« Vorsichtig schwingt Fred die Beine aus dem Bett.

»Gar nichts wirst du! Ich kümmere mich darum, und heute Abend erstatte ich Bericht. Versprochen. Aber nur, wenn du brav hier liegen bleibst.«

Fred Hübner seufzt, dann nickt er kurz und zieht die Beine wieder zurück.

Montag, 29. Juni, 16.03 Uhr, Kriminalkommissariat, Westerland

Vor Norbert Bredstedt stehen eine Tasse Kaffee und ein Teller mit trockenen Keksen. Der Kommissar, der schon bei der Wohnungsdurchsuchung dabei war und sich als Sven Winterberg vorgestellt hat, sitzt ihm gegenüber und nippt selbst an einem Kaffeebecher. Norbert rührt seine Tasse nicht an und nimmt auch nichts von den Keksen. Man versucht, ihn einzulullen, das ist ihm völlig klar. Dieser Winterberg will ein Geständnis, deshalb ist er so nett zu ihm. Aber Norbert wird nichts gestehen, er ist fest entschlossen zu schweigen, da kann die Indizienlage noch so belastend sein.

»Herr Bredstedt«, beginnt der Kommissar mit sanfter Stimme, »ich bin selbst gerade zum zweiten Mal Vater geworden. Glauben Sie mir, ich kann nachfühlen, wie es einem geht, wenn dem eigenen Kind Unrecht getan wird.«

»Unrecht?«, entfährt es Norbert, dabei hatte er doch schweigen wollen. »Unrecht nennen Sie es, wenn meine Tochter brutal ermordet wird?«

»Das meinte ich nicht. Ich dachte an Neles Schwangerschaft und die Tatsache, dass der Kindsvater so unaufrichtig war.«

»Er hat Nele nach Strich und Faden verarscht. Sie war sechzehn. Ein Kind im Körper einer Frau. Er hat ihre Unschuld ausgenutzt, ihre Gutgläubigkeit, ihre Liebe.«

»Wann haben Sie von der Verbindung der beiden erfahren?« Winterbergs Stimme klingt harmlos, aber es ist eine Falle.

»Ich habe davon nichts gewusst, bis Ihr Kollege es mir heute Vormittag erzählt hat.«

Der Kommissar seufzt und stellt seinen Kaffeebecher auf dem Vernehmungstisch ab. »Andere Frage. Können Sie uns etwas über die beiden Schmucksets sagen?«

»Schmuck? Was für Schmuck?«, fragt Norbert mit tonloser Stimme. Seine Frage klingt unglaubwürdig, und das ärgert ihn.

»Ihre Tochter hatte im Tod die Ohrringe mit den roten Steinen in den Augenhöhlen und den passenden Ring im Mund«, entgegnet Winterberg sanft. »Ich dachte, das wussten Sie.«

Die Worte des Kommissars treffen Neles Vater wie Geschosse. *Was hat man mit meinem Kind gemacht?* Für Sekunden bleibt Norbert Bredstedt die Luft weg. Es fühlt sich gar nicht so falsch an. *Vielleicht sollte ich einfach aufhören zu atmen. Die Augen schließen und gehen. Fort aus dieser Welt, deren Gesetze schon lange nicht mehr meine sind.*

Doch der Kommissar lässt ihm keine Ruhe. »Nur Adnans Mörder kann den Schmuck genommen haben. Waren Sie das?« Winterberg beugt sich vor, sieht Norbert Bredstedt eindringlich ins Gesicht und hebt die Stimme. »Ich habe Sie etwas gefragt! Sind Sie Adnan Jasharis Mörder, Herr

Bredstedt? Haben Sie Adnan Jashari mit dem Brotmesser, das wir in Ihrer Küche gefunden haben und das nur Ihre Fingerabdrücke und die Ihrer Familie aufweist, umgebracht? Haben Sie ihm das Schmuckpaar mit den grünen Steinen in Augen und Mund gedrückt und das andere Set mit den Rubinen mitgenommen, um es Ihrer Tochter zu geben? Als eine Art von Wiedergutmachung vielleicht? Oder als, zugegeben, etwas perverser Trost? Oder als … was weiß ich denn schon?« Ungeduldig schlägt Winterberg mit der flachen Hand auf den Tisch. Sein Kollege zuckt zusammen und wirft ihm einen überraschten Blick zu.

In Norbert Bredstedts Kopf wirbeln die Gedanken herum. Eben noch wusste er nicht ein noch aus, doch plötzlich ist ihm alles klar. »Dieser Jashari hatte grüne Steine in Augen und Mund.« Er sagt es leise, eigentlich ganz für sich, und es ist keine Frage. »Grün war Neles Lieblingsfarbe, müssen Sie wissen«, setzt er dann noch hinzu.

»Ist das ein Geständnis?« Kommissart Winterberg blickt ihn fragend an. »Oder wollen Sie uns damit sagen, dass Sie Ihrer Tochter die Tat zugetraut hätten?«

Norbert Bredstedt seufzt, dann greift er nach der Tasse und trinkt den Kaffee, der inzwischen ganz kalt geworden ist. Anschließend nimmt er sich einen Keks und beißt davon ab. Er fühlt den Blick des Kommissars auf seinem Gesicht. Und er fühlt auch, wie sich seine eigenen Züge beim Kauen entspannen. Er lässt sich Zeit. Der Kaffee war scheußlich, aber der Keks schmeckt gar nicht mal übel. Er nimmt einen zweiten. Und dann noch einen. Schließlich nuschelt Norbert Bredstedt mit vollem Mund: »Keins von beidem. Ich habe den Kerl mit Sicherheit nicht umgebracht. Dazu hätte mir der Mut gefehlt. Leider.« Er schaut

Sven Winterberg aus Augen an, in denen reine Verzweiflung steht, und fügt hinzu: »Aber ich gäbe was drum, wenn ich's getan hätte. Dann könnte Nele vielleicht noch leben und diese Arschlöcher hätten sich vermutlich an mir gerächt und nicht an ihr.«

Montag, 29. Juni, 16.27 Uhr, Kriminalkommissariat, Westerland

Bastian Kreuzer holt tief Luft, um den Stand der Ermittlungen zusammenzufassen. Vor ihm im Büro sitzen Silja Blanck und die Staatsanwältin. Als er gerade beginnen will, wird er vom Klingeln des Telefons unterbrochen.

»Was ist denn jetzt schon wieder«, schnauzt er in den Apparat. »Uns läuft die Zeit davon! Ich habe doch ausdrücklich darum gebeten, nicht gestört zu werden.«

»Hier unten ist jemand, der sich nicht abwimmeln lässt«, entschuldigt sich die Polizeimeisterin, die am Empfang hinter der Schranke Dienst tut. »Er sagt, dass er etwas Wichtiges im Mordfall Jashari beobachtet hat.«

»Hat er auch einen Namen?«

»Bischof, glaube ich. Oder nein, war das Kardinal?«

»Lorenz Bischoff?« Bastian springt auf. »Soll warten, bin gleich unten.« Er wirft das Telefon auf den Tisch und läuft hinaus. Die Tür lässt er offen. Während Silja und die Staatsanwältin noch erstaunte Blicke tauschen, kommt er schon wieder zurück. Hinter dem Hauptkommissar betritt ein übernächtigt wirkender Lorenz Bischoff den Raum. Er ist schlecht rasiert und hat tiefe Tränensäcke unter den Augen.

Noch bevor er sich auf den Stuhl gesetzt hat, den Bastian ihm anbietet, erklärt er: »Ich möchte ... nein ... ich muss eine Aussage machen.«

Die Staatsanwältin und die beiden Kommissare blicken ihm entgegen. Lorenz Bischoff lässt kurz seine Augen von einem zum anderen wandern, dann beginnt er zögernd: »Ich habe bisher gelogen. Beziehungsweise meine Düsseldorfer Angestellte sollte das für mich tun. Eigentlich.« Er schlägt die Augen nieder. Es wirkt, als wolle er die überraschten Reaktionen auf seine Aussage gar nicht sehen. Und dann holt er tief Luft und lässt die Bombe platzen. »Ich war in der Mordnacht hier auf der Insel. Und ich war am Abend sogar am Tatort.« Er schluckt und muss sich anschließend räuspern. »Sie verstehen vielleicht, dass man das nicht so ohne weiteres zugeben mag.«

»Und warum tun Sie's jetzt?«, will Bastian wissen.

»Ich habe das Foto der zweiten Toten in der Zeitung gesehen. Schrecklich.«

»Die Presse ist gnadenlos, die drucken echt jedes Handyfoto, das sie kriegen können«, murmelt Silja und schaut Elsbeth von Bispingen entschuldigend an.

»Vielleicht war es in diesem Fall ganz hilfreich.« Lorenz Bischoff räuspert sich noch einmal, seine Worte sind ihm sichtlich unangenehm. »Aber das ist noch nicht alles. Es gibt noch einen weiteren Grund für meine Aussage. Unser Steuerberater hat uns berichtet, dass einer Ihrer Beamten bei ihm war. Also wegen unserer Geschäftspraktiken. Also, dass wir manchmal ... also an der Steuer vorbei ...« Hilfesuchend blickt er auf.

»... Schwarzgeldgeschäfte machen. Sie können das Kind ruhig beim Namen nennen«, erklärt Bastian trocken.

»Ja. Wie auch immer. Jedenfalls habe ich eingesehen, dass wir damit ein Motiv für den Mord hätten, denn theoretisch hätte dieser Jashari uns ja erpressen können. Hat er aber nicht. Tja, also. Trotzdem wollte ich …«

»Moment, Moment«, unterbricht ihn Elsbeth von Bispingen. »Ein weiteres Motiv kommt bei Ihnen noch dazu: Eifersucht.«

Lorenz Bischoff lächelt. Dann setzt er sich kerzengerade auf. »Eben nicht. Als ich nämlich am letzten Mittwoch zum Geschäft gefahren bin, es war etwa zehn Uhr und der Laden schon geschlossen, habe ich drinnen zwei Menschen gesehen. Sie redeten miteinander, besser gesagt, sie stritten sich. Sah ganz nach einem Beziehungsgespräch aus. Es ging ganz schön zur Sache. Die beiden wurden laut, und ihre Gesten wirkten irgendwie bedrohlich.«

»Und um wen handelte es sich dabei?«

»Das ist es ja gerade. Es waren Adnan Jashari und eine junge Frau, schmal und blond. Die Tote von letzter Nacht, wie ich jetzt weiß.« Lorenz Bischoff zeigt auf das Foto Nele Bredstedts, das Sven von den Eltern erhalten hat und das jetzt deutlich sichtbar auf dem Vernehmungstisch liegt.

»Und das sollen wir Ihnen plötzlich glauben?« Bastian klingt zweifelnd.

»Wie lange haben sie die beiden denn beobachtet?«, unterbricht die Staatsanwältin.

»Nicht lange. Ich wollte nicht entdeckt werden. Außerdem reichte mir, was ich gesehen hatte. Der Liebhaber meiner Frau war ihr untreu. Das war doch schon mal was.« Über Lorenz Bischoffs Gesicht huscht wieder ein Lächeln.

»Und warum haben Sie uns das nicht früher erzählt?«, hakt Bastian nach.

»Hab ich doch schon gesagt! Zuzugeben, dass ich am Tatort war, hätte mich nur verdächtig gemacht.«

»Sie hätten vielleicht ein Leben retten können«, wirft Silja leise ein.

»Ich weiß. Darum sitze ich ja jetzt hier.« Lorenz Bischoff kaut an seiner Lippe herum und blickt auf den Boden. »Da war noch etwas«, sagt er schließlich. »Die Schmuckstücke. Bevor ich ging, habe ich gesehen, wie dieser Jashari der jungen Frau beide Sets gegeben hat. Sie hat sie lange betrachtet und gegeneinander abgewogen, wie mir schien. Er hat währenddessen die ganze Zeit auf sie eingeredet.« Er zuckt mit den Schultern. »Keine Ahnung, was das sollte. Jedenfalls schien sie sich mehr und mehr aufgeregt zu haben. Ich bin dann abgehauen, bevor die mich entdecken konnten.«

»Das haben Sie sich ausgedacht, oder?« Elsbeth von Bispingens Stimme klingt scharf.

»Nein! Warum sollte ich?«

»Okay. Nehmen wir mal an, es war alles so, wie Sie es schildern.« Bastian stockt kurz, als müsse er darüber nachdenken, ob er weiterreden soll. Dann steht er auf, geht zur Tür und bedeutet der Staatsanwältin, ihn zu begleiten. Draußen sagt er leise zu ihr: »Ihre Nichte hätte also nicht nur die Gelegenheit und das Motiv zum Mord gehabt, sondern selbstverständlich auch den Zugriff auf die Tatwaffe. Ich frage Sie noch einmal: Trauen Sie ihr diese Tat zu?«

Elsbeth nickt langsam. Sie sieht Nele plötzlich überscharf vor sich. Der unstete Blick, das blasse Gesicht. Sie kann die Verzweiflung der Nichte spüren, die Enttäuschung und die Angst. Und vielleicht war da sogar noch ein kleines bisschen Hoffnung. Hoffnung darauf, dass das klärende Gespräch gut enden würde, dass Adnan zu seiner Vaterschaft stehen

273

und Verantwortung übernehmen würde. Vielleicht hat sie nicht weiter nachgedacht, als sie in der heimischen Küche das Messer eingesteckt hat. Oder sie hat im Gegenteil schon geahnt, dass bereits alles entschieden war.

»Sie war berüchtigt für ihre Wutanfälle. Als Kind musste sie einmal sogar die Klasse wechseln, weil sie ihre Mitschüler bedroht hat. Allerdings dachten wir, sie hätte sich mittlerweile besser im Griff«, murmelt Elsbeth von Bispingen und ringt um Fassung.

»Danke für Ihre Offenheit«, sagt Bastian Kreuzer leise. »Denn wenn Ihre Nichte Adnan Jashari getötet hat, ergibt auch der Mord an ihr einen Sinn. Schließlich hat Tarek sogar vor uns damit geprahlt, dass er seinen Bruder rächen wird.«

Montag, 29. Juli, 16.53 Uhr, Bahnhof, Westerland

Amira Ibrahim sitzt auf einer Bank im Schatten des langgezogenen Daches, das den Bahnsteig überwölbt. Ihr ist heiß, sie zittert am ganzen Körper, und sie hat die neugierigen, oft abschätzigen Blicke der Passanten gründlich satt. Ohne ihren Schwager fühlt sie sich hilflos und ausgeliefert. Der schwarze Umhang schützt sie weniger, als dass er sie hervorhebt und angreifbar macht. Aber vielleicht ist es auch nur die Angst, die ihr dieses Gefühl vermittelt. Die Angst vor der Rückkehr nach Berlin, die Angst vor der Zukunft, die Angst um ihren Schwager. Immer wieder muss sich Amira vorstellen, wie Tarek in einer Zelle sitzt und tobt. Oder schlimmer noch, wie er bei einer Vernehmung ausrastet und zu viel preisgibt.

Sofort nach Tareks Verhaftung hat Amira den Fahrer des Leichenwagens zurück nach Berlin geschickt. Am liebsten wäre sie mitgefahren, aber die Kriminalpolizei hat sie gebeten, noch auf der Insel zu bleiben. *Gebeten.* Schon bei dem Gedanken an dieses Wort wird Amira ganz schlecht. Es war natürlich ein Befehl, und alle wussten es. Der Blick des Kommissars war streng und eindringlich, Amira fühlte sich auf eine sehr unangenehme Weise erkannt. Aber sie hat sich nichts anmerken lassen und nur unterwürfig genickt. *So, wie man es von einer guten islamischen Frau als Deutscher wahrscheinlich erwartet*, denkt sie jetzt bitter.

Brav ist sie mit Tareks Auto dem Streifenwagen bis zum Polizeigebäude gefolgt. Sie würde im Wagen warten, bis Tarek wieder auf freiem Fuß sei, hat sie beteuert, und die Beamten haben sich damit zufriedengegeben. Natürlich hat sie sich nicht daran gehalten. Der Gang vom Parkplatz des Polizeigebäudes bis zum Bahnhof war ein Spießrutenlaufen, die Blicke der Leute und gleichzeitig die Angst vor der Entdeckung durch die Polizei. Und hier ist es nicht besser. Amira fühlt sich, als säße sie mitten auf einem Präsentierteller.

Aber vielleicht sollte sie nicht so viel an sich selbst denken. Die Hauptsache ist schließlich, dass Tarek jetzt nichts Falsches sagt. Besorgt blickt Amira über die Gleise nach Norden. Von ihrer Bank aus kann sie das Kriminalkommissariat sehr gut sehen. Hinter den behäbigen roten Backsteinmauern entscheidet sich gerade ihr Schicksal, das ist ihr deutlich bewusst. Und eigentlich weiß auch Tarek, was auf dem Spiel steht.

Die Ehre der Familie. Adnans Andenken. Und natürlich das Erbe. Das Geld, das Adnan gewonnen hat, und

275

auch das, das er in den Sylter Monaten gespart hat, dieses Geld gehört der Familie. Nicht einem idiotischen Embryo, den Adnan gezeugt hat, weil er seinen Schwanz nicht unter Kontrolle halten konnte. Männer eben. Amira weiß genau, dass Adnans Affären nichts zu bedeuten hatten, auch wenn plötzlich alle sagen, dass Adnan weg von der Familie wollte, dass er mit seinem Leben etwas anderes außerhalb der Sippe anfangen wollte. Aber das ist Blödsinn.

Amira kann das nicht glauben, und sie will es auch nicht, denn ihr hat Adnan stets etwas anderes erzählt. Er hat über seine verlebte Chefin gelästert und über die freizügigen Sitten der deutschen Frauen erst recht. Natürlich hat sie geahnt, dass Adnan auch aus Pflichtgefühl so redete. Sie hätte ihm durchaus auch den einen oder anderen Fehltritt zugetraut, aber dass er sich so über alle Maßen mit anderen Frauen abgegeben hat, das hat sie verletzt. Vielleicht hätte es ihr gleichgültig sein sollen, aber so war es nicht. Amira war tief gekränkt. Sie hat ihm Vorwürfe gemacht, ihm sogar ein Ultimatum gestellt. Daraufhin wollte er sofort einen Hochzeitstermin festsetzen. Und er hat ihr von dem Schmuck erzählt, den er ihr schenken wollte. Ohrringe und einen Ring. Teure Steine, schweres Gold, so wie es sich gehört. Ob ihr rote oder grüne Steine lieber wären, wollte er wissen.

Sie hat sich Bedenkzeit erbeten. Und dann war Adnan plötzlich tot. Anschließend stellte sich heraus, dass sein Bruder Tarek weit mehr über Adnans sexuelle Aktivitäten gewusst hatte. Er wusste sogar von der Schwangerschaft dieser Krankenpflegerin. Gleich nachdem diese Nele es Adnan gebeichtet hatte, hat er sich mit Tarek beraten. Ein Arzt sollte her, der das Kind wegmacht. Adnan war zuversichtlich, dass die Deutsche zustimmen würde. Er wollte sich noch am selben Abend mit ihr treffen, er würde ihr anbieten, den Abbruch zu bezahlen, wie sollte sie da ablehnen?

Die nächste Nachricht, die Tarek aus Sylt bekam, war ein Anruf der Polizei am folgenden Morgen, in dem man ihm den Mord an seinem Bruder mitteilte.

Es war nicht schwer, eins und eins zusammenzuzählen. Tarek hatte den Namen von Adnans kleiner Geliebten. Und er wusste, wo sie arbeitete. Tareks oberste Pflicht war es nun, den Bruder zu rächen – natürlich wollte er das selbst erledigen. Immerhin nahm er Amira mit nach Sylt, und sie war ihm dankbar dafür. Bis gestern, als sie von seinem Plan erfuhr.

Amira seufzt und ballt die Fäuste unter dem Tschador. Tarek wäre im Krankenhaus doch sofort aufgeflogen. Trotzdem war es ein hartes Stück Arbeit, ihn für ihren eigenen Plan zu gewinnen. Von da an hat alles wie am Schnürchen geklappt.

Warum musste Tarek nur so unbeherrscht sein und diesen Kerl am Strand niederschlagen? Er wollte sie beschützen, aber er hat damit das Unglück erst heraufbeschworen. Nun muss sie sehen, wie sie allein zurechtkommt.

Amira lehnt sich zurück, sie versucht, sich zu entspannen. Konzentration jetzt und nur keine Panik aufkommen lassen. Sekunden später mustert sie die Anzeigetafel am Bahnsteig. Der nächste Zug aufs Festland fährt in zwanzig Minuten.

Plötzlich weiß sie, was sie zu tun hat.

Montag, 29. Juli, 17.03 Uhr,
Kriminalkommissariat, Westerland

Silja Blanck steht am Waschbecken ihres Dienstzimmers und lässt kaltes Wasser über ihre Handgelenke laufen. Bastian Kreuzer und Sven Winterberg lehnen nebeneinander am offenen Fenster. Sie haben der Stadt den Rücken zugewandt, und ihre Silhouetten wirken wie Scherenschnitte vor dem gelben Gewitterlicht. Der Wind hat sich gelegt, vom Himmel drücken schwere Wolken die schwüle Luft nach unten, und es wird von Minute zu Minute finsterer. Jeden Moment kann es lospladdern, und der Wolkenbruch wird für alle eine Erleichterung sein. Die Schwüle ist inzwischen fast unerträglich geworden, auch im Zimmer ist es heiß und stickig.

»Gibt's hier irgendwo einen Kühlschrank mit Eis oder Wasser oder am besten sogar mit einer Cola?«, fragt Elsbeth von Bispingen mit matter Stimme. Sie ist die Einzige, die sich hingesetzt hat.

»Müssten wir eigentlich haben.« Sven öffnet den kleinen Kühlschrank, fördert aber nur eine halbvolle Seltersflasche zutage. »Tut mir leid, Cola ist aus«, erklärt er und reicht der Staatsanwältin die Seltersflasche. Bevor er ein sauberes Glas finden kann, hat sie die Flasche schon an die Lippen gesetzt und schluckt gierig.

»Mir ist es selbst zum Trinken zu heiß«, murmelt Bastian und fährt sich mit beiden Händen über das kurzgeschorene Haar. Dann stößt er sich von der Fensterbank ab und baut sich in der Mitte des Raumes auf. »Drei Dinge sind jetzt wichtig«, beginnt er mit energischer Stimme. »Erstens: Sven und ich knüpfen uns Tarek Jashari und diesen Auto-Mike vor. Getrennt natürlich, aber gleichzeitig. Und das erzählen wir denen auch. Dann werden Sven und ich während der Vernehmung richtig schön viele SMS wechseln. Wäre doch gelacht, wenn dabei nicht einer von beiden weich wird.«

Silja nickt unkonzentriert. Ihre Gedanken sind ganz woanders. »Falls es Nele war, die Adnan umgebracht hat, gäbe wenigstens die Sache mit den Schmuckstücken einen Sinn«, wiederholt sie. »Ein Paar für ihren toten Liebhaber, ein Paar für sie selbst. Und damit niemand den kostbaren Schmuck entdeckt, hat sie ihn einfach bei sich getragen.« Während sie die Hände immer noch unter den kühlen Wasserstrahl hält, sieht sie zur Staatsanwältin, die schräg hinter ihr steht. »Ich spreche gleich noch mal mit Ihrem Bruder. Mal sehen, wie er sich zu Lorenz Bischoffs Aussage verhält.«

»Eine Frage wird er uns ganz sicher nicht beantworten können: Woher wusste Neles Mörder von dem Schmuck?«

»Hat nicht die Bischoff bei der ersten Vernehmung ausgesagt, dass Adnan eines der Sets seiner Verlobten schenken wollte? Als Abschiedsgabe sozusagen?« Ruckartig dreht Silja den Wasserhahn zu. Dann presst sie die kalten, nassen Hände aufs Gesicht. »Wenn es doch endlich regnen würde!«

»Kann sich nur noch um Sekunden handeln«, erklärt Sven nach einem Blick aus dem Fenster. Plötzlich kneift er die Augen zusammen und beugt sich weit hinaus. »Kommt mal her, aber schnell!« Er deutet hinüber zum Bahngelände. »Seht ihr auch, was ich sehe? Die schwarze Gestalt dort hinten. Jetzt steht sie auf und bewegt sich auf das Bahnhofsgebäude zu.«

»Das muss Amira sein. Was will sie dort? Ihr Wagen steht

doch auf unserem Parkplatz. Und vorhin saß sie da auch noch drin.« Bastians Stimme klingt alarmiert.

»Sie will abhauen, was sonst?« Silja greift nach ihrem Schlüsselbund und läuft hinaus.

»Ich komme mit. Die entkommt uns nicht.« Elsbeth von Bispingen wirft die leere Seltersflasche auf den Boden und springt auf.

»Sie wird nichts sagen, dafür ist sie zu schlau«, ruft Sven der Staatsanwältin hinterher.

»Das werden wir ja sehen!«, Elsbeth von Bispingens Stimme klingt kämpferisch. Mit schnellen Schritten folgt sie der Kommissarin. Auf dem Parkplatz holt sie sie ein und wirft sich neben sie in den Dienstwagen.

Silja setzt das Blaulicht aufs Dach und fährt die Einbahnstraße zum Bahnhof in die falsche Richtung hinauf. Erschrocken bremsen die Fahrer der entgegenkommenden Wagen und fahren an den Rand. Nach einem neunzigsekündigen Slalom erreicht Silja den kleinen Parkplatz direkt an den Gleisen. Die beiden Frauen springen heraus und stürmen auf den Bahnsteig. Kaum sind sie unter dem schützenden Dach angekommen, klatschen die ersten Tropfen vom Himmel. Mit geöffneten Türen wartet ein Zug am Bahngleis. Ein Blick auf die Anzeigetafel sagt Silja, dass er in wenigen Minuten abfahren wird.

»Wenn sie türmen wollte, hätte sie nur einzusteigen brauchen. Aber sie ist ins Bahnhofsgebäude gelaufen«, stößt die Kommissarin atemlos hervor.

»Sie suchen im Zug, ich checke das Gebäude und den Vorplatz.« Die Staatsanwältin hat sich bereits mitten im Satz umgedreht und ist Sekunden später im Bahnhofsgebäude verschwunden.

280

Der Regen fällt jetzt immer dichter. Einzelne Böen wehen die Wasserschwaden in Wellen unters Bahnsteigdach. Der Zugführer steht im Gespräch mit einem Kollegen dicht an der Anzeigetafel, trotzdem haben beide schon Spritzer auf den Hosen. Silja läuft zu ihnen, zückt ihren Dienstausweis und erklärt knapp: »Ich muss noch mal durch alle Waggons. Sie fahren erst, wenn Sie mein Okay haben, verstanden?«

Der Zugführer nickt konsterniert, sein Kollege verdreht die Augen. »Dat bringt wieder den ganzen Fahrplan auf'm Deich durcheinander. Reicht eigentlich schon, wenn wir mit dem Wetter zu kämpfen haben.« Im gleichen Augenblick zuckt ein Blitz am Horizont.

»Machen Sie, was ich sage, sonst gibt's richtig Ärger«, faucht Silja, dann läuft sie bis ans Ende des Bahnsteigs und verschwindet in der ersten Klasse, während der Donner grollend niedergeht.

Zehn Minuten später steigt Silja am anderen Ende des Zuges wieder aus. Inzwischen sind Tonnen von Regen gefallen, und das Gleisbett steht unter Wasser. Auf dem Bahnsteig wartet eine ziemlich durchnässte Elsbeth von Bispingen schon auf die Kommissarin.

»Nichts«, keucht Silja. »Und bei Ihnen?«

»Das Gleiche. Ich habe alle Leute in der Bahnhofshalle nach ihr gefragt. Die meisten sind vor den dunklen Wolken reingeflüchtet und standen vorher auf dem Vorplatz. Aber eine Frau im Tschador hat dort niemand gesehen.«

»Diese Amira kann sich doch nicht in Luft aufgelöst haben«, sagt Silja ratlos.

»Aber sie kann sehr wohl den Tschador abgelegt haben«, antwortet die Staatsanwältin und weicht einer neuerlichen

281

Regenwelle aus. »Ich Idiotin hätte in den Waschräumen nach ihr suchen sollen.«

»Nichts wie hin!« Silja spurtet los. Der Bahnsteig ist längst voller Pfützen, aber das ist ihr egal. Im Rennen zieht sie das Handy aus der Tasche und klingelt Bastian an. »Amira ist weg. Spurlos verschwunden. Wahrscheinlich hat sie den Tschador abgelegt.«

»Wir sind gleich bei euch, sitzen schon im Wagen«, ruft Bastian gegen den lauten Klang des Martinshorns an.

Zwanzig Sekunden später zieht Elsbeth von Bispingen ein schwarzes Kleiderbündel aus dem Mülleimer der Damentoilette. »Hatte Fred mal wieder recht«, murmelt sie, verzichtet aber auf jede Erklärung, als sie Siljas erstaunten Blick sieht. »Keine Zeit dafür jetzt. Wir müssen alle jungen Frauen checken, die im Zug sitzen.«

»Und wenn sie in die Stadt gelaufen ist?«, kontert Silja mutlos, während sie den Waschraum verlassen. »Niemand weiß, wie sie ohne Tschador aussieht.« Unschlüssig stehen sich beide Frauen in der Bahnhofshalle gegenüber und ziehen die Blicke der Wartenden auf sich.

Als Bastian und Sven hereinstürmen, weichen die vor dem Regen geflüchteten Passanten erschrocken zur Seite. Bastian läuft auf Silja zu und packt sie fest an den Oberarmen.

»Ich weiß, wie sie aussieht«, keucht er und kann sich einen triumphierenden Blick in Richtung der Staatsanwältin nicht verkneifen. »Ich war doch in Berlin. In der Wohnung der Jasharis. Da stand ein Foto auf der Anrichte. Adnan mit einer jungen Frau. Erst danach hat man mir und dem Berliner Kollegen die verschleierte Amira vorgestellt. Da hab ich das Foto vergessen. Wenn sie den Schleier also

282

wirklich nur als Tarnung benutzt, dann habe ich sie ohne gesehen!«

»Einen Versuch ist es wert«, sagt die Bispingen entschieden. »Na los, laufen Sie schon und checken Sie den Zug. Wir warten hier und passen auf, dass keine junge Frau die Halle verlässt. Und Sie, Winterberg, kontrollieren draußen den Zugang, der direkt vom Bahnsteig zum Parkplatz führt.

»Da steh ich voll im Regen, vielen Dank auch«, mault Sven. Doch als er den giftigen Blick Elsbeth von Bispingens sieht, setzt er schnell hinzu: »Alles klar. Ich eile.«

Montag, 29. Juli, 17.20 Uhr, RE 11033, Bahnhof, Westerland

Amira ist außer Atem. Sie hetzt durch die Waggons und sucht nach einem freien Platz. Ihre langen dunklen Haare sind feucht vom Regen, und die Füße in den Sneakers trotz der Plateausohlen nass. In ihrer Eile ist sie durch eine tiefe Pfütze gelaufen. Doch das ist alles nebensächlich. Die Hauptsache ist, dass sie es geschafft hat. Amira Ibrahim zupft ihr Top zurecht, tastet in der Tasche ihrer Cargohose nach dem Messer. Gleichzeitig bemüht sie sich um einen entspannten Gesichtsausdruck. *Ich bin ohne Gepäck schon auffällig genug*, überlegt sie. *Da muss ich nicht noch gehetzt wirken.* Im letzten Waggon vor der ersten Klasse hat sie Glück. Ein Gangplatz im Großraumabteil ist frei. Amira klemmt sich neben einen jungen Mann, der erfreut aufblickt. *Hoffentlich fängt der nicht gleich eine Unterhaltung an.* Nervös sieht Amira auf die Uhr. Es ist zwanzig nach fünf. *Wenn der Zug pünktlich abfährt, bin ich in zwei Minuten aus dem Schussfeld.*

Doch der Zug rührt sich nicht von der Stelle. Stattdessen wird es weiter vorn am Übergang zur ersten Klasse laut. Eine junge Frau entrüstet sich: »Was wollen Sie eigentlich von mir?« Die gezischte Bemerkung eines kräftigen Mannes, der direkt vor der Frau steht, bringt sie zum Schweigen. Sekunden später dreht der Mann sich um, und Amira erkennt in ihm den Kommissar, der sie vor wenigen Stunden vernommen hat.

Scharf zieht sie die Luft ein. Jetzt muss sie sich entscheiden. Bleiben oder fliehen? Sie verflucht sich selbst dafür, dass sie nicht gehört hat, was der Kerl eben gesagt oder gefragt hat. Vielleicht erkundigt er sich bei den Reisenden nur, ob sie eine Frau im Tschador gesehen haben. Oder weiß er schon, dass sie ihre Verkleidung abgelegt hat?

Mit klopfendem Herzen wartet Amira. Der Kommissar geht langsam durch den Gang, er mustert jeden einzelnen Reisenden. Jetzt ist er nur noch zwei Reihen entfernt, jetzt eine. Er fragt niemandem etwas, nur sein Blick ist suchend. *Weiß der etwa, wie ich aussehe? Aber das kann doch gar nicht sein.*

Plötzlich bleibt der Kommissar genau vor ihr stehen. Seine Jeans weisen Wasserflecken auf, das T-Shirt klebt nass an seiner muskulösen Brust. Amiras Sitznachbar guckt erstaunt und will gerade zu einer Frage ansetzen, als der Kommissar ihr eine Plastikkarte unter die Nase hält.

»Frau Ibrahim, würden Sie bitte mitkommen.«

»Aber ich bin nicht …«, stottert Amira, dann reißt sie sich zusammen. »Was fällt Ihnen ein, ich kenne Sie gar nicht!«

Er versucht es einfach mit dieser Masche. Bei der Frau da vorn hat er das sicher auch schon getan. Er weiß nicht, wie ich aussehe, redet sie sich innerlich gut zu. Doch die nächsten Worte des Kommissars machen all ihre Hoffnungen zunichte.

»Aber *ich* kenne *Sie*. Bei ihren zukünftigen Schwiegereltern stand ein Foto auf der Anrichte. Die kleine Narbe da über Ihrer linken Augenbraue verrät Sie. Es wäre also nett, wenn Sie einfach mitkommen würden. Dann kann nämlich der Zug pünktlich fahren, und die Bundesbahn kommt nicht wieder in Verruf.«

Panisch blickt sich Amira um. An ein Entkommen ist nicht mehr zu denken. Seufzend steht sie auf und folgt dem Kommissar.

Montag, 29. Juli, 18.05 Uhr, Kriminalkommissariat, Westerland

»Das ist so stickig da drüben, das hältst du kaum aus.« Silja geht quer durch den Raum, lässt sich hinter ihren Schreibtisch fallen und streicht sich die Haare aus dem Gesicht. Auf ihrer Stirn glänzen Schweißperlen. »Amira Ibrahim hat nichts gesagt. Kein einziges Wort«, beschwert sie sich bei Bastian, der ihr gegenübersitzt und gerade ein Telefonat beendet hat.

»Keine Bange, das bleibt nicht so«, verspricht er und deutet auf den Telefonhörer. »Leo Blum ist im Anmarsch, und im Gepäck hat er eine echte Überraschung für Amira.«

»Wollen wir's hoffen.« Silja greift nach einer Wasserflasche und trinkt durstig. Dann sagt sie nachdenklich: »Hochbetrieb im Zellentrakt. Amira, Tarek und der Automechaniker … alle drei Zellen belegt. Hatten wir das überhaupt schon mal?«

285

»Nicht, seit ich hier bin.«

»Wo ist die Bispingen eigentlich?«

»Bei Hübner im Krankenhaus. Wahrscheinlich feiert sie ihn gerade als wahren Helden der Ermittlungen«, antwortet Bastian verschnupft.

»Wird sie mit dem Pförtner sprechen, der am Tatabend Dienst hatte und die kopftuchtragenden Putzfrauen gesehen hat?«

»Besser! Sie hat den Auftrag, ihn gleich mitzubringen. Drei andere dunkelhaarige Frauen habe ich für die Gegenüberstellung auch schon angefordert. Brauchen wir nur noch Kopftücher«, schmunzelt Bastian.

»Im Ernst jetzt?«

Als er nickt, steht sie auf. »Ich flitze rüber in die Fußgängerzone und besorge welche.«

»Nicht nötig, hab schon einen Azubi geschickt.«

»Dafür, dass du letzte Nacht kaum geschlafen hast, bist du aber ganz schön auf Draht.«

»Das ist das präfinale Adrenalin, mein Schatz.«

»Ui, ein Fremdwort. Du bildest dich heimlich weiter?«

»Jetzt nur nicht frech werden, Frau Kollegin!« Bastian droht ihr mit dem Finger. Im gleichen Moment öffnet sich die Tür, und Leo Blum, der Spurenspezialist, stürmt herein.

»Bin schon ganz gespannt auf die arabische Schönheit.«

»Sie sieht europäischer aus, als erwartet«, antwortet Bastian knapp. »Und sie spricht akzentfrei Deutsch. Ist mit fünf Jahren ins Land gekommen und hier zur Schule gegangen. Hat letztes Jahr in Neukölln Abitur gemacht und arbeitet jetzt … rate mal, wo.«

»Im Krankenhaus jedenfalls nicht. Sonst hätte sie von den OP-Handschuhen gewusst.«

»In einer Anwaltskanzlei. Cool, oder?«

»Und? Hast du schon deren Website gecheckt?«

»Kein Schleier, nirgends. Sie ist ein echtes Musterbeispiel für geglückte Integration. Hat uns ganz schön reingelegt, das Früchtchen.«

»Na dann wollen wir mal.« Leo knallt eine bauchige Tasche auf Bastians Schreibtisch und packt seine Sachen aus. Ein nicht ganz kleines Mikroskop, Papier- und Plastiktütchen, Klebe-Etiketten, einen wasserfesten Stift und ein paar Gerätschaften, wie man sie zur Maniküre braucht. »Wenn wir Glück haben, kriege ich sie wegen der Baumarkthandschuhe dran«, erklärt er hoffnungsvoll, während Bastian nach unten telefoniert und darum bittet, Amira Ibrahim aus der Zelle zu holen und hochzubringen.

Als die junge Frau, begleitet von einem Polizeibeamten, wenig später den Raum betritt, herrscht gebanntes Schweigen. Irritiert blickt sie von einem zum anderen.

»Frau Ibrahim, wir brauchen noch ein paar Proben von Ihnen«, beginnt Silja freundlich. »Wenn Sie sich dort drüben hinsetzen wollen.« Sie weist auf den Stuhl vor Bastians Schreibtisch, hinter dem Leo Blum inzwischen Platz genommen hat.

Während Amira Ibrahim sich setzt, verlässt der Beamte, der sie hochgebracht hat, den Raum.

»Ihre Hände bitte«, sagt Blum mit höflicher Stimme.

Amira Ibrahims Hände zittern. Mit großen Augen sieht sie zu, wie der Kriminaltechniker mit einer schmalen Schabe unter ihren Fingernägeln entlangfährt und das Entnommene sorgfältig auf einem Glasplättchen abstreicht.

»Was machen Sie da? Wozu soll das gut sein?«

»Die Mörderin Nele Bredstedts hat gelbe Gummihandschuhe getragen. Die billigen aus dem Baumarkt«, erklärt er obenhin. »Kennen Sie bestimmt.«

»Nein. Ganz bestimmt nicht«, ist die energische Antwort.

»Umso besser. Denn wissen Sie, innen löst sich die Beschichtung ab, sobald man die Dinger an den Fingern hat. Falls ich jetzt – wider Erwarten natürlich – etwas von diesem Material unter Ihren Fingernägeln finden sollte, haben Sie vermutlich ein kleines Problem.«

Amira wird blass. Ihre Augenlider beginnen zu flattern, und die ohnehin schon stark ausgeprägten Wangenknochen treten noch weiter hervor.

Super, sie beißt die Zähne zusammen, denkt Silja triumphierend. *Gleich haben wir sie.*

Nach einem ersten Blick durchs Mikroskop pfeift Leo Blum leise durch die Zähne. Anschließend zieht er ein doppeltes Glasplättchen aus seiner Tasche. Zwischen den beiden Lagen befindet sich eine helle Substanz, die er ebenfalls unter dem Mikroskop betrachtet. »Befund positiv«, verkündet er triumphierend. »Das, was Sie unter den Nägeln hatten, ist ziemlich eindeutig der Abrieb von den Handschuhen, mit denen Nele Bredstedt getötet wurde. Ich habe mir erlaubt, vorsichtshalber eine Probe mitzubringen.« Eindringlich sieht er Amira Ibrahim in die Augen. »Übrigens habe ich eben dieselbe Probe bei Ihrem Schwager durchgeführt.« Leo Blum macht eine kleine Kunstpause, bevor er fortfährt: »Tarek Jashari war vollkommen clean. Das heißt nicht automatisch, dass er unschuldig ist. Allerdings wird er durch Ihren Befund erheblich entlastet.«

»Wie meinen Sie das?« Wieder wandert Amiras Blick von einem zum anderen.

»Nun, ganz einfach«, sagt Bastian Kreuzer, der entspannt

an Siljas Schreibtisch lehnt. »Wenn Ihr Schwager Nele Bredstedt umgebracht hätte, würden wir wohl kaum unter Ihren Nägeln diese Spuren finden. Und gemeinsam können Sie's nicht gewesen sein, denn einer von Ihnen beiden musste ja in der Pension bleiben, um dem anderen nach seiner Rückkehr vom Krankenhaus zu öffnen.«

»Wir waren beide in der Pension, die ganze Nacht.«

»Und wen hat Mike mit seinem Carservice dann zur Nordseeklinik gefahren?«, fragt Bastian plötzlich.

Silja hält den Atem an. Wird Amira auf die Fangfrage hereinfallen?

»Uns jedenfalls nicht«, erklärt sie überraschend gelassen.

Doch Bastian gibt nicht auf. »Da ist der Portier des Krankenhauses aber anderer Meinung. Sie haben ein Kopftuch getragen und sind mit der Putztruppe ins Gebäude gekommen.« Die Stimme des Kommissars ist fest, sein Blick bestimmt. Nichts deutet darauf hin, dass er ins Blaue hineinredet.

Doch Amira gibt nicht auf. »Ich … nein, da muss der Portier sich irren.«

»Und wenn nicht? Frau Ibrahim, Sie sind so gut wie überführt. Allein die Nummer mit dem Gesichtsschleier, den Sie ganz offensichtlich nur zu Tarnungszwecken angelegt haben, belastet Sie stark. Sie arbeiten doch in einer Anwaltskanzlei. Dann sollten Sie wissen, was ein lückenloser Indizienbeweis ist.«

Amira Ibrahim schluckt, der Zweifel ist ihr ins Gesicht geschrieben.

»Ich würde gern noch einmal über die beiden Schmucksets reden«, mischt sich Silja jetzt mit sanfter Stimme ins Gespräch. »Adnan hat tatsächlich seiner Chefin erzählt, dass er Ihnen eines davon schenken wollte. Allerdings zum Abschied.«

»Das ist nicht wahr!« Plötzlich geht ein Ruck durch den Körper Amira Ibrahims. Sie setzt sich gerade auf, dreht sich komplett zu Silja um und sagt mit fester Stimme: »Der Schmuck war für mich bestimmt, das habe ich Ihnen ja schon gesagt. Ich sollte mir eines der Paare aussuchen. Aber es sollte ein Brautgeschenk sein. Ein Brautgeschenk, verstehen Sie!« Ihre Stimme wird plötzlich schrill.

»Und dann hat Ihnen Tarek von den ausgestochenen Augen Ihres Verlobten erzählt, von den Smaragden, die dort hineingedrückt worden sind. Und da wussten Sie, dass Adnan die Juwelen auch noch einer anderen Frau angeboten hat. Ihre Juwelen. Einer anderen Frau. Vermutlich der Frau, die Ihren Verlobten umgebracht hat. Und dann haben Sie Rache geschworen.« Silja verstummt und blickt Amira Ibrahim eindringlich an.

Es vergehen einige Sekunden, in denen niemand etwas sagt.

Schließlich beginnt Amira: »So war das nicht …«

»Wie war es dann?«

»Tarek hat Rache geschworen. Er war es der Familie schuldig, den Tod Adnans zu vergelten. Und er wusste von dieser Schwangerschaft. Adnan hatte ihn kurz vor seinem Tod eingeweiht.« Amira Ibrahim schließt die Augen und bedeckt ihr Gesicht mit den Händen. So verharrt sie einige Sekunden, dann lässt sie die Hände wieder sinken und spricht weiter. »Tarek wusste auch von der Verabredung der beiden, bei der Adnan die Sache ein für alle Mal klären wollte. Diese kleine Bitch hat das doch mit Absicht gemacht. Sie wollte sich Adnan angeln, da kam ihr die Schwangerschaft gerade recht.«

290

»Tarek und Sie haben die ganze Zeit über gewusst, wer Ihren Verlobten umgebracht hat, und haben es uns nicht gesagt?«, fragt Bastian fassungslos.

Amira nickt.

»Gibt's dafür auch eine Begründung?«

»Wenn Sie diese Bitch hinter Gitter gebracht hätten, wären wir nicht mehr an sie rangekommen«, erklärt sie kühl.

»Der Mord an Nele Bredstedt war also geplant?«

Amiras energisches Kopfschütteln überrascht alle drei.

»Ich wollte nur mit ihr reden«, sagt sie leise. »Ich wollte der Frau in die Augen sehen, die meinen Verlobten auf dem Gewissen hat, die ihn kaltblütig abgeschlachtet hat wie ein unreines Tier.« Amira Ibrahim redet sich in Rage, ihre Wangen röten sich, und auch am Hals erscheinen hektische Flecken.

»Und dafür haben Sie sich gelbe Gummihandschuhe angezogen, oder wie?« Bastian verbirgt seinen Spott nicht.

»Mit den Gummihandschuhen habe ich etwas am Auto weggeputzt. Das hat mit Nele Bredstedts Tod gar nichts zu tun«, verteidigt sie sich.

»Wer's glaubt.« Bastian verdreht die Augen. Doch bevor er noch etwas sagen kann, klopft es an der Tür. »Herein«, ruft er mit unwirscher Miene.

Schwungvoll betritt die Staatsanwältin das Büro. »Herr Heizer, der Pförtner, der gestern Abend in der Nordseeklinik Dienst hatte, wartet unten. Und die anderen drei Damen für die Gegenüberstellung sind auch schon da«, verkündet sie.

»Na, dann wollen wir mal alles vorbereiten.«

Nachdem Bastian Kreuzer und Elsbeth von Bispingen den Raum verlassen haben, packt Leo Blum mit vorsichti-

291

gen Bewegungen seine Sachen zusammen. Ab und an mustert er Amira Ibrahim aus dem Augenwinkel. Sie sitzt vollkommen starr und sehr hoch aufgerichtet in ihrem Stuhl und schaut auf ihre Hände, die reglos in ihrem Schoß liegen. Das Tanktop gibt einen rosafarbenen BH-Träger frei, der irgendwie deplatziert wirkt. Auch Silja, die nur darauf wartet, dass Bastian sie und Amira holen kommt, kann den Blick nicht von diesem Träger wenden.

»Was ist, wenn der Pförtner mich erkennt?«, fragt Amira plötzlich in die Stille hinein.

»Dann wird's ganz eng«, antwortet Leo Blum, während er das sperrige Mikroskop vorsichtig in ein Tuch hüllt.

»Und die Mordwaffe? Die haben Sie aber nicht.« Fast klingt Amiras Stimme triumphierend.

»Noch nicht«, widerspricht Silja. »Wahrscheinlich war's ein Skalpell oder ein sehr scharfes Springmesser.« Forschend blickt sie Amira ins Gesicht. Was sollte diese Frage?

Sekunden später weiß sie es. Amira steht ganz plötzlich auf und greift mit einer blitzschnellen Bewegung in eine der Taschen ihrer Cargohose. Ein schnappendes Geräusch, dann blitzt Stahl in ihrer Hand. Blitzschnell wie eine wütende Tigerin springt Amira in Siljas Richtung. Die Gedanken der Kommissarin überschlagen sich. *Mist, meine Waffe liegt im Schreibtisch. Wird sie mich umbringen, oder braucht sie eine Geisel? Warum waren wir nur so unvorsichtig, Amira nicht auf Waffen zu untersuchen.*

Schon reißt Amira Silja zu Boden, hart schlägt deren Ellenbogen auf. Der Schmerz raubt der Kommissarin für Sekunden den Atem. Längst erwartet sie, das Messer an ihrer Kehle zu spüren, aber da ist nichts.

Wo ist das Messer? Und was macht Leo da?

Silja sieht den Spurenspezialisten zu einem Hechtsprung ansetzen, der aber nicht in ihre Richtung führt. *Ist der wahnsinnig? Er muss doch sehen, dass ich in Amiras Gewalt bin.* Im gleichen Augenblick robbt auch Amira über den Boden von Silja weg. *Das Messer muss ihr bei dem Sprung aus der Hand gerutscht und einige Meter weitergeschlittert sein.*

Jetzt sieht Silja es. Gerade landet Leo haarscharf daneben, doch Amira ist schneller. Sie greift sich das Messer und will sich wieder zu Silja umdrehen. Aber Leo packt sie von hinten bei den Haaren und reißt ihren Kopf in den Nacken. Silja sieht den überdehnten Hals, zwei stark hervortretende Adern, ein in die Höhe gerecktes Kinn.

Im nächsten Augenblick ist alles voller Blut. Amira hat das Springmesser mit einer einzigen Bewegung über ihre eigene Kehle geführt. Präzise und entschlossen. Jetzt starrt sie in die rote Fontäne, als könne sie selbst nicht fassen, was sie getan hat. Sie öffnet den Mund, bewegt die Lippen, aber kein Ton kommt heraus. Amira Ibrahims letzte Worte werden für immer unausgesprochen bleiben.

Dienstag, 30. Juli, 11.47 Uhr, Juwelier Bischoff, Kampen

»Da geht er hin, mein schöner Unschuldsengel«, seufzt Carina Bischoff und blickt dem jungen Araber hinterher, der gerade ihr Geschäft verlassen hat.

»Du glaubst den Schmus mit seinem Namen immer noch? *Innocent,* dass ich nicht lache.« Lorenz Bischoff schüttelt den Kopf. »Umso besser finde ich es, dass du ihn entlassen hast. Glaub mir, die Nummer ist tot. Nach zwei Morden und dem Selbstmord hinterher wäre er nur noch Kassengift gewesen. Eine Erinnerung an eine schreckliche Episode. Vielleicht wären die Weiber sogar gekommen, um ihn anzuglotzen. Und seine irre Chefin gleich mit. Aber gekauft hätten sie bei dir bestimmt nichts mehr.«

Carina Bischoff, die ihrem Mann immer noch den Rücken zukehrt, weil sie sich ein letztes Mal an Innocents federndem Gang erfreuen will, fragt leise: »Und du willst ab jetzt wirklich mehr hier auf Sylt mithelfen? Oder war das wieder nur einer deiner hohlen Sprüche?«

Lorenz geht die paar Schritte zu ihr hinüber und legt ihr beide Hände auf die Schultern. »Wir wagen einen Neuanfang, das haben wir doch ausgemacht.«

»Und was ist mit deiner russischen Liebschaft?«

»Du kennst doch den Oscar-Wilde-Spruch. *Zu einer glücklichen Ehe gehören meist mehr als zwei Personen.*«

»Geht's noch?« Wütend fährt Carina herum. Dann sieht sie das Lächeln in Lorenz' Gesicht.

»War ein Scherz, mein Schatz«, erklärt er begütigend. »Wenn ich Elena die Geschäftsführung des Düsseldorfer Ladens anvertraue, wird sie mehr als zufrieden sein. Sie will halt ein ordentliches Auskommen haben. Das hätte sie als meine Frau gehabt, aber so kann sie auch nicht klagen.«

»Ich dachte, du liebst sie.«

»Ach, Liebe. Noch so ein überschätztes Gefühl.« Lorenz drückt seiner Frau einen Kuss auf die Wange. »Lass uns lieber übers Geschäft reden. Davon verstehen wir beide wenigstens etwas.«

Dienstag, 30. Juli, 17.48 Uhr,
Strönwai, Kampen

Arm in Arm schlendern Anja und Sven Winterberg den Strönwai entlang. Ihre Blicke gelten weniger den Touristen oder den Auslagen der Geschäfte als vielmehr dem kleinen Kerl, den sie im Kinderwagen vor sich herschieben. Mäxchen hält fröhlich glucksend einen überdimensionalen Brillantring aus weichem Frottee in der Hand, der bei jeder seiner Bewegungen vernehmlich rasselt.

»Wo hast du den bloß aufgetrieben?«, will Anja wissen.

»Das Internet macht's möglich«, antwortet Sven lakonisch. »Und jetzt mal ehrlich: Es ist echt frustrierend, dass sofort solche Katastrophen passieren, wenn ich dir mal vorschlage, ein schönes Schmuckstück zu kaufen.«

»Ach, jetzt bin ich plötzlich schuld an den Morden?« Anja legt die Stirn in Falten und bemüht sich um einen zerknirschten Gesichtsausdruck.

»Das will ich so nicht sagen«, meint Sven grinsend. »Aber als wir das letzte Mal gemeinsam vor dem Schaufenster da drüben gestanden haben, lebte Adnan Jashari noch.«

Er deutet auf das Juweliergeschäft der Bischoffs, das nur einige Meter entfernt ist. Als beide wenig später vor der Auslage stehen, wird Mäxchen in seinem Wagen unruhig. Er spuckt den Schnuller aus und fuchtelt energisch mit dem Frottee-Ring herum.

»Siehst du? Er will da auf gar keinen Fall rein«, erklärt Anja.

»Du könntest allein gehen, und ich passe hier draußen auf ihn auf.«

»Ich habe für euch den Laden ausspioniert, schon vergessen? Bestimmt würde mich die Bischoff wiedererkennen. Außerdem«, Anja wirft einen prüfenden Blick durch die Schaufensterscheibe ins Ladeninnere, »scheint sie sich von ihrem Adnan-Ersatz getrennt zu haben. Da stehen jedenfalls nur sie und ihr angefetteter Ehemann im Geschäft.«

»Na und? Du sollst ja nicht ihn auswählen, sondern einen Klunker.«

»Ach weißt du, ich glaube, das brauche ich gar nicht. Lass uns lieber alle vier zusammen von dem Geld verreisen.«

»Okay. Wie du willst. Und an welche exotische Destination hast du so gedacht. An den bayerischen Wald oder den Harz vielleicht?

»Nicht direkt. Wie wär's mit Mauritius?«

Sven schluckt. »Ich fürchte, da wäre der Klunker billiger gewesen.«

»Aber Mauritius ist schöner«, schmeichelt Anja. Und als im selben Augenblick der Frottee-Ring in hohem Bogen aus dem Kinderwagen fliegt, müssen beide laut loslachen.

»Gebongt«, sagt Sven und drückt seiner Frau einen Kuss auf den Mund.

Anja bückt sich, hebt den Frottee-Klunker vom Pflaster auf und zieht ihn sich übers Handgelenk.

»Guck mal, mein neues Armband. Ist doch wesentlich cooler als jeder echte Brilli.«

Danksagung

Die Niederschrift dieses Romans wurde unterstützt durch ein zweiwöchiges Aufenthaltsstipendium der Severin*s Hotels in Keitum und Morsum. Für die Organisation und die überaus engagierte Betreuung danke ich sehr herzlich Claudia Dressler, Christian Siegling, Sieglinde Sülzenfuhs und den gesamten Teams beider Hotels.

Last but not least gilt mein Dank meinen beiden Lektorinnen Sita Frey und Martina Vogl, die mit ihren klugen Fragen, Anmerkungen und Tipps geholfen haben, die Geschichte rund und schlüssig zu machen.

Eva Ehley
Engel sterben
Ein Sylt-Krimi
Band 18998

Ein Teufel im Paradies

Auf Sylt staut sich die Hitze, als drei kleine Mädchen spurlos verschwinden. Es gibt keine Zeugen, keine Lösegeldforderung. Und doch kommen drei Menschen dem Täter gefährlich nahe: Eine Mutter in Sorge um ihre Tochter. Ein alternder Journalist, alkoholabhängig und auf der Suche nach der ganz großen Story. Und eine Maklerin, die nur eines möchte: die leer stehende Villa am Watt verkaufen ...

Der erste Fall für das Sylter Ermittlerteam Sven Winterberg, Silja Blanck und Bastian Kreuzer

»Ein smart-süffiger Krimi-Hit!«
Schweizer Radio DRS 3

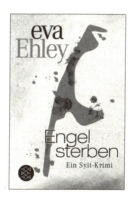

Fischer Taschenbuch Verlag

Eva Ehley
Frauen lügen
Ein Sylt-Krimi
Band 19427

»Sie hat gelacht. Ausgelacht hat sie mich, dabei hatte ich zu diesem Zeitpunkt schon die Waffe auf sie gerichtet. Sie hat es einfach ignoriert, hat mich weiter verspottet. Was ich mir einbilden würde, wer ich sei? Da hab ich abgedrückt. Einfach so. Es ging ganz leicht. Fast leichter als das Feuer-Legen.«

Der zweite Fall für die Sylter Ermittler Sven Winterberg, Silja Blanck und Bastian Kreuzer: Auf der Insel geht ein Feuerteufel um, der einen perfiden Plan verfolgt ...

»Spannung für den Strandkorb.«
Radio Berlin RBB

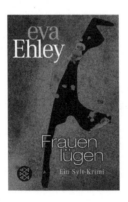

Fischer Taschenbuch Verlag

Eva Ehley
Männer schweigen
Ein Sylt-Krimi
Band 18929

»Die Atemnot treibt ihr den Schweiß aus den Poren. Sie wird das hier nicht durchhalten. Hektisch saugt sie die Luft durch die Nase ein. Der Gestank des Knebels in ihrem Mund bereitet ihr Brechreiz. Aber sie weiß genau, wenn sie sich übergibt, ist sie verloren. In wenigen Sekunden erstickt. Doch jetzt weicht ihre diffuse Panik einer sehr viel konkreteren Angst. Denn das Telefonat im Nebenraum ist beendet, und die Tür öffnet sich ...«

Zwei Frauen, die sich zum Verwechseln ähnlich sehen. Die eine tot, die andere verschwunden. Zufall? Von langer Hand geplant?
Der dritte Fall für die Sylter Ermittler Sven Winterberg, Silja Blanck und Bastian Kreuzer

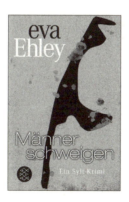

Fischer Taschenbuch Verlag

Eva Ehley
Mörder weinen
Ein Sylt-Krimi
Band 19728

»Er schnellt herum und erblickt eine Gestalt, die sich im Laufschritt nähert. Sie hebt einen Arm, Metall blinkt kurz im Sonnenlicht, dann sausen Arm und Metall herunter, treffen seinen Kopf. Er schwankt, Sekunden später stürzt er zu Boden. Das Letzte, was er sieht, ist der verwelkte Veilchenstrauß auf dem Grab des Jugendfreundes. Und für einen Moment scheint es, als heiße ihn der Freund im Jenseits willkommen.«

Zwei Morde innerhalb von zwölf Stunden, vier Kunstwerke, die Rätsel aufgeben – Sven Winterberg, Silja Blanck und Bastian Kreuzer ermitteln unter Hochdruck in ihrem vierten Fall auf Sylt.

Das gesamte Programm gibt es unter
www.fischerverlage.de

Eva Ehley
Mädchen töten
Ein Sylt-Krimi
Band 19883

Sylt im Herbst, Nebel hängt über der Heide. Ein Schimmel irrt reiterlos durchs Watt. Und dann findet die Polizei ein menschliches Ohr in den Dünen ...

Der alte Klaas Menken traut seinen Augen nicht. Am einsamen Strand reitet eine junge Frau auf einem Schimmel. Menken glaubt, seine verstorbene Schwester zu sehen, aber wie kann das sein? Kurz darauf ist er tot. Ein Unfall? Und dann wird die Leiche einer jungen Frau im Watt gefunden. Sie trägt ein Brautkleid. Gibt es eine Verbindung zwischen den beiden Toten? Welche Rolle spielt die satanistische Sekte, die Schwarze Messen am Strand feiert? Ein gruseliger Fall wartet auf die Sylter Kommissare Winterberg, Blanck und Kreuzer.

Das gesamte Programm gibt es unter
www.fischerverlage.de

Eva Ehley
Sünder büßen

Die Biikefeuer erleuchten die kalte Sylter Februarnacht, als man im Gebüsch eine junge Frau findet. Ihr Unterkörper ist entblößt. Ein Sexualverbrechen? Doch was hat der säuberlich halbierte Slip zu bedeuten, der neben der Leiche liegt? Verdächtige gibt es viele, denn die Verstorbene hatte sowohl heimliche Verehrer als auch Feinde. Doch eine Domina am falschen Ort, ein verbrannter Personalausweis und einige pikante Aktaufnahmen lassen die Sylter Polizei vermuten, dass es hier um ein ganz anderes Verbrechen geht.

Ein atmosphärisch dichter Kriminalroman, der Sylt in einem anderen Licht erscheinen lässt. Spannung garantiert!

368 Seiten, broschiert

Weitere Informationen finden Sie auf
www.fischerverlage.de

AZ 596-03336/1